KB159271

빨간 치마를 입은 아이

빨간 치마를 입은 아이

이경란 소설집

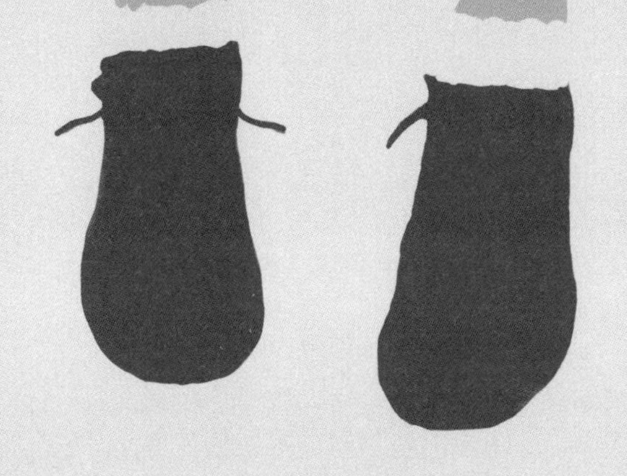

강

차례

라면과 홍차와 미자 _ 7
메르센 _ 37
빨간 치마를 입은 아이 _ 63
연두 _ 93
열여섯의 일 _ 125
오늘의 루프탑 _ 151
요일 팬티 7종 세트 _ 179
이모들의 집 _ 207
페어웰, 스냅백 _ 237

작품 해설 내게 하는 말 | 정은경 _ 267
작가의 말 _ 281
수록 작품 발표 지면 _ 283

라면과 홍차와 미자

냄새보다 참기 힘든 것은 먹는 소리다. 이불을 머리끝까지 끌어올린다. 한번 배어든 냄새는 이불 속에 고스란히 고였고 소리는 차단되지 않는다. 이리저리 뒤척인 끝에 이불을 젖히고 고함친다.

"소화가 되냐! 그 나이면 남들은 라면 같은 건 먹지도 않는다고!"

대답은 없고 소리는 여전하다. 미자는 닥치는 대로 먹는다. 아무 때나 먹고 무엇이든 먹는다. 이불을 다시 뒤집어쓴다. 배에서 꼬르륵거리는 소리가 난다. 꼭 벌레 몇 마리가 몸을 뒤채며 아우성치는 느낌. 배 안의 공간이 얼마나 될까. 손을 갖다 대자 푹 꺼진 배 양쪽으로 날카로운 골반뼈가 만져진다. 맛을 느낄 수 없다고 허기가 지지 않는 건 아니지만 배가 고픈 건지 속이 쓰린 건지 분명치 않다. 나는 잠깐 고민한다. 약속 시간은 열두시. 무언가 먹기에는 충분하고 먹고 소화시키기에는 빠듯하다. 공복이어야 한다. 맛있게 먹어주는 게 내 일이니까. 오늘은 점심 식사를 두 번 해야 하는 날.

다시 잠들 수 있다면 좋을 텐데 더는 잘 수 없다. 이미 지나치게 잤다. 자는 것 말고 이 집 안에서 할 수 있는 일은 별로 없기 때문이다. 되도록 천천히 외출 준비를 한다. 어정쩡하게 남는 시간을 써버리는 방법은 이것뿐이다. 먹는 소리는 그치고 바퀴 구르는 소리가 들린다. 진동이 바닥을 타고 발바닥에 전해진다. 미세하게 시작된 진동은 금세 강해진다. 미자가 가까워진다는 신호다. 방문이 열리고 미자가 들어온다. 손으로 바닥을 밀면서 화장대 앞까지 다가온다. 미자는 바퀴가 달린 빨간색 의자를 타고 움직인다. 효도 의자라고도 하고 화분 받침이라고도 하는 작은 물건. 두 다리를 앞으로 구부정하게 뻗고 앉은 미자의 거대한 궁둥이는 납작한 그것을 빈틈없이 가려서 얼핏 보면 몸이 바닥에서 뜬 것 같다.

"나가나? 또 나가나? 어데를 자꾸 나가노?"

미자의 목소리는 보통 사람보다 훨씬 크다. 보통 사람보다 큰 몸집에 맞게, 딱 그만큼.

"나가야지. 안 나가면? 누가 이 아파트 관리비 대준대? 종일 먹어치우는 건 누가 감당하고!"

나는 뷰러로 속눈썹을 올리며 말한다. 말이 점점 빨라져 끝내 한숨을 쉬듯 숨을 몰아 내뱉는다. 미자가 거울 속의 나를 탐탁잖은 눈으로 올려다본다. 저 눈빛. 늘어진 눈꺼풀에 가려진 듯하면서도 다는 가려지지 않는 저 눈빛이 싫다. 등 뒤와 거울에서 느껴지는 두 개의 눈빛을 참으면서 화장을 마치고 옷을 꺼낸다.

"나가! 아, 안 나가? 나 옷 좀 갈아입자, 응?"

얼굴에 닿을 듯 가깝게 옷을 흔들며 손을 내젓자 미자는 별 수 없이 몸을 돌려 문을 향한다.

"여시 겉은 년, 또 누캉 붙어물라꼬. 내 아들 우쨌노!"

볼멘소리가 발자국처럼 방 안 여기저기를 찍는다.

"제발, 좀!"

나는 빗을 집어 들어 던진다. 빗은 미자의 등 뒤에 떨어지고, 소리를 듣지 못하는 미자는 움찔하지도 않는다.

노인의 집 대문 앞에서 숨을 고른다. 심호흡을 열 번쯤 하고 나면 벨을 누를 준비가 끝난다. 노인과의 식사는 즐거운 일이다. 시간당 칠만 원이기 때문이다. 식사는 일주일에 두 번 정도이므로 노인은 내게 월 오십만 원가량의 고정 수입원이다. 처음 온 날 노인을 좋아하기로 결심했다. 결심했다는 것은 좋아하기 어렵다는 뜻이다. 꼭 노인의 탓이라고 할 수는 없겠지. 맛을 느끼지 못하면서 맛있게 먹어주는 일 자체가 고역이니까. 시간당 칠만 원. 그 점을 생각하면 노인을 좋아해야겠다는 결심이 새롭게 단단해진다. 실제로 좋아진 것 같은 느낌이 들기도 한다. 그것은 노인과 마주 앉기 전까지의 느낌이고, 그 느낌은 노인의 집을 나서면서 봉투를 받아들 때 다시 시작된다. 요컨대 노인과 마주하기 전후에만 잠깐씩 드는 기분.

처음 만났을 때 노인은 셔츠와 카디건을 입고 있었다. 하늘색 셔츠는 다림질이 잘되어 매끈했고, 카디건은 보풀이 전혀 없는 걸로 보아 좋은 재질인 것 같았다. 머리는 단정하게 다듬어져 있었는데 드러난 이마에 주름이 깊었다. 노인은 가만히 앉아 있기만 했다. 기다리지 말고 먼저 드세요. 여자가 말했다. 피부에 윤기가 흐르는 여자. 젊은 아내이거나 며느리, 딸 중 어느 쪽이라 해도 이상하지 않을 것 같았다. 그녀가 누구이든 나를 부른 사람이었기 때문에 나는 그녀에게 관대해졌다. 그녀가 그 큰 집을 차지하게 되기까지는 오랜 인내를 갖고 노인을 견뎌야 하리라고, 견딜 만한 일이겠다고, 잠깐 연민과 부러움을 느끼기도 했다. 여자는 노인과 눈을 맞추려 하지 않았다. 노인도 그랬다. 잘 부탁해요. 난 잠시 볼일이 있어서요. 여자는 매번 같은 말을 하고 위층으로 올라갔다. 나는 노인이 수저를 들 때까지 기다렸다. 식사 시간은 한 시간. 한 시간 내내 먹는 일은 생각보다 쉽지 않았고, 다 먹고 나서 남은 시간을 때우는 일 역시 힘들었다. 천천히 시작하고, 천천히 먹고, 다 먹은 후에 고요히 앉아 있는 것. 그것이 노인과의 식사법이 되었다.

노인은 같은 옷차림에 같은 자세로 앉아 있다. 정확하게 말하자면 같은 옷차림은 아니다. 셔츠는 지난번보다 조금 더 짙은 하늘색이고 카디건 왼쪽 가슴에는 악어 대신 말 탄 사람이 수놓여 있다. 식탁을 돌아 노인의 맞은편에 앉는다. 안녕하셨느냐고 인사를 건네자 노인은 마뜩잖은 표정으로 고개를 까딱한다. 여자가 식탁 가운데에 놓인 냄비에서 찌개를 덜어준다.

"입에 맞을지 모르겠네요."

맨 위에 장식처럼 얹어준 건 호박 꽃봉오리다. 숨은 죽었지만 모양과 빛깔이 고스란히 살아 있는 호박 꽃봉오리. 먹어본 적이 없다. 오래전 먹었던 엄마의 된장찌개는 무와 풋고추가 재료의 전부였다. 결혼을 하고 그렇게 끓인 된장찌개를 식탁에 올렸을 때 남편은 경멸과 실망이 섞인 표정을 지었다. 호박 꽃봉오리는 무슨 맛일까. 호박의 맛을 기억해내려고 애써본다. 기억이 날 듯 말 듯하다. 냄새를 못 맡으면 맛을 느낄 수 없다지만 후각이 살아 있다고 미각을 보장하는 것은 아니다. 호박 꽃봉오리는 어딘가 아릿한 느낌이 있다. 혀에서 느껴지는 게 아니라 뇌 혹은 심장에서 느껴지는 맛이랄까. 꽃봉오리를 먹기도 하는구나, 생각하면서 천천히 씹는다. 노인이 그런 나를 지켜본다. 한 손으로 팔꿈치를 받치고 다른 손으로는 턱을 괸 자세로. 밥을 먹어주는 일은 시선을 견디는 일이다. 나는 아무렇지 않은 척 먹는 일에 집중한다. 주석으로 만들어진 냅킨 홀더에 시선을 고정한 채 씹을 때마다 속으로 수를 세고 서른번째에 넘긴다.

개수대에 그릇과 냄비, 컵 등이 마구잡이로 쌓여 있다. 한 사람이 먹은 양이라고 볼 수 없을 정도로 많다. 틈날 때마다 냉장고를 채워두지만 미자는 바로 다 먹어치운다. 냄비에는 라면 한 가락 남아 있지 않고 커다란 양푼에도 밥풀 하나 없다. 미자는 주로 비벼 먹는다. 밥을 가득 푸고 찬기의 반찬들을 쏟아붓는다. 반찬을 남김없이 붓고 나서 밥을 더 푸는 식이다. 나는 사 온 반찬을 검정 비닐에 따로 넣어 냉장고 야채 칸에 숨겨놓기도 한다. 그렇게 하지 않으면 매일 반찬을 사다 날라야 된다. 싱크대 상판 위에 수프와 김 가루가 흩뿌려져 있다. 미자는 모든 음식에 김 가루를 뿌린다. 라면에도. 언제부터인가 나는 김을 먹지 않게 되었다. 김에서 나는 갯내를 견딜 수 없는데다 맛이 사라진 김은 거친 종이 같아서이다. 종이처럼 입천장에 달라붙어 호흡의 리듬을 끊기 때문이다. 아니다. 이것들은 모두 핑계다. 미자 때문이다. 김을 보기만 해도 미자가 떠올라 짜증이 인다. 남편이 사라지고 미자의 집으로 들어왔을 때 나는 꽤 자신 있었다. 남편과도 삼 년이나 함께 지냈으니까. 그 삼 년 동안 날마다 똑같은 하루를 보냈지만 지겹지 않았다. 언제까지고 묵묵히 그 생활을 이어갈 수 있을 것 같았다. 내 의지로 가능한 일이었다면 그랬을 것이다. 나는 잠시 잊었었다. 세상일이 나의 의지대로 흘러가지 않는다는 사실을. 그를 처음 만났을 때 어쩌다 운이 따랐던 것뿐이라는 사실도. 보석인 줄 알고 거머쥔 것이 알고 보니 돌멩이라는 그저 그런 이야기.

그는 새벽 네시 이십분이 되면 나타났다. 도시락과 컵라면을 구석 자리에서 먹고 문 앞에서 담배를 피운 다음 세워둔 검정색 외제차를 타고 떠났다. 말도 없었고 표정도 없었다. 나도 모든 고객을 무표정하게 대했다. 새벽에 오는 손님들은 말을 하지 않았고 기계로 하는 소통은 완벽했다. 며칠이 지난 후 나는 네시에 화장을 고쳤다. 그가 오면 바코드를 찍었고 그가 컵라면에 물을 받을 때 구석 자리의 테이블을 닦았다. 또 며칠이 지난 후 그가 담배를 피울 때 나도 나가서 담배를 피웠다. 그가 무표정해서 마음에 들었다는 것은 아니다. 마음에 든 것은 그의 차였다. 가격을 검색해봤다. 내가 사는 방의 이십이 년 치 월세를 낼 수 있는 값이었다. 얼마 지나지 않아 그의 차 조수석에 앉게 되었다. 그가 가진 것들의 목록은 화려해 보였고 나는 그것들을 공유하고 싶었다. 그 목록 중에 다른 것들과 어울리지 않는 미자가 올라 있음을 그때는 알지 못했다.

미자는 텔레비전을 켜둔 채 그 앞에 누워서 자고 있다. 미자는 거실에서만 잔다. 깨어 있을 때에도 거실에 누워 있다.

텔레비전 때문인지 아닌지, 전부터 그랬는지 내가 오고 나서 일부러 그러는 건지 알 수 없다. 미자의 뱃살과 볼살이 늘어져 바닥에 닿아 있다. 늘어진 살은 화면에 따라 색이 변한다. 마치 미자에게 닿는 세계는 전파가 전부라는 사실을 증명하는 것처럼. 미자의 입술 주변에 점처럼 붙어 있는 김 조각을 발견한 순간 욕지기가 치민다. 욕실로 뛰어들어 문을 닫는다. 몇 번 게워내고 나니 눈물이 고인다. 이 일을 시작한 후로 나는 잘 토하게 되었다. 돌아오는 길 지하철역 화장실에서 토하기도 하고 집에 와서 누웠다가 울컥 오심이 일어 쩔쩔매기도 한다. 그때마다 눈물이 고인다. 나쁘기만 한 건 아니다. 눈물을 흘릴 정당한 기회를 확보한 대신 다른 때는 울지 않을 수 있으니까.

물을 틀자 맨 위에 있던 냄비가 무너져 내린다.

"제발 좀 그만 먹어라! 그릇이 이게 뭐니! 설거지를 하든가, 물이라도 받아두든가! 냄새 때문에 돌아버리겠다고!"

내 목소리는 미자의 코 고는 소리에 묻힌다. 볼륨을 한껏 올려두는 습관 때문에 나는 미자의 귀가 조금은 들리는 줄 알았다. 몇 년 전 처음 봤을 때만 해도 아주 못 듣지는 않았다.

이 집에 들어온 지 일주일쯤 된 어느 밤이었다. 텔레비전에서 흘러간 가요 프로그램이 방영되고 있었다. 악단의 반주가 쩌렁쩌렁 울리고 주현미의 간드러진 노랫소리가 흘러나오는 사이 미자가 흥얼거리는 소리가 섞여 들었다. 아니, 섞이는가 했는데 따로 놀았다. 주현미는 마주치는 눈빛을 노래하고 있는데 미자는 밤비 내리는 영동교를 건너고 있었다. 이불을 머리끝까지 뒤집어써봐도 소리는 차단되지 않았다. 박자도 멜로디도 엉망인 미자의 노랫소리가 점점 높아졌다. 그것은 차마 노래라고 하지 못할 어떤 것이었다. 문을 벌컥 열고 나갔다. 스며들듯 화면 가까이 앉아 있던 미자는 흥이 오르는지 한 손을 앞으로 쭉 뻗어 들었다 놨다 했다.

"이게 뭐예요? 정신 사납잖아요!"

리모컨을 찾아 소리를 줄였다. 미자는 아랑곳하지 않았다. 꺼버릴까 하다 음 소거 버튼을 눌렀다. 입만 벙긋거리는 주현미가 클로즈업되고 미자는 어깨까지 들썩였다. 나는 고개를 갸웃하곤 방으로 들어왔다. 텔레비전은 그때부터 화면만 명멸하고 있다.

코를 골던 미자가 갑자기 호흡을 멈춘다. 나는 시간을 어림한다. 일 초, 이 초, 삼 초…… 미자는 보통 십 초쯤 지나면 입술을 푸르르 떨면서 공기를 뱉어낸다. 십 초는 짧은 시간이 아니다. 미자가 호흡을 멈추면 나도 덩달아 숨이 멎는 것 같다. 저대로 죽어버리면 좋겠다는 생각이 든다. 미자의 죽음을 가끔 상상한다. 미자가 죽으면 이 집이 내 소유가 되겠지. 늙고 볼품없고 모자라기까지 한 미자의 몫으로는 너무 과분하다. 미자에게 필요한 것은 텔레비전과 먹을 것뿐인데. 미자가 푸르르 숨을 내뱉는다. 참았던 숨이 나도 모르게 터져 나온다.

"일어나! 대체 종일 하는 일이 뭐야! 청소도 안 해, 설거지도 안 해, 먹고 드러누워만 있으니 하마처럼 살이 찌지!"

미자는 꿈쩍도 안 한다. 어깨를 흔들어 깨운다. 미자가 손바닥으로 침을 닦으며 일어나 앉는다. 걸레를 가져다 미자를 향해 던진다. 그러려고 한 건 아닌데 걸레가 미자의 얼굴에 맞는다. 미자가 어리둥절해진 표정으로 걸레를 내려다본다. 너무한 일인가 싶지만 이상하게 멈출 수가 없다. 주저 없는 기세로 미자 손에 걸레를 쥐여주며 재촉한다.

"좀 닦으라고. 청소라도 좀 하라고! 라면 값이라도 좀 하란 말야!"

미자가 멀뚱멀뚱 내 얼굴을 쳐다본다. 나는 걸레를 뺏어 들고 거실 바닥과 가구를 닦는 시늉을 하며 미자에게 소리 지른다.

"이렇게! 이렇게 좀 닦고 청소를 하라고! 청소! 몰라?"

걸레를 다시 쥐여준다. 미자가 나를 노려보다가 걸레를 던진다. 걸레가 내 입을 때리고 바닥에 떨어진다.

"누캉 붙어묵고 와서는 이 지랄이고! 나가라! 내 아들 어데다 빼돌리고 여어가 어데라꼬 와서 이 지랄이고!"

"빼돌리다니! 누가! 내가 왜 여기 와서 이러고 있는데! 이게 다 그 잘난 아들 때문이라고! 내가 왜 나가? 못 나가!"

거기 가 있든가, 라던 남편의 말 때문만은 아니다. 여기가 아니라면 돌아갈 수밖에 없다. 창문이 없는 고시원이나 곰팡

내가 빠지지 않는 지하방으로.

남편은 생활비로 필요한 만큼만 지갑에서 뽑아주었다. 풍족하지는 않았지만 부족하지도 않았다. 집 안 어디에도 통장이나 카드는 보이지 않았다. 문득 불안해지기도 했다. 그럴 때마다 세상일에는 내가 모르는 저마다의 사정이 있게 마련이고 그 역시 그럴 것이라 생각하며 불안한 마음을 납작하게 눌렀다. 롤리팝을 핥아먹는 심정으로 야금야금 그 생활을 누렸다. 롤리팝의 단맛에 빠진 나는 점점 작아진 사탕이 마침내 사라지고 말리라는 예감을 애써 외면했다. 남편의 차와 집이 대포차에 깔세였던 것을 진작 알았더라면 그런 생활조차 불가능했겠지.

미자가 엉덩이를 밀면서 다가와 나를 현관 쪽으로 밀어붙인다. 미자는 거대한 살덩어리가 되어 출렁거린다. 바짓가랑이를 붙잡고 흔들어대는 아귀힘이 징그럽다. 몸을 비틀면서 간신히 떼어내자 미자는 내 방으로 들어가 문을 건다. 곧바로 따라가 방문을 두드려보지만 열어주지 않는다. 툭탁거리며 물건들이 어딘가 부딪히고 깨지는 소리, 이불 아니면 옷이 찢어지는 소리가 들려온다. 한참 만에 빰을 실룩거리며 나온 미자가 거실의 이불을 뭉쳐 안고 자기 방으로 들어간다. 미자가 지나간 자리에 핏자국이 길게 남는다.

노인의 집은 지하철역에서 꽤 멀다. 아파트 단지를 지나 산

쪽으로 난 오르막길을 한참 가면 대문이 큰 노인의 집이 있다. 지하철역에서부터 걸으면 삼십 분 정도 걸린다. 번잡해질까 봐 마을버스가 들어오지 못하게 한 동네라고 한다. 버스가 다니는 큰길에도 인적이 드물다. 아파트 담장을 끼고 있지만 인도를 걸어 다니는 사람은 한 블록에 두엇 있을까 말까 한 한갓진 길. 정류장을 지나칠 때 버스 한 대가 문을 닫으며 출발한다. 마스크를 하고 앉은 청년의 모습이 차창 너머로 보인다. 그제야 생각나 가방을 뒤져본다. 마스크를 잊고 나왔다. 이 미세먼지는, 탁한 공기는 여기까지만 공평한 것일까. 정원이 있는 저 위쪽 주택들은 사정이 다르겠지. 노인의 집도. 먼 곳을 보며 걷다가 덜컥 발이 걸려 넘어질 뻔한다. 뒤돌아보니 보도블록 귀퉁이가 들려 있다. 드러난 흙을 뚫고 잡초가 길게 자라 있다. 옹색한 틈에서 풀이 자라난 것도 신기한 일이지만 아무도 밟지 않았는지 하늘하늘 흔들리는 모습이 더 희한하다. 노인의 집에도 잡초가 무성했다. 가꾸지 않은 정원은 그래서 오히려 생명이 넘실거렸다.

못 뽑게 하셔서요. 언젠가 여자가 변명처럼 말했다. 오래된 집이었다. 둥치가 꽤 굵은 나무가 여러 그루였고 한쪽에 작은 연못이 있었다. 물이 채워져 있으니 어떤 생명이든 그 안에 깃들어 있을 터였다. 빨간 지붕 아래에 다락방이, 이층에 넓은 발코니가 있었다. 발코니에는 이불 빨래가 널려 있었는데 이후로도 갈 때마다 그랬다. 휠체어 탄 노인이 있는 집은 그럴 수도 있겠다는 생각이 들면서 미자의 이불이 떠올랐다. 종일 거실에 펴져 있는 미자의 이불은 벗어놓은 허물 같았다. 빛과 바람을 품은 그 집의 이불과는 사뭇 다르게.

식당으로 들어서자 노인은 내게서 시선을 떼지 않는다. 노인의 무표정한 시선이 오늘따라 집요하게 느껴진다. 노인은 어딘가 남편과 비슷한 데가 있다. 외모가 닮아서라기보다 마음을 불편하게 만들어서일 것이다.

식사해요. 상을 본 뒤 부르면 남편은 냉랭한 표정으로 식탁 위를 살폈다. 아직 국도 안 떴잖아. 다 차려놓고 불렀어야지. 남편은 다시 소파로 가버렸다. 식을까 봐…… 내 변명은 소파까지 닿지 못했다. 서둘러 국그릇을 놓고 다시 불렀을 때 남편은 거친 몸짓으로 식탁 의자에 앉았다. 또! 남편은 식탁을 내려다보며 짜증을 내곤 했다. 남편의 눈길을 따라가보면 젓가락 두 짝이 자라난 손톱 끝만큼 어긋나 있었다. 뭐 해? 제대로 놔! 젓가락 끝을 가지런히 맞춘 다음에야 남편은 수저를 들었다. 그런 사람이 편의점에서 나무젓가락으로 도시락과 컵라면을 먹던 사람과 동일 인물이라는 사실을 믿기 어려웠다. 결혼 전 남편은 식당에 갈 때마다 냅킨으로 탁자를 닦았다. 수저를 물컵에 담가 한 번 헹군 후 냅킨을 깔고 그 위에 놓았다. 내 것까지 그렇게 해주었다. 그것을 나는 배려라고 착각했다. 그렇게 믿고 싶었다. 아무도 내 수저를 가지런히 놓아준 적이 없었으므로. 기억을 더듬으면 엄마의 분식집

구석 탁자에서 혼자 떡볶이를 먹는 유년의 내가 있었다. 붉은 국물이 말라붙은 탁자와 비닐을 씌운 플라스틱 타원형 접시, 얇아서 끝이 한 가닥쯤 구부러진 포크와 함께. 떡볶이는 달고 짜고 매웠다. 그곳에서 나는 밥보다 떡볶이를 더 많이 먹었을 것이다.

남편과 함께 식사를 하기가 점점 힘들어졌다. 어느새 나는 남편이 식사를 하는 동안 싱크대에 기대서 있게 되었다. 그 자세가 가정부의 것과 다르지 않음을 깨닫자 오랜 의문이 환하게 풀리는 느낌이었다. 남편에게 필요한 사람은 아내가 아니었다. 결혼식을 하지 않고 바로 혼인신고를 한 건 각자 다른 이유 때문이었다. 남편은 종신직 가정부를, 나는 피부양자의 자격을 원했다. 서로 말하지 않았지만 내가 남편의 속내를 알게 된 것처럼 남편도 내 속마음을 알았을 것이다.

달그락, 노인의 숟가락이 바닥에 떨어진다. 나는 일어나 숟가락을 줍는다. 순간 등에 뭔가 닿는다. 흠칫 놀라 노인을 쳐다보자 노인은 시선을 피해 숟가락에 눈길을 준다. 처음부터 그것만 보고 있었다고 시위하는 눈빛이다. 노인이 등을 건드린 건지 아닌지 확실하지 않다. 숟가락을 개수대에 넣고 식기 건조대에서 새것을 가져다 노인 앞에 놓는다. 노인이 크흠, 하고 헛기침을 한다. 식사는 계속되고 집 안은 지나치게 조용하다. 귀를 기울이면 위층에서 가는 선율이 들려온다. 클래식 음악. 노인은 한 손으로 턱을 감싼 채 나를 지긋이 바라본다. 노인의 손가락은 가늘고 길며 손톱은 말끔하게 정리되어 있다.

나는 노인의 눈길에서 벗어날 도리가 없음을 안다. 내가 취할 수 있는 최선의 태도는 모른 척하는 것이다. 그리고 조금씩 더 큰 소리를 내기 위해 노력하는 것. 수저를 그릇에 부딪고, 음식물을 소리 내어 씹고, 물을 마실 때에도 들이마시는 소리를 일부러 낸다. 노인이 숟가락을 슬그머니 밀쳐 떨어뜨리는 게 보인다. 고개를 들어 노인을 똑바로 본다. 화난 표정을 지을 수도, 놀란 표정을 지을 수도 없다. 생명체가 아닌 것에서 볼 수 있는 표정이기를, 그것을 표정이라 할 수 있다면, 바라는 게 고작이다. 노인은 바닥에 떨어진 숟가락을 보며 딴청을 피운다. 별수 없이 다시 일어나 몸을 굽힌다. 얇은 옷 위로 노인의 체온이 전해진다. 벌레를 털어내듯 재빨리 몸을 흔들며 일으킨다. 미지근한 체온이 칼자국처럼 선명하게 남는다. 벌레에도 체온이 있을까, 생각하며 노인을 쏘아본다. 노인은 크흠, 헛기침을 하며 손을 거둔다. 숟가락을 개수대에 넣고 새것을 가져다 놓은 후 눈을 내리깔고 다시 먹기 시작한다. 시간은 아직도 한참 남았다. 현란한 바이올린 연주가 고음으로 치달아 터질 듯 팽팽해진다. 위층에서 음악을 듣고 있을 여자를 떠올린다. 여자는 무엇으로 노인을 견디고 있을까. 여자의 짐을 조금 나눈다면 여자가 누리는 것들을 나도 조금 나눠 받을 수 있을까. 노인이 다시 숟가락을 떨어뜨리고 나는 일어서는 대신 억지로 웃음을 만들어 보인다.

주방 개수대가 깨끗하다. 순간 노인의 말끔한 손톱이 떠올라 구토가 치민다. 침이 고이면 돌이킬 수 없으므로 호흡을 고르며 손바닥으로 가슴 가운데를 문지른다. 미자는 방에 틀어박혀 있다. 그제 저녁부터 아무것도 먹지 않는다. 이렇게 긴 시간 먹지 않는 일은 처음이다. 그 정도 일로 드러눕다니 의외이긴 하지만 미자라고 아무 감정도 없지는 않을 거라 생각한다. 좀 굶어도 미자는 끄떡없을 테지. 축적된 지방이 많으니 먹지 않고도 오래 버틸 것이다. 미자가 방으로 들어간 후 집이 넓어졌다. 나는 닫혀 있는 미자의 방문을 한번 보곤 소파에 깊숙이 몸을 묻는다. 휴대폰을 꺼내 유튜브에 접속한 다음 볼륨을 최고치로 설정하자 바이올린 선율이 유유히 거실을 흘러 다닌다. 이런 것도 평화 축에 드는 걸까. 이 집에서 처음으로 누려보는 편안한 공기에 스르르 눈이 감긴다. 옷장에 든 옷을 하나씩 불러내어 다음 약속에 입고 갈 옷을 골라본다. 느릿한 선율에 어울리는 속도로.

남편의 아파트에 처음 가본 날 나는 그의 차보다 집이 더 좋아졌다. 드레스 룸까지 갖춘 욕실 두 개짜리 아파트. 그가 어떤 사람인지 무슨 일을 하는지는 별로 중요하지 않았다. 남편과 함께 산 삼 년 동안 나는 그 공간과 일하지 않아도 되는 시간을 열렬히 누렸다. 남편은 아무 때나 나가고 들어왔고 집에 머무는 시간은 길지 않았다. 나는 혼자 있는 시간 동안 집을 사랑했다. 가구의 위치를 바꾸고, 커튼을 바꿔 달고, 닦을 수 있는 모든 곳을 닦았다. 그러고도 남는 시간은 소파에 가만히 앉아 있었다. 아무것도 하지 않는 시간이 있을 수 있다는 사실이 놀라웠다. 그런 공간과 시간이 남편을 견디게 하는 힘이 되었다.

바이올린 소리가 멎는다. 시간은 구 분 남짓 지났고 옷은 아직 정하지 못했다. 미자의 방에서는 아무 소리도 나지 않는다. 잠시 망설이다 문을 연다.

"자는 거야?"

미자는 움직이지 않는다. 들어가 미자의 어깨를 흔든다. 미자가 몸을 뒤척인다.

"어디 아파? 왜 안 먹어?"

미자가 눈을 떴다가 귀찮다는 듯 감는다. 이불을 머리끝까지 당겨 말고 돌아눕는다. 돌아누운 미자의 등은 커다랗고 낯설다.

"하긴. 너무 먹었지."

방을 나오려는데 이불이 발에 밟힌다. 때가 거뭇한 끝자락 아래로 삐져나온 발. 뒤꿈치에 피가 말라붙어 있다. 제법 깊이 베였는지 주변이 빨갛게 부었다. 이불에도 핏자국이 보인다. 어쩔까 하다 새 이불을 덮어주고 피 묻은 이불을 세탁기에 넣는다.

새 고객은 남자다. 낯선 사람이 두려운 건 여자라고 해도 다르지 않으므로 성별이 거절의 이유가 될 수는 없다고 나는 내게 주입한다. 남자는 예순 정도 되어 보인다. 식탁에는 밥이 아니라 술과 간단한 안주가 차려져 있다.

"저는…… 술 마셔주는 사람이 아니에요."

식탁 앞에 엉거주춤 서서 어렵게 말하자 남자가 대수롭지 않다는 듯 웃는다.

"밥이나 술이나. 어차피 시간을 사는 건데."

남자는 반말을 하며 의자에 앉는다. 식탁 위에 놓인 지갑은 일부러 잘 보이는 곳에 꺼내놓은 모양새다.

"한 시간은 좀 짧겠는데."

남자가 지갑에서 지폐를 한 움큼 꺼내 식탁에 놓으며 말한다. 꽤 많아 보인다. 최소한 두 시간은 될 테지. 십사만 원짜리. 노인과의 약속은 여유가 있다. 잠깐 망설이다 자리에 앉는다. 남자는 그럴 줄 알았다는 듯 잔을 채운다. 남자가 잔을 내밀고 나는 피할 수 없다. 남자가 한 번에 들이켜며 내게도 잔을 비우라는 손짓을 한다. 찌르르한 통증이 식도를 타고 내려간다.

"다른 것도 먹어준다면 이걸 다 줄 수도 있지."

남자가 두번째 잔을 비우고 나서 한 손을 식탁 아래로 내린다. 나는 못 본 척 빈 잔을 채워준다.

"천천히요."

남자는 노골적인 시선으로 내 몸을 훑는다. 천천히 마시자는 말을 다른 뜻으로 받아들인 게 틀림없다. 팔에 소름이 돋는다. 식탁 위 지폐의 액수를 어림하면서 다시 잔을 비운다. 속이 울렁거리기 시작한다. 불현듯 정액 냄새가 몸의 안팎을 휘감는 느낌.

남편은 언제나 안에 사정했다. 질이 아니라 입의 안. 그리고 삼켜, 라고 명령했다. 정액이 입안에 닿는 면적을 최소화하기 위해 공기를 함께 머금고 버티면 남편은 차가운 목소리로 말했다. 편의점으로 돌아가고 싶어? 야간 시급 만 원의 세계로 돌아가고 싶지 않았다. 쉬운 선택이었다. 남편과 결혼할 때 그의 집과 차를 생각했던 것처럼 최저시급을 떠올리며 정액을 삼켰다. 바로 욕지기가 나왔다. 시트에 정액을 토했다. 토한 정액의 냄새와 맛에 몇 번을 다시 토했다. 남편이 뺨을 후려쳤다. 토하지 않기 위해 새벽의 편의점과 지하방의 곰팡내, 창문 없는 고시원을 필사적으로 떠올렸다. 남편이 귀가하는 새벽마다 반복되는 일과였다. 영원히 익숙해질 것 같지 않던 새벽이 익숙해지면서 미각이 서서히 사라졌다.

자리에서 일어나 다급하게 욕실을 찾는다. 문을 여는 것과 동시에 터지는 구토. 욕실이 아니라 서재다. 토사물이 바닥에 질펀하게 고인다. 남자가 쫓아와 뺨을 친다. 다시 터져 나오는 구토. 남자의 바지에 토사물이 쏟아진다. 남자가 욕을 하며 닦을 것을 찾으러 가고 나는 서재를, 그 집을, 뛰쳐나온다.

남자의 집은 이십일층이다. 계단을 뛰어 내려와 건물을 벗어난다. 숨을 몰아쉬며 베란다를 올려보니 남자가 창가에 서 있다. 눈이 마주친다. 남자가 가운뎃손가락을 세운다. 나도 가운뎃손가락을 세워 보이고 돌아선다. 식탁 위의 지폐가 계속 떠오른다. 얼마였을까.

오한이 들어 몸이 떨린다. 팔짱을 끼고 이를 악문 채로 걷는다. 오후의 햇살이 가로수 잎 사이로 반짝인다. 눈물이 날 것 같은 기분인데 침만 고이고 눈물은 나지 않는다. 시간이 너무 많이 남았다. 집으로 갈 마음이 들지 않아 낯선 길을 무작정 걷기로 한다. 건너편에 버스터미널이 보인다. 어디로든 가고 싶고 가고 싶지 않기도 하다. 못 갈 곳이 없지만 갈 곳이 없기도 하다. 엄마의 분식집마저도 이젠 사라지고 없다. 엄마가 분식집보다 먼저 사라졌으니까. 그렇지 않았다면 내가 먼저 사라졌을 수도 있다. 남편은 왜 사라졌을까. 카드 한 장 없이 현금 다발을 들고 다니던 것과 관련 있을까.

약속 시간이 되어 노인의 집에 다다르자 몹시 지치고 허기가 진다. 벨을 누르고 대문이 열리기까지 연거푸 심호흡을 한다. 토사물 냄새가 아직도 난다. 오늘은 노인이 어떻게 나올까 어느 틈에 기대하고 있는 나. 어이없다. 그러면서도 휴대폰을 들어 꺼진 화면에 비친 얼굴을 점검하는 사람이 나라니. 검은 화면 속의 얼굴이 갑자기 낯설어 보인다. 휠체어에 앉은 늙은 남자 대신 미자를 생각하기로 한다. 가능성은 미자 쪽이 높을지도 모른다. 미자는 아직도 누워 있을까. 거울 조각에 다친 발은 그냥 둬도 괜찮은 걸까. 그 정도로 어떻게 되지는 않겠지. 그보다, 미자는 얼마나 더 굶을 작정일까. 미자는 정말 끝까지 굶을까. 굶을 수 있을까.

노인의 표정이 어딘가 달라 보인다. 인사를 하자 노인이 희미하게 웃는다. 노인의 미소는 뜻밖이어서 잘못 본 게 아닌가 싶을 정도다. 노인은 도대체 무슨 생각을 하고 있는 것일까. 여자가 혹시 눈치 채지 않았을까. 이런저런 생각을 하다 나도 모르게 픽 웃음이 난다. 노인이 헛기침을 한다. 나는 씹고 있던 음식물을 삼키고 입꼬리를 올린다. 노인은 수저를 내려놓은 상태로 줄곧 나를 보고 있다. 나는 버섯볶음과 밥을 씹으며 횟수를 세기 시작한다.

상차림은 정갈하다. 장식 없는 자기 접시에 밑반찬이 조금씩 담겨 있고 새하얀 냄비의 두부전골에서 김이 오른다. 냄비 옆에는 같은 색의 도자기 국자가 받침대 위에 놓여 있다. 이 일에서 중요한 포인트는 밥을 남기지 않는 것만이 아니다. 차려진 음식을 가리지 않고 먹어주어야 한다. 메인 요리뿐 아니라 밑반찬까지. 나는 맛있다고 말하지 않는다. 그런 말은 아마추어나 하는 거다. 프로는 맛에 의미를 두지 않지. 나는 어렵지 않게 프로가 되었다. 맛을 느끼지 못한다는 사실은 의외로 유리하다. 맛없는 음식을 먹을 때의 미세한 실망을 원천적으로 봉쇄할 수 있기 때문이다. 고객은 그런 모습에서 감동을 받는다.

나는 모든 음식을 골고루 집어 먹는다. 김만 빼고. 잘라진 크기로 봐서 집에서 구운 김이다. 고소한 들기름 냄새에도 불구하고 먹고 싶지 않다. 먹는 모습을 지켜보기만 하던 노인이 젓가락으로 김을 집어 내 밥 위에 놓는다. 뜨거운 밥 위에서 김은 금방 가운데가 오므라든다. 나는 얼굴이 찌푸려지지 않도록 주의하면서 밥을 한술 싸서 먹는다. 진한 기름내에도 갯내가 가려지지 않는다. 코로 천천히 숨을 내쉬며 몇 번 씹은 후 꿀꺽 삼킨다. 노인의 입가에 슬며시 미소가 번진다. 노인은 다시 김 한 장을 집어 내 밥에 얹은 다음 자신도 김으로 밥을 싸서 입에 넣고 우물거린다. 노인의 입가에는 주변으로 뻗친 방사선 모양의 주름이 있다. 입술이 움직일 때마다 주름이 벌레의 발처럼 꿈틀거리고 씹던 음식물이 흘러 셔츠에 흔적을 남긴다. 그 모습을 보지 않으려고 노인의 등 뒤에 놓인 장식장으로 눈길을 돌린다. 장식장 안에 고급 양주와 크리스털 잔이 진열돼 있다. 장식장은 뒷면이 거울로 되어 있어 잔과 병 사이로 노인의 뒤통수가 비친다. 듬성한 머리칼 사이로 불그레하게 드러난 뒤통수. 그 옆에 내 얼굴이 비친다. 굳어 있다. 나는 얼른 눈썹을 추어올리면서 미소를 지어 보인다. 노인은 계속 김을 집어주고 나는 거절할 수 없다. 일곱 장 먹는다면 한 장당 만 원. 먹을 만하다고 생각하자 실제로 좀 먹을 만해진다. 노인이 처음으로 밥 한 공기를 비운다. 노인은 밝은 표정을 지으며 무릎 위의 냅킨으로 입술을 닦는다.

여자가 현관까지 따라 나오며 고맙다고 말한다.

"통 드시지를 않더니 갑자기 김을 구워달라고 하셨어요. 지난번 왔을 때 등에 김 가루가 붙어 있었다면서."

당장 떼어주기라도 할 태세로 내 옷을 슬쩍 보면서 말해놓고, 이런 말을 해서 미안하다는 듯 손바닥으로 입을 가리고 웃는다. 얼굴이 달아오른다. 나는 한 손으로 뺨을 감싸고 웃는다. 웃어야 할 텐데 웃어지지 않고 얼굴이 더 뜨거워진다.

"때마다 같이 먹기가 참 힘들어요. 요즘은 너무 오래들…… 꼭 쥐고 놓지도 않으면서……"

빠르게 소곤거리는 여자의 미간에 세로로 주름이 잡힌다. 여자가 고개를 돌려 식당 쪽을 힐끔 보곤 명랑한 목소리로 말한다.

"한 공기를 다 드신 게 얼마 만인지 몰라요. 다 그쪽 덕분이에요."

여자가 활짝 웃으며 봉투와 쇼핑백을 내민다.

"잉글리시 티예요. 좀 떫을지 모르겠네요. 좋은 티는 타닌이 강하니까요."

쇼핑백을 건네받고 빠른 걸음으로 그 집 앞을 벗어난다. 대문이 보이지 않는 곳까지 와서 봉투를 연다. 이번에도 한지로 만들어진 미색 봉투다. 빳빳한 지폐가 흰 종이에 한 번 더 싸여 있다. 품위라는 것은 사소한 데서 발휘되는 법이지. 언제 누구에게서 들었는지 기억나지 않지만 나는 그 말을 종종 되새기곤 한다. 품위는 냄새와 같다. 여간해선 차단할 수 없는 것. 의도하지 않아도 저절로 흘러가 닿는 것. 품위 있는 사람들은 정작 품위라는 말을 입에 올리지 않는다. 품위가 무엇인지 모르는 사람들이 품위를 말한다. 어쩌면 말로만 가능한 일이기 때문일지도 모르겠다. 그리고 세상에는 품위라는 말조차 잊어버린 사람도 있다.

"아직도 누워 있어? 굶어 죽을 생각이야?"

미자는 잠들어 있다. 방문을 닫고 돌아서려다 마음을 고쳐먹고 들어간다. 이불이 허리께에 걸려 있다. 어깨 위로 끌어올려 덮어주다 보니 미자의 동그란 어깨가 생각보다 좁다. 미자가 갑자기 어깨를 후드득 떨면서 한 번 흐느낀다. 눈가가 불그스름하다. 미자의 얼굴을 우두커니 내려다보다 발치의 이불을 들춘다. 뒤꿈치에 말라붙은 피는 여전하고 상처 주변은 어제보다 더 부어 있다.

냄비에 물을 올린다. 자잘한 기포가 잡히고 그것들이 커져서 수면을 뚫고 오를 때까지 불 앞을 뜨지 않는다. 아무 생각도 하지 말자고 생각한다. 미자의 마음이 어떨지, 남편은 어디로 사라졌는지, 언제까지 이 집에서 미자와 지내야 할지, 이런 생각들을 지우려고 애쓴다. 커진 기포가 터지는 것처럼 생각들도 톡톡 터져서 사라지면 좋겠다. 라면을 넣고 수프 봉지를 찢는다. 손이 미끄러져 수프가 흩어진다. 싱크대 상판이 순식간에 지저분해진다. 계란을 하나 깨어 넣고 파를 썰어 넣는다. 마지막으로 김 가루를 듬뿍 뿌린 후 방으로 들고 간다.

"라면 먹어! 안 먹어? 내가 다 먹는다?"

미자는 아까와 같은 자세로 누워 움직이지 않는다. 겨드랑이에 손을 넣고 미자를 일으킨다. 물컹하고 거대한 젖가슴이 팔 안쪽에 닿는다. 미자는 몇 번을 까부라지다 힘겹게 일어나 앉는다. 처음으로 미자의 얼굴을 자세히 본다. 탄력 없는 볼살이 입술 양끝을 붙들고 늘어져 있다. 미자는 언제부터 이런 미자였을까. 미자의 젊은 날은 어땠을까. 어떤 시간들이 미자를 여기까지 데려왔을까.

"먹어! 안 먹고 죽을 참이야? 죽더라도 아들 오고 나서 죽어! 내가 송장까지 치우게 생겼니?"

미자의 손에 젓가락을 쥐여준다. 미자의 힘없는 손에서 젓가락이 미끄러져 떨어진다. 숟가락으로 김 가루가 풀어진 국물을 떠서 미자의 입에 넣어준다. 미자가 국물을 받아먹으며 내 얼굴을 물끄러미 쳐다본다. 눈동자에는 아무것도 담겨 있지 않다. 빛이라 할 만한 그 어떤 것도. 숟가락에 라면 가락을 올려 미자에게 내민다. 미자 때문이 아니다. 집 때문이다. 집에 미자가 딸려 있을 뿐, 이건 집을 돌보는 일이니까. 미자가 눈을 꾹 감고 라면을 받아먹는다. 미자의 얼굴이 점점 흐려진다. 손끝으로 눈두덩을 누른다. 파 냄새가 훅 풍기면서 방바닥에 눈물이 떨어진다.

"티비 틀어줄까?"

서둘러 나와서 텔레비전을 켜고 소파에 앉는다. 미자가 라면 그릇을 들고 슬금슬금 거실로 나오더니 텔레비전 앞으로 다가앉아 라면을 먹는다. 발이 아픈지 자세를 이리저리 바꾸면서. 마음대로 쓸 수 없는 무릎 때문에 그마저 여의치 않아 보인다.

긴 숨을 내쉬고 소파에서 일어난다. 약이 있을 만한 곳을 뒤지기 시작한다. 텔레비전 아래 서랍을 뒤적이다 닫고 한 번도 열어보지 않은 싱크대 구석 수납장을 연다. 위쪽 수납장 안쪽이 잘 보이지 않아 의자를 놓고 올라가 살핀다. 기역 자로 꺾인 수납장 안쪽 구석에 티 세트가 있다. 꽃무늬에 금장이 둘러진 티 세트는 얼핏 보기에도 고급스럽다. 찻잔 두 세트와 티 포트를 조심스럽게 내린다. 바닥 뒷면에 메이드 인 잉글랜드라고 찍혀 있는 찻잔에 미세한 실금이 가 있다. 저 미자가 이 찻잔을 썼던 것일까. 나는 미자를 돌아본다. 미자는 태연하게 면을 건져 먹고 있다.

라면 냄비를 씻어 다시 물을 올린다. 바닥에서부터 작은 기포가 올라와 수면에서 툭툭 터지는 모양을 지켜본다. 물은 금방 부글부글 끓어오른다. 부글거리는 소리를 뚫고 미자의 입김 소리가 들린다. 미자는 뜨거운 라면 가락을 문 채로 입김을 불어내는 버릇이 있다. 쇼핑백에서 차를 꺼내 티 포트에 넣고 물을 붓는다. 찻잎에서 붉은색이 서서히 번져 나온다.

"그거, 알아? 좋은 차는 말이지…… 떫은맛이 난대."

나는 티 포트에서 눈을 떼지 않고 말한다. 미자가 숟가락으로 그릇 바닥을 긁는 소리가 난다.

"타닌 때문이래. 그런 거 알아?"

맑았던 물이 붉게 변해가는 것을 들여다보는 동안 가슴께에 찻물처럼 뜨거운 것이 차오른다. 티 포트 속의 붉은 원이 차차 선명해지고 동그란 수면은 마치 처음부터 그랬던 것처럼 고요하다. 상상해본다. 이 고요 속에 퍼져 있을 떫은맛. 나는 눈을 감고 깊게 숨을 들이마신다. 문득, 둔탁한 소리와 함께 공기의 배열이 흐트러진다. 날숨에 금이 간다. 티 포트를 깨뜨린 찻물이 싱크대 상판의 모서리를 타고 흘러 발에 떨어진다. 어느새 발등이 붉다.

메르센

냉기가 흐르는 계단을 내려가자 철문이 나왔다. 큼직한 자물쇠는 섬뜩할 정도로 차가웠다. 엄씨는 문 앞에 한동안 서 있었다. 열흘째였다. 엄씨는 매일 아침 설마 오늘은, 하는 마음으로 계단을 내려갔다. 탁구장이 왜 닫혀 있는지 도무지 알 수 없어 애가 탔으나 물어볼 데가 마땅치 않았다. 탁구장은 아파트 관리소가 아니라 회원들에 의해 운영되고 있었기 때문에 자칫하면 오해를 살 수도 있었다. 따지고 보면 운영 주체와 상관없이 현황 파악 정도는 하려면 할 수도 있는 문제였지만 엄씨의 처지는 그리 간단치 않았다. 주민들 일에 섣불리 개입하지 않되 적극적으로 개입하는 것이 계약직 경비의 바람직한 태도였다. 적극적 개입이란 주로 상식을 넘어서는 노동이나 서비스를 요구받을 때 뒤탈이 생기지 않도록 그 요구에 응해야 하는 것을 뜻했다. 요구에 대해서는 최대한 신속하게 최선을 다하기, 나머지 일들은 못 들은 척, 못 본 척. 이것이 엄씨가 경비 일을 시작한 후 칠 개월 동안 익히게 된 원칙이자 요령이었다. 그런데 탁구장이 관련되면 원칙과 요령이 흔들렸다. 메르센 탓이었다. 엄씨가 아파트 관리소로 출근한 후 첫인사를 나눈 주민.

"하이고, 보소, 오늘 날씨가 차암 좋지요?"

이른 아침이었다. 마치 오래 알고 지낸 사람인 양 스스럼없는 인사를 받았을 때, 엄씨는 늘그막에 시작한 새로운 일에서 오는 긴장이 툭, 하고 끊어지는 것을 느꼈다. 친절한 주민. 그날의 인사는 당황스럽기도 하고 생소하기도 했는데, 그것은 부담이라기보다 약간의 들뜸이나 설렘에 가까웠다. 메르센이 초승달 같은 두 눈을 가느스름하게 만들어 하늘을 올려다볼 때 그 눈가에 어린아이 같은 천진함이 엿보였기 때문이다. 친절함 뒤에 감춰진 어느 정도의 무시, 혹은 오만 같은 것을 각오하고 있었던 엄씨에게는 의외의 순간이었다. 때마침 불어온 훈풍에 벚꽃 잎이 하르르 날렸다. 메르센은 천천히 날아오르다 떨어지는 꽃잎을 눈송이 받듯 손바닥으로 받으며 꽃잎의 향방을 따라 느릿느릿 걸었다. 우물쭈물하는 사이 가벼운 목례조차 돌려주지 못하여 인사를 빚진 엄씨는 어색하게 뒤를 따랐다. 주민센터 지하의 탁구장 입구에서 멈출 때까지. 벚꽃 향기가 코에 스미듯 자연스럽게 안으로 들어간 메르센은 익숙한 동작으로 탁구대에 다가섰다.

"히야, 잘 치네. 내 구경 쫌 해도 되지요?"

일흔쯤 되어 보이는 남자와 그보다 몇 살 위인 듯 보이는 여자가 게임을 하고 있었다. 두 사람은 메르센의 말을 못 들은 척 게임에만 열중했고 메르센은 네트 끝을 만지작거리며 눈으로 공을 좇기 시작했다. 두 사람의 실력은 비등비등하여 금세 가파른 랠리가 시작되었다. 메르센의 고개도 덩달아 바빠졌다. 공 소리가 폭발할 듯 팽팽해지자 여기저기서 탄성이 흘러나왔다. 한순간, 남자가 예리하게 스핀을 주며 라켓을 휘둘렀다. 공은 네트를 살짝 넘겨 탁구대 가장자리를 맞히고 떨어졌다. 잰 동작으로 라켓을 갖다 대던 여자는 그만 메르센의 옆구리에 부딪히고 말았다. 메르센이 아니었어도 받아내기엔 무리였다.

"이 할마씨가 미친나! 봐라. 위험하게 그래 바싹 붙어서 있으마 공을 우째 치란 말잉기요? 참, 내, 사램이 모지래도 한참 모지래지…… 구경을 할라만 앉아서 하등가. 다치만 우짤라꼬 그카능기요?"

"내가 뭐…… 옆에 가마이 서 있기만 하는데…… 여어는 공도 잘 안 오는 덴데……"

"퍼뜩 안 물러나고 뭐 하능기요! 그래 네트를 만치고 있으이 못 넘어갈 공이 넘어갔지! 절로 가라 안 카나!"

약이 오른 여자가 그때까지도 네트를 만지작거리고 있던 메르센의 손을 라켓으로 탁 쳤다.

"거 쪼매 서 있어도 괜찮겠구만은……"

메르센은 손등을 문지르며 물러났다.

문손잡이를 잡은 채 그 광경을 지켜보던 엄씨는 돌아서서 계단을 올랐다. 주차장에는 여전히 벚꽃 잎이 날리고 있었다. 꽃잎을 향해 손을 내밀었다. 손바닥에 내려앉던 꽃잎이 잡을 수 없는 속도로 달아났다. 4월 21일이었다. 421. 소수였다. 벚꽃 같은 미소가 엄씨의 얼굴에 내려앉았다.

엄씨는 계단 중간에 쭈그리고 앉았다. 단단하고 차가운 바닥과 벽에서 전달되는 냉기가 몸을 파고들었다. 회원들 사이에도 가끔 냉한 기운이 감돌았다. 그러나 탁구장을 폐쇄할 만큼 심각했던 적은 없었다. 아주 틀어져버리면 결국 누군가 탁구장에 발을 끊어야 한다는 사실을 잘 알고 있는 회원들 사이에는 불문율이 있었다. 적당히 토라지고, 적당히 화해한다는. 그들은 멈춰야 할 때를 아는 것 같았다. 다시 안 볼 것처럼 입씨름을 한 다음 날에도 봉지 커피를 탄 종이컵을 건네주며 소파에 나란히 앉는 일이 드물지 않았다. 크고 작은 말썽이 끊이지 않으면서도 그럭저럭 운영이 되어가는 힘은 월 만 원의 회비 외에도 회원들의 협력이랄지, 체념이랄지에 있다고 해도 틀린 말은 아닐 것이었다. 그들은 삐거덕거리면서도 굴러는 가는 나무 바퀴처럼 장애물이 나타나면 몇 번 힘써보다가 에둘러 갈 줄 알았다.

회원은 모두 마흔 명 남짓, 핵심 멤버는 열다섯 명 안팎이었다. 회원들은 탁구만큼, 혹은 탁구보다 더 친교에 열중했다. 거기에는 나이, 사회적 지위, 아파트 평수, 전직 같은 것들이 미묘하게 작용하면서도 적어도 외견상으로는 중요하지 않았다. 누군가는 배우자를 잃었고, 누군가는 이혼을 하거나 당했으며, 대부분은 배우자가 있는 상태였지만, 탁구장이라는 한정된 공간에서는 바깥에서 통할 법한 개인 신상이 더 이상 변수가 아니었다. 이를테면 인간 최후의 고갱이 같은 본능만이 작동하는 느낌이랄까. 여자들의 외모 경쟁이라든가 남자들의 수컷 본능은 주변적인 요소들이 앙상해질수록 도드라졌다. 그런 식의 본능에 기댄 친교란 참으로 정직한 것이어서 간혹 낯 뜨거운 소문을 만들어냈고 소문은 싸움을 불렀다. 적당한 다툼 후의 적당한 화해. 그리고 그 반복.

엄씨가 유난히 눈치가 빠르다든가 사회성이 뛰어나서 이런 상황을 쉽게 파악한 것은 아니었다. 오히려 엄씨는 이 모든 사태를 파악하는 데에 남들보다 오래 걸렸다. 메르센에 대한 평판을 이해하는 데에도 오래 걸리긴 마찬가지였다. 그들이 슬쩍슬쩍 내비친 무시가 어디에서 비롯된 것인지 알지 못했던 엄씨에게, 회원들은 종종 노골적으로 메르센을 업신여기는 발언을 하며 동조를 구했다. 무엇보다도 그들은 메르센과 말을 섞으려 들지 않았다. 새 인물이 등장하면 으레 그렇듯 여자 주변엔 남자가, 남자 주변엔 여자가 맴도는 수순을 거치면서 메르센은 조금씩 밀려났던 것일까. 메르센은 탁구를 못 쳤다. 아무도 같이 치려고 하지 않았고 가르쳐주지도 않았다. 메르센이 탁구장에 와서 하는 일은 탁구대에 배를 붙이고 서서 감탄의 눈길로 구경하는 것, 공이 날아오거나 사람이 돌진해 와도 피하지 않고 굳건히 자리를 지키는 것이었다.

"거, 참. 사램이…… 다치도 괘안나? 괘안탄 말이라? 나중에 치료비 무라내라 우째라 카기 없데이. 알았재?"

몇 번 실랑이가 오가고 나면 회원들은 번번이 반말로 메르센을 윽박지르곤 했다. 메르센은 그때마다 별수 없이 물러났다. 그저 입가가 새초롬해질 뿐. 물러나 벽 쪽에 나란히 놓인 의자에 앉을 때도 등을 기대지 않았다. 엉덩이를 반쯤 걸친 자세로 탁구대를 쳐다보다가 십 분이 되지 않아 다른 탁구대로 슬그머니 다가가곤 했다. 지치는 쪽은 탁구를 치는 사람들이었다. 그들은 못 말린다는 표정으로 라켓을 내려놓고 소파에 앉아 커피를 마시거나 떡이나 과일을 먹었다.

어떻게 된 걸까. 탁구장이 폐쇄된 이후 다른 회원들은 아파트 주차장이나 팔각정에서 더러 마주쳤다. 유독 메르센만 눈에 띄지 않았다. 엄씨는 메르센에게 마음을 쓰는 자신이 스스로에게조차 설명되지 않아 더욱 조심스러웠고, 그래서 누구에게 물어볼 수도 없었다. 할 수 있는 건 메르센이 다시 나타나기를 기다리는 일뿐이었다. 마치 팔 년 전 메르센 소수 발견에 온 신경이 쏠려 있었던 때와 유사했다. 불가능에 가까운 일에 무작정 매달리는 기분. 포기가 정답임을 알면서도 인정하기 싫은 어떤 아집과 무모함. 그것은 희망이라기보다는 스스로를 좌절로 몰아넣어 완벽한 절망에 이르는 과정이었는데, 한편으로는 비밀스러운 기쁨이기도 했다. 자신이 그런 사람임을 인정하기까지 수십 년이 걸렸다. 그 시간을 온전히 바친 다음에야 터널을 빠져나온 직후처럼 어리둥절한 가운데 자신이 어디쯤 와 있는지를 비로소 알게 되었고.

삼십 년 가까이 학교에 있었던 엄씨는 세상을 잘 몰랐다. 잘 모른다는 사실조차 모르던 상태에서 출발해 그 사실을 어렴풋이 깨닫게 되었으나, 그럴수록 세상은 휘휘 달아나는 풍경처럼 점점 더 알 수 없는 무엇이 되어버렸다. 그가 가르친 과목은 수학이었다. 수학은 아이들에게 대체로 필요악이었고 엄씨에게는 절대선이었다. 수와 논리의 세계는 어떠한 도덕적 판단도, 정서적 거리도 요구하지 않았으므로 그 자체로 찬란하고 난측한 우주였다. 어렵지도 않은 일차함수 그래프를 칠판에 그리다 말고 그는 가끔 울컥했다. 세 개의 직선이 교차하는 세계, 다른 선의 틈입을 허용하지 않는 자족의 세계.

그 세계에 몰입할 때 그는 황홀하기조차 했다. 그럴 때 엄씨는 판서를 멈추고 호흡을 골라야만 했다.

"안 보여요."

아이들은 기다려주지 않았다. 그는 돌아선 채로 비켜섰다. 어떤 아이들은 엎드려 잤다. 그들은 황홀한 우주를 유영할 의지가 없어 보였다. 고작 서너 명 정도가 눈을 반짝이며 수학선생의 손끝에 집중했다. 그들은 마침맞게 선행학습이 되어 있어 설명을 제대로 알아들을 수 있었지만 흥미로워하지는 않았다.

"시험에 나와요?"

어쩌다 흥이 나서 수학자들의 이야기를 꺼낼라치면 누군가 그렇게 물었다. 아이들에게 냉소는 쉬운 학습 대상이었다. 아르키메데스, 피타고라스, 페르마, 데카르트, 오일러, 피보나치 들이 그들의 냉소에 굴욕을 당했다. 엄씨는 입을 다물고 돌아섰다. 칠판에 문제 풀이 과정을 기계적으로 써 내려갔다. 교실은 익숙한 질서로 되돌아갔고 모두들 징그러운 침묵 속에서 각자의 임무를 수행했다. 아이들의 관심사는 시험점수였다. 학원에서 미적분과 기하, 벡터까지 배운 아이들은 시시한 함수 따위엔 심드렁했고, 턱을 괸 채 딴생각에 잠겼다. 그는 엎드려 자는 아이들을 깨우지도, 누군가를 불러내어 문제를 풀게 하지도 않았다. 정해진 커리큘럼대로 정확하게 진도를 나갔다. 사십오 분짜리 수업은 일말의 오차 없이, 돌발사

태 없이 흘러갔다. 당연히도, 우주를 몇 평짜리 교실에 구겨 넣을 수는 없었다. 어차피 불가능했으므로 그는 아무래도 좋았다. 그러나 그를 둘러싼 타자들은 달랐다. 교사로서의 그에 대한 평가는 언제나 바닥 수준을 면치 못했다. 아이들의 수학 성적은 그의 능력으로 결정되는 것이 아니었다. 그것은 사교육으로 결정되고 학교에서 확인되었다. 역설적이게도 그렇게 고착된 현실은 그의 편이었다. 객관적 평가보다 주관적 책임감이 그에게는 더 큰 가치였으므로, 평가와는 무관하게 공교육의 경쟁력 약화가 그의 숨통을 터준 셈이었다.

해가 바뀔 때마다 그는 담임을 면하고자 안간힘을 썼다. 하지만 할 수 있는 일은 거의 없었다. 그저 간절히 기대하다가 실망 혹은 안도하는 것이 전부였다. 그는 아이들이 무서웠다. 도무지 익숙해지지 않았다. 그 부모들은 더 무서웠고 영원히 적응되지 않을 터였다. 공포의 정점은 학부모 총회였다. 교단에 서면 난감해졌다. 그들의 긴장된 표정은 마치 결전을 앞둔 용사들 같았는데 정작 더 굳어 있는 사람은 엄씨였다. 그는 교탁 가장자리와 이마를 번갈아 문질렀고, 학생 수만큼에서 반쯤 남은 안내 책자를 세고 또 세다가 서둘러 총회를 마쳤다. 적극적인 반장 엄마도 문제였다. 수련회 준비를 어떻게 할까요? 간식을 넣어주고 싶은데 피자를 배달시켜도 될까요? 의논이 아닌 통고에 불과한 질문들이 징그러웠다. 불편하고 불안했으며 우울했다. 결국 때마침 열풍처럼 몰아닥친 명퇴의 행렬에 합류했다.

컴퓨터 석 대가 집에 설치되었다. 거실 겸 주방의 한쪽에 놓인 식탁에 두 대, 컴퓨터 책상에 한 대가 자리를 잡았다. 엄씨는 식탁에 놓인 키보드 중 하나를 데스크톱 위에 올리고 그 자리에 옹색하게 상을 보아 식사를 했다. 컴퓨터들이 밤낮없이 소인수분해를 했기 때문에 명멸하는 숫자와 기호를 바라보며 천천히 음식물을 씹고 삼켰다. 2^n-1인 메르센 수 중에서 소수인 수, 즉 메르센 소수를 찾는 일은 컴퓨터 시피유를 백 퍼센트 잡아먹는 프로그램을 몇 달이고 돌려도 요원한 일이었다. 다음 해 가을, 마흔여덟번째 메르센 소수가 발견되었다. 발견자는 개인이 아니라 팀이었다. 그들은 6,667달러의 상금을 받았다. 기쁘기도 했지만 부러움이 더 컸고 그보다는 허탈감과 씁쓸한 감정이 우세했다. 그동안 어마어마한 전기요금을 물어가며 좌절과 무력감을 서서히 확인해온 결과였다. 마흔아홉번째 메르센 소수가 발견되었을 때는 차라리 담담한 심경이었다. 개인의 노력으로는 불가능한 차원임을 깔끔하게 받아들일 수 있었다. 마흔아홉번째 메르센 소수는 무려 2,233만 8,618자리의 수였다. 그리고 쉰번째, 쉰한번째의 메르센 소수가 발견되었다. 엄씨는 이제 그 소식이 우주 저 끝에서 들려오는 풍문처럼 아스라이 느껴졌다.

메르센은 아직 발견되지 않은 쉰두번째 같은 존재가 아닐까, 엄씨는 그런 생각이 들곤 했다. 1과 그 자신 말고는 다른 약수를 가지지 않는 수. 순정하고 귀한 수. 아직 누구에게도 발견되지 않은 수. 그런 의미는 엄씨의 세계에서만 유효했을 뿐 소수는 합성수가 되지 못한 수에 불과했다. 마치 타인과의 소통을 두려워하는 자신처럼. 엄씨는 소수를 찾는 동안 자신을 합성수로 만들어줄 다른 수는 영영 없으리라는 생각이 언뜻언뜻 들었다. 이미 합성수인 사람은 엄씨가 필요하지 않았고, 소수인 사람은 세계를 확장하는 데에 무관심하거나 무능했다. 엄씨는 어느덧 그런 생각조차 잊게 되어, 동년배들이 욕망하는 소소한 재미도 모르는 사람이 되고 말았다.

탁구 라켓을 잡아본 적도, 소박한 친목 단체에 가입해본 적도 없는 엄씨가 종종 들르는 탁구장에서 거부당하지 않는 이유는 시설 관리와 안전 점검이라는 그럴듯한 명분이 있어서였다. 들르기는 하되 투명인간쯤으로 취급당하길 바랐지만 총무는 간혹 그에게 말을 붙였다.

"보소, 엄씨. 저 아지매 아능기요?"

총무가 팔꿈치로 엄씨를 툭 쳤다.

"예?"

엄씨는 안다고도 모른다고도 대답하기 곤란해 반문으로 대신했다. 메르센에 대해서라면 아는 바가 없었지만 모르는 사람은 아니었으니까.

“저어게 저 구경만 하는 아지매 말이라요. 이름이 끝수이라 카재. 이름도 참……”

총무가 메르센을 턱으로 가리켰다.

“예? 끝순…… 씨요? 아, 예……”

자신에게 갑자기 메르센의 이야기를 꺼내는 이유를 알 수 없었다. 엄씨는 자신도 모르게 메르센에게 자꾸 시선이 갔던 걸 조금 후회하는 심정으로 총무가 앉아 있는 소파의 팔걸이를 손끝으로 문질렀다.

“참, 내, 저래 물색없이 굴어가꼬 누가 좋다 카겠능기요. 하루도 안 빠지고 나와요. 탁구는 칠라꼬도 안 해.”

아무도 상대해주지 않아서 못 치는 거 아니냐고 말할 수는 없었다. 그런 도발은 무모한 도박과 다르지 않았다.

“하기사 아무도 쳐주지도 안 할 끼라. 엄씨도 함 보소. 저 아지매가요. 생긴 거는 저래 멀쩡하지요? 한 십 분만 같이 말 섞어보소. 어데가 모지래도 한참 모지래지. 암만캐도 거 눈지 몰라도 참말로 답답해가 몬 살 끼라. 안 그렁기요, 어이?”

총무가 입꼬리를 찌그러뜨리며 혀를 찼다.

“그게…… 그래도……”

엄씨는 뒷말을 잇지 못했다. 총무의 평가가 공정치 않다는 반발이 앞섰다. 그러나 다음 순간 엄씨는 생각을 수정할 수밖에 없었다. 공정치 않은 사람은 자신일지도 몰랐다. 모두가 동의하면 진실이 되고 한 사람의 거부는 인정받지 못하는 세상의 논리대로라면 분명 자신이 공정치 못한 것일 테니까. 공식대로, 정리대로 정답을 도출해낼 수 있는 일이 아니었다. 동의할 수 없는 세상일들은 묻어둘 수밖에 없었다. 그것이 엄씨가 세상으로부터 자신을 분리하되 세상과 공존하는 유일한 방법이었다. 조금씩 스스로를 길들여 마침내 꽤 익숙해진 방법. 그런데 메르센은 왜 선명하게 분리되지 않나.

엄씨는 아까부터 자물쇠에서 눈을 떼지 못했다. 오늘따라 자물쇠는 더 견고해 보였다. 지하의 냉기는 시간에 비례하여 더욱 집요해졌다. 엄씨는 한번 진저리를 치고 일어섰다. 비상키를 꺼내려고 주머니에 손을 넣자 비닐 포장에 싸인 플라스틱 숟가락이 손에 잡혔다. 숟가락은 그날 이후 제복 주머니에 계속 들어 있었다.

"오늘이 무신 날잉기요? 이기이 다 무신 음식인공?"

메르센이 탁자 쪽으로 다가갔다. 탁구장 한편의 탁자 위에 비빔밥과 전, 과일 따위가 푸짐하게 차려져 있었다. 왁자지껄하게 파티를 벌이고 있던 회원들은 메르센의 말에 성가시다는 표정을 주고받았다.

"중야이라, 중양. 오늘이 중양인 줄도 모르는갑재. 하기사 뭐를 알겠노."

한 여자가 말끝에 옆 사람과 눈을 맞추곤 볼이 미어지게 밥을 떠 넣었다.

"중양? 중야이 뭐꼬? 누구 생일이 아이고요?"

"중양에 국화주를 마시야 액을 면한다 안 카더나. 집에야 무신 걱정이 있능기요? 남편이 있나, 자슥이 있나, 어데 아픈 데가 있기를 하나, 남을 신경 쓰기를 하나, 세사아 팔자 핀한 사램이."

박 노인이 국화주를 한잔 들이켜고 입가를 닦으며 빈정거렸다.

"국화주? 국화도 술을 담가요? 그런 말은 내 듣니 첨이네."

메르센은 눈으로 앉을 자리를 찾으며 말했다. 긴 소파에 앉은 여자들이 자리를 좁혀주면 메르센이 앉을 수 있을 것 같았지만 그들은 먹고 떠드는 데에만 열심이었다. 메르센은 어정쩡하게 서서 침을 삼켰다.

"나도 쫌 묵구로 쪼매만 비키주소. 맛있겠구만은."

소파의 여자가 과일을 집으며 차갑게 말했다.

"숟가락이 없다. 가서 갖고 오등강."

"숟가락이 없다꼬요? 그라만 내 퍼떡 댕기오께. 쫌 있어보소."

메르센이 함빡 웃으며 엄씨 앞을 지나쳐 바삐 올라갔다. 문간에 서서 지켜보던 엄씨는 발소리를 죽이며 계단을 몇 칸 올랐다.

"아이고, 참, 눈치도 없재. 숟가락이 와 없겠노."

"됐다, 마. 오기 전에 퍼떡들 드이소."

"음석을 해도 돌아가민서 해야지. 맨날 거저 얻어물라꼬만 드이 고마 같이 묵기도 싫다 카이."

"얹히사는 사램이 음석을 우째 해오겠노만은. 그라만 쫌 빠질 줄을 알아야재. 곧 죽어도 남 하는 거는 다 할라 카노."

"얹히살아요? 누구한테?"

"거 오래비라 안 카등강? 저래 모지래이 소박맞았재. 요새 시상에 생산 몬했다꼬 다 소박맞능강."

메르센이 사라지자 그들은 거침없이 뒷말을 했다. 엄씨는 조용히 자리를 떴다. 메르센이 숟가락을 들고 오는 모습을 보고 싶지는 않았다.

관리사무소로 돌아와 입주자 명부를 꺼냈다. 열 개 동 천여 세대를 샅샅이 훑었지만 '끝순'이라는 이름은 보이지 않았다. 처음부터 다시 검지로 짚어가며 훑었지만 역시 없었다. 동료는 의아해하는 눈길을 잠깐 보냈다가 방문 차량의 운전자를 상대로 방문 세대를 물어보고 장부에 기입했다. 엄씨는 시시티비 모니터에 시선을 고정했다. 벽면을 가득 메운 십여 개의 모니터는 마치 설치미술 작품 같았다. 화면 하나가 넷으로, 혹은 열여섯으로 분할되어 각기 다른 장소를 보여주었다. 현관을 드나드는 주민들과 주차장을 출입하는 차량들이 모니터 속에서 움직이고 엘리베이터 내부가 복제를 한 것처럼 화면 속에 나열되어 있었다. 화면 속 움직임에는 일정한 패턴이 보일 것도 같았다. 프랙털같이. 아파트 곳곳에 폐쇄회로 카메라가 설치되어 있었지만 엄씨가 가장 보고 싶은 곳인 탁구장은 포함되지 않았다. 지금쯤 탁구장에 다시 갔을까. 물끄러미 모니터를 주시하던 엄씨는 무언가 생각난 듯 책상 서랍을 열었다. 나무젓가락과 플라스틱 숟가락이 서랍 가득 들어 있었다.

"세상에 멸시해도 되는 수는 없는데……"

혼잣말을 하며 숟가락 하나를 꺼내 제복 주머니에 넣었다.

"뭐라꼬요? 경비원이라꼬 누가 멸시한다꼬요? 누가?"

동료의 목소리는 꽤 컸다.

"숫자 하나하나가 다 다르다 이 말입니다. 합성수가 있으면 소수도 있는 거지요. 다른 숫자는 끝까지 다르지, 같아질 수는 없다, 이 말입니다."

동료는 엄씨를 말끄러미 쳐다보기만 했다.

"소수에도 그 자신 말고 남들 다 갖는 약수 1이 있어요. 무시할 일이 아니라고요."

엄씨는 공연한 말을 했다는 생각이 뒤늦게 들어 입을 다물었다. 동료는 고개를 갸웃하며 중얼거렸다.

"수학 선생이라 카디만. 허, 참……"

그날 이후 엄씨는 탁구장이 더 궁금해졌지만 차츰 멀리했다. 가고 싶은 이유도, 가고 싶지 않은 이유도 메르센 때문이었다. 회원들의 냉대를 냉대인 줄도 잘 모르는 메르센을 보기가 편치 않았다. 가령 이런 사태는 차라리 모르는 것이 나았다.

"보소 아지매. 어제 그런 식으로 남의 집에 불쑥 쳐들어오는 경우가 어데 있능기요, 어이?"

탁구장의 터줏대감 격인 김 노인이 메르센을 보자마자 기다렸다는 듯 따지고 들었다. 숟가락 사건 이후 오래지 않은 날이었다.

"내가 뭐를요. 나는 그냥 그 집에서 김장을 한다 카이 그랬재……"

"우리 집에 김장을 하만 했지, 집에가 뭐 하로 바게쓰를 들고 다저녁때 불쑥 쳐들어오노 그 말 아잉기요, 어이? 그것도 두 개씩이나 양손에 떡 들고실랑."

"그라만 두 개는 갖고 가야 소금물을 받아 오재, 하나만 갖고 가까요? 에이, 모지래지."

메르센의 천연스런 말투에 김 노인은 약이 바짝 올랐다.

"어허이, 내 말은 그기 아이고. 이 아지매가 참말로 카나, 부로 카나. 그기 그래 잘했다 그 말이라요, 지끔?"

"그라만 뭐, 내가 잘몬했는 거는 또 뭐라요? 소금물 그거 어채피 버릴 거 쫌 주만 안 되는강. 그기 머 그래 아깝다꼬."

"그기 아이고. 내 참. 어제 그래가꼬 우리 마누래가 내를 얼매나 잡도리를 했는지 아능기요, 어이?"

"잡도리를 하다이. 그기 뭐 우쨌다꼬. 아, 옛날에는 이 집에 김장한다꼬 배추 절이고 나만 그 소금물 다아 저 집에 넘가주고 그랬는데, 그기 뭐 어떻단 말잉기요. 그 마누래가 쫌 이상하구만은."

"아, 이 사램이요. 그기사 다아 옛날이야기고. 아파트 사는 사램이 아직도 사립문 열어놓고 사는 촌구석 할마시맹키로 이래 시상 물정을 몰라가꼬는."

"하이고, 그래가꼬 그래, 내가 소금물 한 숟갈이라도 얻어 왔으마 억울치나 안 하재. 보소, 소금물 다 버렸다꼬 한 숟갈도 안 내놓디만은 인자 와서 무신 소링기요, 이기?"

"허, 참, 이 사램이! 지끔 소금물 얻고 몬 얻고 그기 문제가 아이자나요."

"그라만 도대체 뭐가 문제란 말잉기요? 내사 아무리 생각해도 내가 뭐를 잘몬했는지 모리겠네."

"형님, 한 게임 치실랍니까?"

실랑이를 보다 못한 총무가 김 노인의 옷소매를 슬그머니 잡아당겼다.

"내가 말을 하지를 말아야재. 내가 참, 반펴이 아지매 붙잡고 아침부터 와 혈압을 올리고 난리고."

"반펴이라이. 내가 와 반펴이고. 중핵교꺼정 나왔는데……"

메르센이 입을 삐쭉거리며 말꼬리를 흐리자 김 노인은 총무가 이끄는 대로 일어나 탁구대로 다가섰다.

"이기 다 김장 일찍 했는 내 잘못이재. 뭐 말이 통해야 말이재."

시합을 멈추고 두 사람을 구경하던 사람들도 일제히 탁구대로 돌아갔다. 메르센은 김 노인의 탁구대 쪽으로 슬며시 다가가서 네트 옆에 바짝 붙어 섰다.

"거, 쫌 못 비키능기요, 어이? 이 사램이요. 꼴도 보기 싫구만 어데를 또 바짝 들따서능기요?"

김 노인이 라켓을 탁구대 위에 내려놓았다. 딱, 하는 소리가 넓은 지하 탁구장 전체를 울렸다.

"구경 쫌 하만 어때서 카노…… 맨날 나는 끼아주지도 안하면서 구경도 몬하구로……"

메르센은 그 소리에 움찔 어깨를 움츠렸다가 중얼거렸다. 엄씨는 얼른 커피를 한잔 타서 메르센에게 권했다. 총무가 엄씨를 향해 라켓을 들어 보이곤 서브 자세를 취했다. 김 노인은 못 이기는 척 라켓을 다시 잡았다.

"우째 내한테 커피를 다 타주능기요? 아이고, 고맙아라."

메르센은 종이컵을 두 손으로 감싸 쥐고 의자 끝에 살짝 걸터앉았다. 호록 소리를 내며 두어 모금 마신 메르센은 어느새 탁구대 쪽으로 상체를 돌렸다.

엄씨는 플라스틱 숟가락을 꺼내 물끄러미 보다가 주머니에 다시 넣고 비상키를 꺼냈다. 탁구장은 고요했다. 메르센이 자주 앉던 의자에 앉아보았다. 나무로 된 의자는 선득했다.

"어, 문이 열렸네?"

발소리가 들리는가 했더니 총무가 문을 밀고 들어섰다.

"엄씨가 우짠 일이라요?"

"그냥 와봤습니다. 별일 없나 해서요."

"별일은요. 잠가놨는데 무신 일이 있을라꼬요."

"총무님은 어쩐 일로……"

"허허, 나도 그냥 와봤지요. 별일 없나 싶기도 하고, 매일 오던 데를 안 오이 근실거리기도 하고 해서요."

총무는 비뚤어진 탁자를 바로잡고 바닥에 늘어진 전열기 콘센트를 의자 위에 걸쳐두었다.

"인자 열어야지요. 듣기로는 몸도 그만하다 카이."

"무슨 일이 있었습니까?"

"우리가 이박 삼일로 단풍놀이 댕기온 거 알지요? 해필이 마 그때 날씨도 궂었는데 말이라요. 회원들이 기어이 그 아지매를 돌리키니라꼬 고마…… 마, 어제 및 사람이 병문안 댕기왔다 카데요."

엄씨는 총무가 말하는 사람이 메르센임을 단박 알아차렸다.

"많이 안 좋습니까? 어쩌다가요?"

"그기이 참…… 내가 총무를 맡고 있으이 나도 입장이 있는데 암만 여어주고 싶어도 회원도 아인 사램을 내 맘대로 여어줄 수도 엄꼬. 그것도 회원들이 다 싫어하는 사램을……"

총무는 자신의 곤란한 처지를 알아달라는 듯 그간의 일을 들려주었다.

"보소. 마카 뭐 그래 수군수군하능기요?"

"아, 아무껏도 아이라. 집에는 알 거 없다."

"와요? 와 나는 알 거 없는데? 맨날 저거뜰끼리만 속닥거리고 사램을 이래 돌리이노?"

평소와 다른 메르센의 태도에 누군가 치사한 이야기를 꺼냈다.

"참, 내. 이 사램이요. 우리 회원들 일이라요. 집에가 그동안 회비 한 번 낸 적 있능기요? 한번 말해보소. 어이?"

"여어 살만 다 회원이지. 회비는 또 무신 소리고. 그라지 말고 나도 쫌 알만 안 되능기요?"

화를 냈다가 사정 조로 매달리는 메르센에게 회원들은 짜증을 냈다. 그들은 작당을 하여 단풍놀이 날짜를 엉터리로 알려줬다. 단풍놀이는 엉터리 날짜보다 하루 일렀다.

"거 참 이상시럽네. 오늘이라 캤는데…… 이래 늦도록 와 아무도 안 오노. 벌써 아홉시가 넘었는데…… 참말로 이상하네. 어제도 아무도 안 오디만은. 참 이상도 하다……"

오전이 다 가도록 기다리던 메르센은 풀죽은 걸음으로 돌아갔다가 다음 날 아침 다시 나타났다. 그날은 기온이 뚝 떨어지고 비바람이 몹시 불었다. 늦가을의 비바람은 제법 거셌다. 붉게 물든 벚나무 잎이 비에 씻기고 바람에 날렸다. 메르센은 물이 뚝뚝 듣는 우산을 들고 계단을 내려가 닫힌 탁구장 앞에서 오전 내내 기다렸다.

"폐렴이라 카데요. 마, 오늘이라도 한번 가보긴 가봐야 될 낀데…… 오래비라 카는 양반이 다음 날로 당장 탁구장에 와가꼬 길길이 뛰는 거를 회장하고 내하고 달래니라꼬 애를 묵었으요. 문도 닫아걸고."

총무의 말투가 한결 누그러졌다.

"같이 가실랍니까? 혼차 가기도 그렇고……"

엄씨는 손을 내저었다. 총무도 한번 해본 말일 뿐 더 권하지는 않았다. 총무를 남겨두고 탁구장을 나왔다. 계단의 한 칸 한 칸을 힘주어 밟고 올라섰다. 닫힌 현관문 사이로 바람 소리가 휭휭 새어 들어왔다. 문을 활짝 열어젖히자 거센 바람이 엄씨를 스쳐 계단 아래로 내달렸다.

엄씨는 현관에 선 채 얼굴을 몇 번 문질렀다. 투명하고 건조한 대기에 눈이 시렸다. 고개를 들어 동과 동 사이를 파랗게 메운 하늘을 한참 올려다보았다. 하늘을 잘게 찢으며 말라가는 나뭇가지에 매달린 이파리들이 위태롭게 흔들렸다. 동료가 주차장 구석과 인도에 굴러다니는 낙엽을 쓸어 모으는 모습이 눈에 들어왔다. 엄씨는 그 옆을 지나 쓰레기장에 함부로 던져진 박스들을 향했다. 덕지덕지 붙어 있던 비닐 테이프를 제거한 후 박스들을 접어 한쪽에 쌓아두고, 재활용품을 모으는 마대자루를 하나씩 점검했다. 잘못 버려진 쓰레기들은 언제라도 있었다. 엄씨는 그것들을 하나하나 가려서 제대로 처리한 다음, 주머니의 열쇠 꾸러미에서 열쇠 하나를 뽑아냈다. 탁구장이라고 쓰인 스티커가 붙어 있었다. 엄지로 몇 번 문질러보다가 손톱 끝으로 그것을 긁어내고 캔이 든 자루에 던져 넣었다. 쩔꺼덕, 소리가 엄씨의 몸 어딘가를 찔렀다.

빨간 치마를 입은 아이

거리 초입에 설치된 대형 간판은 엄지와 검지로 반지를 쥐고 있는 손의 형태였다. 아치형의 간판 너머 귀금속 가게들이 양옆에 줄지어 있었다.

이래 길었나……

어르신은 발을 떼기도 전에 한숨부터 내쉬었다. 찌푸린 눈은 주얼리 특구가 끝나는 저편을 더듬었다. 그곳에는 작은 점포들이 다닥다닥 붙어 있었다. 화장품이나 옷, 신발 등속의 물건들을 길가에까지 늘어놓은 점포들이었다. 그 물건들 사이로 나 있는 어둑하고 좁은 통로로 빨려들듯 접어들면 통로를 따라 좌우에 그만그만한 점포들이 도열하고 있는 구조. 꺾이고 휘감긴 통로 탓에 시장은 언젠가 티브이에서 본 미로 형태의 정원과 닮았다. 정원의 미로가 싱그러운 수목 담장으로 형성되어 있는 것과 달리 이곳의 미로는 오래된 점포가 수목의 역할을 수행하고 있다. 어르신은 마음의 준비를 끝낸 듯 허리를 한번 젖혔다. 오래전 활처럼 탄력 있게 휘기도 했을 허리가 뻣뻣하게 조금 움직인 반면 쭉 펴지지 않는 무릎은 눈에 띄게 구부러졌다.

주얼리 특구를 지나 들어선 시장에는 사려는 사람보다 팔려는 사람이 더 많았다. 진열해둔 물건을 건드리지 않고 통로를 지나려면 내가 뒤에서 따라 걷는 수밖에 없었다. 어르신의 팔을 잡고 짧은 보폭으로 걷던 나는 충분히 주의를 했음에도 진열된 물건을 두 번이나 떨어뜨렸다. 떨어진 물건을 집어서 원래의 자리에 놓는 모습을 점포 주인들은 멀뚱히 쳐다보기만 했다. 엉덩이 하나나 겨우 들이밀 수 있을 만큼 옹색한 자리에 앉은 그들에게 물건을 간추리기 위해 일어나는 애바름은 없어 보였다. 무겁게 걸음을 떼는 팔십 대의 어르신과 그를 부축하면서 뒤따르는 나의 조합이 쇼핑객으로 보이지는 않았을 것이다.

고르지 않은 바닥을 살펴가며 신중하게 걸었다. 통로는 길지 않았으나 우리는 오래 걸려 목적지에 도착했다. 어르신보다 백 년은 더 늙어 보이는 노인이 물건들 틈에 오도카니 앉아 있다가 턱을 들고 소리를 냈다.

어서 오이소.

고장 난 라디오 잡음 같은, 가늘고 탁한 소리였다. 어르신은 짜증스런 몸짓으로 점포 안으로 들어섰다. 간신한 움직임에도 짜증을 덧입힐 수 있다는 사실이 기묘한 느낌을 주었다.

혼차는 오지도 몬하는 사람을 와 부르노.

어르신이 툭 말을 뱉으며 점포를 한번 둘러보았다. 자잘한 물건들이 빈틈없이 쌓여 있는 점포의 구석에 등받이 없는 빨간 플라스틱 의자가 있었다. 등 뒤에서 겨드랑이에 팔을 집어넣어 의자에 앉히자, 어르신은 아이구구 앓는 소리를 하며 엉거주춤한 자세로 자리를 잡은 다음 팔을 털어냈다. 그 서슬에 내 등에 닿은 가벼운 물건들이 흘러내렸다. 노인의 기색을 살필 겨를도 없이 물건들을 모아 쥐었다. 비닐로 포장된 물건들은 마찰력이 부족해서 제자리에 올려두기가 쉽지 않았다. 가까스로 물건들을 정리하고 통로로 나온 나는 맞은편 점포에 폐를 끼치지 않으려고 이쪽에 바짝 붙어 잠자코 서 있었다.

자꾸 아파가……

노인이 기어들어가는 소리로 말했다.

집에서 쉬라 안 카더나.

어르신의 목소리에 날이 섰다.

또 물건 했네. 때리치우라 카이 와 자꾸 물건을 해쌓노.

어르신이 점포 안을 탐색하듯 훑어보면서 말했다. 그 눈길을 따라 나도 점포 안을 훑었다. 내가 선 곳에서 보이는 정면과 오른쪽 벽은 진열장으로 꽉 채워져 있었고, 왼쪽에는 옷걸이에 걸린 상의가 한쪽 어깨가 가려지도록 벽면 가득 겹쳐 걸려 있었다. 아래쪽에 걸린 옷 뒤에 무언가 잔뜩 들어 있어 오도카니 앉은 노인과 옷자락 사이에는 빈틈이 없었다. 노인이 올라앉은 자리는 부뚜막과 비슷한 형태였다. 아래의 빈 공간에 화덕을 밀어 넣어 난방을 하게 되어 있는. 그렇게 번거로운 난방 형태는 아마도 오래전 자취를 감추었을 것이다. 의자 옆 바닥에 세워둔 선풍기 모양의 전열기가 점포 안에 가득 들어찬 물건들 사이로 위태롭게 목을 휘젓고 있었다.

안 했다. 안 팔리가 그렇지.

안 팔리는데 와 나와 앉아 있노. 자식 욕이나 믹이지.

자식 이야기를 끌고 나오자 노인은 입을 다물어버렸다. 노인이 진열대 앞에 선 나를 힐끔 쳐다봤다. 마치 나를 그 자식을 욕할 사람으로 여기는 듯한 눈초리였다. 내 자식은 절대 노모를 고생시킬 사람이 아니다, 라고 웅변하는 눈빛. 노인이 다시 입을 열기 전까지는 그렇게 생각했다.

입구를 다 막고 있으만 안 되는데…… 손님이……

손님이 어데 있다꼬!

어르신이 화를 냈다. 거동이 자유롭지 못할 뿐 목소리나 얼굴 표정은 조금도 둔하지 않았다. 그전까지 거쳐온 몇몇에 비하면 총기가 남다른 사람이었다. 거침없는 지청구에 노인은 움찔하더니 전기방석과 궁둥이 사이로 천천히 양손을 밀어 넣고 목을 움츠렸다.

뒤쪽에서 작은 손이 눈앞으로 쑥 들어왔다 사라졌다. 손등이 갈라지고 손톱 밑에 때가 낀 아이의 손이었다. 망설임 없는 움직임은 침착하면서도 빨랐다. 손이 사라진 쪽으로 고개를 돌렸을 때는 손과 손의 주인은 이미 멀어지고 있었다. 열 살쯤 되었을까, 단발머리의 깡마른 여자아이였다. 반팔 소매 아래 새카맣게 때가 탄 팔꿈치가 보였다. 아이는 손을 앞으로 하고 팔꿈치를 옆구리에 딱 붙인 자세로 미동도 없이 멀어져 갔다. 꽃무늬 블라우스의 소매 끝 레이스는 한쪽이 뜯어진 채 늘어져 있었고, 빨간 치마는 한참 전에 작아진 옷이었다. 저렇게 짧아진 치마를 입은 아이는 아무 데서나 함부로 몸을 굽힐 수 없을 것이다. 저 정도 나이의 여자아이라면 그쯤은 충분히 알고 있을 것이다. 무방비 상태로 몸을 굽힌다면 며칠 동안 갈아입지 못한 속옷을 내보일 수밖에 없을 테고, 아이는 수치라는 감정을 필요 이상으로 잘 알고 있다. 물건을 사려는 사람이 보이지 않는 시장통을 혼자 지나가는 어린아이에게는 팔려는 사람 중 누구도 눈길을 보내지 않았다. 아이는 어둑한 통로 끝, 빛이 쏟아지는 지점으로 스며들어 실루엣만 남았다가 그마저 휘발되었다. 불과 몇 초 만이었다.

아이의 손이 스친 곳은 립스틱들을 세워둔 종이 상자였다. 립스틱 네댓 개를 세울 수 있을 만큼의 공간이 비어 있었다. 아이의 손에 그만큼이 동시에 잡히지는 않았을 것이다. 기껏해야 둘 정도. 아이는 립스틱을 훔쳤을까. 어르신은 뚱한 얼굴로 정면 어딘가를 보고 있었다. 아이가 잠깐 스쳐간 일은 아무것도 아니었을까, 아까보다 더 딱딱해진 표정이 굳어가는 석고반죽 같았다. 고개를 옆으로 조금 틀어 숙인 노인의 눈은 내 위치에서 보이는 각도로는 감았는지 떴는지조차 알 수 없었다. 노인은 간혹 콧물을 훌쩍거릴 뿐이었다.

새댁이……

등 뒤에서 누군가 불렀다. 둘둘 감은 목도리 위로 노출된 눈이 나를 찌르듯 쳐다보고 있었다. 가방을 파는 점포였다. 배낭과 작은 손가방, 혁대에 달린 지갑들이 주렁주렁 걸리고 널려 있었다. 양쪽의 점포들과는 경계가 분명치 않았다. 칸막이나 벽이 없고 심지어 앉은 자리도 어느 쪽에 속해 있는지 명확하지 않아 보였다. 점포의 영역은 갖추고 있는 물건의 종류로 구분되었다. 가방 점포의 왼쪽은 속옷, 오른쪽은…… 알 수 없었다. 푸른 비닐에 통째로 덮이고 고무줄로 묶여 있었다. 빈 점포인지도 몰랐다. 영업을 하지 않는 점포의 자리를 지키기 위해 비닐을 쳐놓은 것일 수도 있었다.

어데서 본 얼굴 겉은데……

……

우리 딸 친군강…… 미겨인데. 장미경. 나이는 오십다섯이라, 올개.

나는 유심히 봐야 알아차릴 수 있을 정도로만 고개를 숙이고 등을 돌렸다.

……아인갑네.

어르신이 새삼스럽게 내 얼굴을 뜯어보았다. 노인은 저 눈동자로 사람의 얼굴을 알아볼 수는 있을까 싶을 정도로 눈빛이 흐려, 초점을 어디에 두고 있는지 파악이 되지 않았다. 얼굴과 시선이 나를 향하고 있었으므로, 나를 쳐다보고 있다는 느낌만 어렴풋했다.

내가 사람은 잘 알아보는데…… 그것도 인자 옛말이라.

가방 노인이 혼잣말을 하고는 공연히 진열대의 물건들을 정리하고 먼지를 털었다.

찬바람이 불었다. 천장은 얼기설기 엮은 차양으로 외부를 차단했으나 통로의 끝과 끝에서 끊임없이 외부 공기가 밀려오고 쓸려갔다. 나는 옷의 여밈을 확인하고 목도리를 매만져 목덜미를 찌르는 한기를 닦아냈다.

다리는 좀 어떻노?

어르신이 퉁명스럽게 물었다.

다리도 뿌사질 거겉이 아프고, 옆구리도 여게, 여게가…… 아야, 아야, 아이고……

어르신이 옆구리로 손을 뻗자 노인은 자지러지는 소리를 냈다.

대지도 안 했다.

노인은 어르신의 말을 못 들은 척 옆구리를 만지던 손을 다시 궁둥이 밑에 집어넣었다.

저, 잠깐……

어? 화장실은 저쪽이라요. 저게서 왼쪽으로 꺾어가 쭉 가만 보이.

노인이 손을 들어 가리켰다. 조금 전까지는 없던 활기가 급작스럽게 돋아난 목소리였다. 목례를 하자 노인은 잠깐 미소를 짓더니 이내 이전의 자세로 돌아갔다.

화장실을 다녀오는 길에 철제 계단을 발견했다. 붉은색 페인트가 군데군데 벗어진 철제 계단은 예닐곱 칸쯤이고, 그 위는 콘크리트 계단이 이층으로 이어져 있었다. 무슨 이유에서인지 콘크리트 계단은 어중간한 위치에서 뚝 잘려 있었고 땅과 절단면 사이를 철제 계단이 이어주는 구조였다. 철제 계단은 디딜 때마다 텅, 텅, 울렸다. 계단은 오를수록 가팔라졌는데 다 올라간 후 난간에 기대 아래를 내려다보니 까마득했다. 계단참의 가장자리에 걸쳐진 분홍 샌들 밖으로 삐져나온 발가락이 보였다. 까뭇하게 때가 끼고 가느다란 발가락. 치마 아래 드러난 무릎은 종지뼈가 동그랗게 불거져 있었다.

계단참에서 건물 안으로 들어섰다. 이곳의 점포들은 건물 밖에 늘어선 점포와 격이 달라 보였다. 하얀 천장과 밝은 조명, 매끈한 바닥이 대낮에도 어둑한 바깥의 점포들과는 확연히 달랐다. 대부분의 점포 전면에는 유리 진열장이 버티고 있었고, 주인은 그 너머에 있었다. 진열장의 높이는 내 어깨 정도였다. 진열장 위에도 물건이 쌓인 곳은 주인 얼굴이 보이지 않았으나 유리를 통과해 보이는 몸통으로 존재를 확인할 수 있었다.

길을 잃을까 봐 바짝 긴장이 되었다. 땀이 배기 시작한 손을 꼼지락거리며 직각으로 꺾인 길에 접어들었다. 미도 17호, 미도 19호, 미도 21호…… 차가운 빛을 반사하며 흔들리는 아크릴 간판의 숫자를 기억했다. 간판의 숫자가 끝나는 곳에 출구가 있을까? 아니면 숫자를 거슬러 가야 하는 걸까? 숫자는 출구와는 아무 상관도 없는 걸까? 출구 같은 건 언젠가 나오게 마련이야. 지난번에도 그랬잖아. 이리저리 다니다 보면 어느 순간 거짓말처럼 출구와 계단이 눈앞에 던져져 있었잖아. 간절했지만 한 번도 받아보지 못한 크리스마스 선물처럼. 초록빛 유도등은 백화점 앞에 서 있던 트리처럼 빛났잖아.

간판의 숫자가 커짐에 따라 담력도 조금씩 세졌다. 이제 간판의 숫자보다 점포의 물건들이 눈에 담기기 시작했다. 엄마에게는 없는 화려한 스카프가 멋지게 걸린 점포의 진열장 위에 반짝거리는 구두가 있었다. 빨간 구두. 자잘한 보석이 박힌 구두는 굽이 엄청나게 뾰족했다. 저런 건 어떤 사람이 신을까, 저걸 신고 어딜 가는 걸까. 티브이에서 본 가수의 요란한 옷차림이 떠올랐다. 저렇게 반짝이는 구두였는데 무슨 색인지는 알 수 없었다. 연한 색이거나 진한 색이었다. 홀린 듯 구두를 보고 있노라니 발가락이 옴츠러들었다. 발에 꿰어져 있는 때 탄 분홍 샌들을 가릴 방법이 있다면 가리고 싶었다.

바지를 입고 왔더라면. 하지만 죄다 짧아진 바지 중에서는 어느 것도 소용이 없었을 것이다. 진열장 너머의 주인이 자리에서 일어나는 모습을 보고 통로 끝까지 달음질을 했다. 주인의 눈길이 머리카락을 잡아당기는 것 같았다. 만화책에서 본 것처럼 괴물로 변신해 커다란 손으로 뒷덜미를 잡아챌 것만 같았다. 모퉁이를 돌아 아무도 따라오지 않은 걸 확인하고서야 가쁜 숨을 골랐다. 정말은 아무 일도 없었으면서, 큰 사고를 치고 시침을 떼는 어른이라도 된 듯 태연을 가장하고 다시 진열장들을 구경하며 걸었다.

발밑에 무언가 툭 차였다. 초콜릿이었다. 생각이나 갈등을 할 틈이 없었다. 손이 저절로 초콜릿을 집어 들었다. 바로 옆 점포에 똑같은 초콜릿이 진열되어 있었다. 알록달록한 사탕 통과 비스킷 같은 과자 봉지들이 잔뜩 쌓인 진열대 위에서 미끄러진 것일까. 매끈하고 버석거리는 비닐 포장지를 만졌을 뿐인데 금방 침이 고였다. 단추처럼 생긴 알맹이 한 알을 입에 넣으면 그 안의 초콜릿이 녹아 퍼질 때까지 얼마나 걸리는지, 그것이 얼마나 달콤하고 비밀스러운 맛인지 내 혀는 기억했다.

치마에는 주머니가 없었다. 초콜릿은 꼭 움켜쥐어도 손안에 다 들어가지 않았다. 두 손을 모아 그것을 감싸 쥐고 걸음을 뗐다. 아무렇지 않은 표정을 짓고, 조급한 티를 내지 않으려고 동작을 가다듬었다. 몇 걸음 못 가 누군가 어깨를 잡아 돌려세웠다. 노랗게 염색한 머리를 올려 묶은 여자가 사납게 노려보며 말했다.

그거 어데서 났노?

……

여자의 손은 차가웠고 내 귀는 뜨거워졌다.

어데서 났는지 묻잖아!

여자가 움켜쥔 내 어깨를 앞뒤로 흔들었다. 초콜릿을 한 손에 쥐고, 힘없는 손가락으로 바닥을 가리켰다. 손가락에서 시작된 떨림이 곧 몸 전체로 번졌다. 새카맣게 그을린 얼굴에서 핏기가 가시는 게 느껴졌다. 갑자기 몸이 비틀거렸다. 여자가 별안간 내 등짝을 후려쳤기 때문이다. 그러고도 분이 가라앉지 않은 여자는 그때까지도 손에 꼭 움켜쥐고 있던 초콜릿을 난폭하게 낚아챘다. 진열장 너머의 주인들이 하나둘씩 일어나서 고개를 내밀었다. 어떤 주인은 통로로 나와 섰다.

쪼맨한 기 벌써. 도둑년!

여자는 욕을 뱉고 점포 안으로 들어가면서 초콜릿을 진열대 위에 던졌다. 고개를 내밀었던 주인들이 비디오테이프의 되감기 화면같이 원래의 자리로 돌아갔다. 점포마다 선풍기가 탈탈거리면서 돌아갔다. 어디선가 직직거리는 라디오 잡음이 계속 들려왔다. 주춤거리며 시작된 걸음은 점차 빨라져 어느새 나는 뛰고 있었다. 통로는 끝없이 길어 보였고 갈림길이 너무 많았다. 간판의 숫자가 흐려지고 뭉개져서 잘 보이지 않았다. 손등으로 눈을 문지르면 숫자는 다시 선명해졌다가 곧 흐려졌다. 교차 지점이 나오면 오른쪽으로 꺾었다가 다음에는 왼쪽으로 꺾었다. 어떤 때는 교차 지점을 통과했고 어떤 때는 막다른 곳에 다다랐다. 돌고 돌아서 가까스로 출구를 찾아냈나 하고 보면 폐쇄된 문이었다. 라디오 잡음은 계속 귓가에 따라붙었다. 그리고 옥수수 알처럼 대그르르 쏟아졌다 사라지는 여자들의 웃음소리.

가빠진 숨소리가 내 귀를 때렸다. 샌들 밖으로 튀어나온 발가락 끝이 바닥에 닿을 때마다 쓰라렸고 머리카락이 쏟아져 시야를 가렸다. 뛸수록 다리가 무거워져 깊은 물속을 달리는 것 같았다. 그곳은 이렇게 환하지 않을 텐데. 숨을 곳 없이 환했다. 동굴 안에서 길을 잃은 소년의 이야기가 기억났다. 이야기는 빛이 시작되는 곳을 찾아야 나갈 수 있다는 단순한 요령을 가르쳐주었다. 빛은 어디서나 눈을 찔렀고 균질하게 퍼진 빛은 시작점을 보여주지 않았다. 통로와 통로를, 모퉁이와 모퉁이를 걷고 뛰고 돌아 마침내 출구 계단을 찾았다. 그곳은 오히려 빛줄기가 잘 닿지 않는 곳이었다. 계단이 시작되는 곳 옆 귀퉁이에 이가 빠진 자국만 한 점포가 보였다. 백열등 아래 인상을 구기고 있던 남자가 나를 힐끗거렸다. 열쇠를 깎고 있는 것 같기도 했고 도장을 파고 있는 것 같기도 했다. 당장 뛰쳐나와 쫓아올 것만 같았다. 계단을 뛰어 내려갔다. 한 칸씩 내려디딜 때마다 치마가 펄렁거렸다. 두 손으로 치맛자락을 꽉 움켜쥐었다. 새에 쫓긴 나비 떼가 일제히 날아오르듯 온몸의 기운이 다 빠져나간 후였지만 이 귀힘은 초콜릿 봉지를 쥐었을 때보다 더 강했다.

삼천 원이라.

예?

그 쪼꼬렛 삼천 원이라꼬.

노인이 턱짓으로 내 손을 가리켰다. 왼손에 초콜릿 봉지가 들려 있었다. 나는 초콜릿 봉지를 만지작거리며 노인에게로 눈길을 돌렸다. 노인은 이제 내 얼굴을 빤히 보고 있었다.

팔아줄랑갑지.

어르신이 말했다.

카드밖에……

나는 지갑을 꺼내 들었다. 노인의 표정이 샐쭉해졌다. 지갑을 열다 말고 우물쭈물하자, 근무시간에 여기까지 동행해준 내게 고맙다는 말을 하지 않은 어르신이 손가방을 열고 지갑을 꺼냈다.

거게 뭐 하나 더 하소. 거 루주 하나 골라봐.

만 원.

노인이 얼른 말했다. 어르신이 지갑에서 만 원짜리 한 장과 천 원짜리 석 장을 골라내 노인에게 주었다. 노인은 주머니에서 지폐 뭉치를 꺼내더니 받은 돈을 펼쳐서 뒤쪽에 만 원짜리를, 앞쪽에 천 원짜리를 보태고 다시 접어 주머니에 집어넣었다. 두 사람은 이제 내가 립스틱을 고르기를 기다렸다. 그것이 하루의 가장 중대한 사건이라도 된다는 듯 기대에 가득 찬 시선에 떠밀려 아무거나 하나를 집어 들었다.

색은 안 보고?

노인이 또 얼른 말했다. 뚜껑을 열어 돌려보니 새빨간 색이 불길처럼 튀어나왔다.

젊었으이.

어르신이 탄식하듯 말했다. 한 손에 초콜릿을, 다른 한 손에 립스틱을 들고 누구에게랄 것 없이 고개를 숙여 인사했다. 두 사람은 만족한 표정으로 이제 각자의 정면을 응시했다. 진열대 위의 물건들을 찬찬히 살폈다. 내가 쥐고 있는 것과 같은 초콜릿은 없었다. 갑자기 다리가 후들거려 와서 그 자리에 쭈그리고 앉았다.

누군가 어깨를 툭 건드렸다. 가방 노인이었다. 종이컵 세 개를 받친 작은 멜라민 쟁반을 내밀었다. 쟁반을 받쳐 든 손에 엄지와 검지의 끝을 잘라낸 장갑이 끼워져 있었다.

하나 잡솨. 날도 춥은데.

립스틱과 초콜릿 봉지를 꼭 쥔 채로 가방 노인을 올려다보았다. 가방 노인은 쟁반을 턱에 닿도록 내밀며 재촉했다.

젊은 사람이라 블랙만 마시는강?

손에 쥔 것들을 주머니에 집어넣고 컵을 집어 들었다. 가방 노인은 무표정한 얼굴로 컵 하나씩을 노인과 어르신에게 건네주었다. 두 사람은 손을 모아 컵을 감쌌다. 한 모금을 머금자 와들거리던 몸이 차츰 진정되어갔다. 노인과 어르신은 컵에 입술을 대고 입김을 후후 불었다.

단 거를 한번씩 마시줘야 돼. 기운이 딸리가 안 돼.

가방 노인이 의기양양한 목소리로 말하면서 나를 지켜봤다. 다 마실 때까지 자리를 뜨지 않을 모양이었다.

참 마이 봤는데…… 어데서 봤일꼬. 우리 미겨이 진짜 모르는강……

가방 노인이 목도리 위로 드러난 옴폭 팬 눈을 반들거렸다. 눈동자는 까맣고 작았다. 그런 눈동자 앞에서는 언제나 어깨가 움츠러들었다.

작고 반짝이는 것이 문방구에서 뽑기로 건진 보석 반지의 알맹이 같았다. 맨 처음 그것을 발견한 곳은 마당 구석의 수챗구멍이었다. 대야에 물을 한 바가지 떠놓고 그 앞에 쪼그리고 앉은 참이었다. 세수를 하려 했는지 손을 씻으려 했는지 아니면 발가벗긴 인형을 목욕시키려 했는지 기억이 분명하지 않다. 내 주먹도 들어가지 않을 것 같은 좁은 구멍은 빛이 들지 않아 우묵했다. 알 수 없는 세계로 끌려들 것만 같은 구멍이었다. 그 아가리 바로 안쪽의 암흑이 술렁였다. 술렁임은 이내 배 안 깊숙한 곳까지 휘젓기 시작했다. 다섯 살, 혹은 여섯 살쯤이었을 것이다. 그것이 무엇인지 스스로 알아차리기에는 너무 어렸으나, 검은 술렁거림은 나도 모르는 사이 앉은걸음으로 주춤주춤 물러나게 만들었다. 몇 걸음 움직이기도 전에 까맣게 빛나는 별 같은 것 두 개가 밖으로 툭 튀어나왔다. 나는 중심을 잃고 뒤로 넘어졌다. 그것은 기다랗고 뾰족한 꼬리를 흔들며 마당을 가로질러 담장을 타고 올랐다. 나는 비명을 지르며 마루로 올라와 울음을 터뜨렸다. 양은으로 된 대야가 발에 차여 나뒹구는 소리가 빈집을 울렸다. 소리가 그치자 아무도 없는 집은 홀로 선 바닷가보다 광막했다. 울음은 오래지 않아 잦아들었다. 들어줄 사람이 없는 울음을 길게 끌 필요가 없었다. 소매 끝으로 얼굴을 닦은 다음 신발을 벗어 마루 아래에 가지런히 내려놓았다.

커피에 덜 녹은 알갱이가 두 개 떠 있었다. 마치 살아 있는 듯 표면에서 미끄러졌다. 가방 노인의 눈동자만 아니었다면 그것들은 그저 커피 알갱이에 불과했을 텐데. 테두리에 걸친 손가락이 흠칫하는 바람에 커피가 쏟아졌고 컵은 바닥에 뒹굴었다. 두꺼운 바지는 커피를 한껏 머금어 허벅지가 금세 뜨거워졌다. 젖은 곳이 살에 닿지 않도록 손톱으로 바지를 잡아당기며 일어섰다. 호의를 무시당했다고 생각했는지 가방 노인의 눈이 새치름해졌다. 어르신이 서둘러 손가방에서 휴지를 꺼내 건넸다.

언데이. 말랴야 돼.

노인은 다 지켜보고 있었다.

어데서?

어르신이 거들었다.

화장실에 가만 있다. 그거 뭐꼬, 손 말룻는 거로 말루만 돼. 물로 씩꺼내고.

노인이 친절하게 알려주었다.

왼손으로 변소표를 감싸 쥐고 오른손의 물건은 헐렁하게 쥐고 변소로 갔다. 신문지에 둘둘 싸인 물건은 표면의 감촉이 짐작되지 않았고 물컹거리는 느낌만 확연했다. 크기는 내 신발만 했다.

니 이거 들고 가서 변소에 좀 버리고 온나.

엄마가 주변의 눈치를 살피며 낮은 목소리로 빠르게 말했다.

뭔데?

그냥 버리만 된다. 풀어보지 말고.

커다란 번철을 올려놓은 곤로 앞에 앉아 배추전을 먹던 여자가 신문지 뭉치로 몇 번이나 시선을 돌렸다. 엄마는 여자에게 억지웃음을 만들어 보이곤 빨리 가라고 눈으로 채근했다. 내가 쭈뼛거리는 사이 엄마는 뒤집개로 전을 뒤집었다. 엄마는 한번 당부한 이상 더는 여지를 두지 않았다. 늘 그랬듯 따르는 수밖에 없었다. 엄마는 시장에 자꾸 오지 말라고 하면서도 막상 가면 기다렸다는 듯 심부름을 시켰다. 심부름할 사람이 없을까 봐 간 건 아니었다. 동네 아이들은 같이 놀다가도 때가 되면 집으로 돌아가버렸고 골목에는 나만 남았다. 그럴 때면 자연스럽게 시장으로 발길이 돌았다. 폭이 한 뼘 정도밖에 되지 않는

긴 의자에 나를 위한 자리는 없었다. 두 명이 앉으면 적당한 의자에 세 명의 여자들이 앉아 전을 먹고 있기가 예사였다. 손님이 몰릴 때면 서서 먹는 사람도 간혹 있었다. 엄마는 한 손에는 뒤집개를 든 채 식용유를 들이붓고 배춧잎이나 파를 철판에 넓게 펼쳐놓은 다음 묽은 밀가루 반죽을 얇게 둘렀다. 그런 다음 그 손은 허리를 받치는 데 쓰였다. 익기 시작하면 뒤집은 다음 뒤집개로 꾹꾹 눌러 부치는 시간을 최소한으로 줄여야 했기 때문에 자리에 앉을 겨를이 없었다. 엄마의 의자는 벽이었다. 벽에 엉덩이를 기대거나 등을 붙이는 자세로 잠깐씩 쉬는 식이었다. 엄마의 자리로 마련해둔 조그만 의자 위에는 밀가루 반죽이 가득 든 통이 놓여 있었다. 돌아서려는데 엄마가 급하게 불렀다.

참, 이거 갖고 가라.

변소표였다. 손바닥의 반도 안 되는 정방형 마분지에 격자로 줄이 쳐져 있었고 서른 개 정도의 칸에는 동그라미가 반나마 찍혀 있었다.

괜히 왔다고 후회했다. 공동변소는 가고 싶지 않았다. 입구에 작은 노점을 차려놓고 변소표를 검사하는 늙은 남자는 항상 화난 표정으로 누군가를 욕하고 있었다. 주변에 아무도 없을 때도 중얼대는 걸 멈추지 않아 운이 나쁜 날은 나 혼자 고스란히 욕설을 받았다. 너무 억울했고 그보다 무서웠다. 하얀 볼펜대의 끝에 인주를 묻혀 빈칸에 꾹 누른 표를 받아들면 손바닥에 인주가 묻는 것도 싫었다. 손바닥에 묻은 인주는 결국 옷자락 어딘가로 옮겨졌다. 공동변소는 바닥이 높았다. 흔들거리는 디딤돌을 딛고 들어선 곳에는 베니어판으로 만든 문이 양쪽에 열 지어 있었다. 비끗 열려 있는 문들 중 하나를 열고 들어갈 때면 끼익하는 경첩 소리가 귀를 긁곤 했다.

변소표를 내밀자 늙은 남자는 신문지 뭉치를 수상쩍다는 듯 힐끔거렸다.

씨발 새끼들이…… 아가리를 확 째뿔라…… 어데서 쌧바닥을 놀리쌓고……

늙은 남자는 변소표를 손바닥에 놓고 볼펜대를 꾹 찍어 누르면서도 계속 혀를 놀렸다. 돌을 딛고 올라서다가 급하게 나오던 사람에게 떠밀렸다. 놓치지 않으려고 힘주어 쥔 신문지 뭉치의 물컹한 감촉에 진저리가 쳐졌다.

변소 냄새가 코를 지나 목구멍을 찔렀다. 빈칸을 찾아 들어갔다. 문짝은 틀과 제대로 물리지 않아 사이가 떴다. 문이 제풀에 열리지 않도록 꼬아놓은 노끈을 쇠고리에 걸쳤다. 빨간 노끈은 손때가 타 거뭇했다. 뻥 뚫린 구멍 아래로 그득하게 차오른 분뇨와 그 위에 떨어져 있는 핏덩이가 보였다. 분뇨의 표면은 불규칙한 움직임으로 꿈틀거렸다. 구더기들이 꿈지럭거리며 서로의 몸을 타고 오르내리는 중이었다.

신문지를 가지고 나가야 한다고 생각했다. 풀어보지 말라고 한 엄마의 당부는 지켜질 수 없었다. 변소에 신문지 뭉치를 버린 걸 늙은 남자는 알아챌 것이었다. 내용물만 버리려고 신문지의 한쪽 귀퉁이를 잡고 조심스럽게 풀었다. 겹겹이 감싸진 신문지가 다 풀어지는 순간 쥐고 있던 것을 놓쳐버렸다. 떨어지는 소리가 유난히 크게 들렸다. 신문지 뭉치를 쥐었던 손을 편 채로 팔을 뻗었다. 아무리 길게 뻗어도 손은 여전히 내 몸에 붙어 있었다. 벽이나 문에 손을 닦아내고 싶었으나 오물과 낙서가 가득해서 손바닥만큼의 공간도 없었다. 뜨거운 것이 다리 사이를 타고 내려 발을 적시는 동안 짓눌리고 기괴한 소리가 입술을 뚫고 나왔다. 마치 변소 구멍에서부터 올라온 소리 같았다. 터지는 울음을 참으며 아래를 살폈다. 놓친 신문지는 한쪽으로 치우쳐 먼저 떨어진 것을 완전히 가리지 못했다. 송곳 같은 꼬리가 신문지 밖으로 보였다. 신문지를 다시 들고 나갈 수 없다면 꼬리를 감추어야 했다. 문고리를 잡고 중심을 잃지 않으려 애쓰면서 한 발을 구멍 안으로 뻗었다. 한쪽이 조금 떠들린 신문지를 움직여보려고 안간힘을 써도 발이 닿지 않았다. 자세를 바꾸어 다른 쪽 발을 뻗어보았지만 마찬가지였다. 포기하고 조심스럽게 발을 들어 올리다 신발이 가장자리에 걸려서 벗겨졌다. 신발은 신문지 위로 떨어졌고 그 위에 하얀 변소표가 나풀거리며 떨어졌다.

디딤돌이 흔들거리고 그 위로 내려딛는 발은 더 흔들거렸다. 돌 위에 젖은 발자국이 선명하게 찍혔다. 늙은 남자는 중얼거림을 멈추더니 벌떡 일어나서 밀치듯 내 쪽으로 다가섰다.

뭐 버렸노? 변소에 뭐 버리만 안 되는 거 모리나!

늙은 남자는 거칠게 손목을 잡아채 내가 나온 칸으로 끌고 갔다. 옆 칸에서 나온 사람이 늙은 남자와 나를 잠깐 쳐다보곤 그대로 가버렸다. 늙은 남자는 손을 움켜잡은 채 한 발을 안에 걸치고는 고개를 디밀어 구멍 아래를 살폈다.

이 가시나가 미쳤나!

……

저거 우짤끼고! 건지내라! 와! 못 건지나!

늙은 남자는 한 손으로 구멍 아래를 가리키며 한 손으로는 억세게 쥔 내 손을 흔들어댔다. 축축하게 식은 속옷이 가랑이에 감기고 변소 냄새는 이제 내 몸에서도 났다. 나는 아무 말도 못하고 늙은 남자가 흔드는 대로 비틀거렸다. 욕설이 차차 느려지면서 낮아지더니 늙은 남자는 손을 멈추고 나를 가만히 봤다. 어둑한 변소에서도 번들거리는 얼굴이 또렷하게 보였다. 늙은 남자는 주변을 한번 살핀 다음 나를 안으로 밀어 넣고 들어와 노끈을 고리에 걸었다. 늙은 남자의 숨소리와 고약한 입 냄새가 오물이 묻은 벽에 밀쳐진 내게 쏟아졌다.

백까지 시알리고 나온나. 그전에 나오기만 해봐라.

늙은 남자가 그렇게 낮은 목소리로 말하는 건 처음 들었다. 몸을 조금만 틀어도 벽에 닿는 좁은 곳에서는 소리가 웅웅거리며 자라났다. 자라난 소리는 사라지지 않고 변소 안을 맴돌았다. 늙은 남자는 문을 조금 열어 인기척을 살핀 후 바지에 손을 문지르며 나갔다. 여전히 또렷하게 내려다보이는 꼬리만큼이나 날카로운 통증과 숨 막히는 냄새, 그리고 욕지기에 몸뚱어리가 통째로 삼켜진 느낌이었다. 팔에 소름이 돋고 몸 전체가 와들거렸다. 손바닥으로 팔을 문지르자 벽에 쓸린 팔꿈치에서 피가 묻어났다. 끈적거리는 손바닥을 치맛자락에 거푸 닦아내면서 숫자를 세었다. 몇 번을 다시 세어도 숫자는 백까지 가지 못하고 중간에서 끊겼다.

변소 문을 열고 나서자 눈이 부셨다. 손등을 이마에 갖다 댔다. 늙은 남자는 내 손을 끌어당겨 뜯지도 않은 새 휴지와 한 칸도 찍히지 않은 변소표를 쥐여주었다. 그것들을 들고 엄마에게 갔다. 엄마가 손을 내밀었다. 나는 새 변소표를 손안에 꼭 감추었다. 다리를 벌리고 어정쩡하게 선 나를 번철 너머로 내려다보다 엄마는 한숨을 푹 쉬었다. 다시 한 번 뜨거운 것 한줄기가 허벅지 안쪽을 타고 점점 아래로, 아주 천천히 꾸물거렸다.

다 묵었으만 니가 야 좀 델따 줘라. 어데 안 좋은갑다.

엄마의 말에 옆 점포 아줌마가 거친 동작으로 전을 뒤집으며 중얼거렸다.

야도 바쁜데……

귀퉁이에 앉아 입에 든 것을 우물거리던 언니가 나를 흘겨보더니 픽 웃었다. 중학생이라던 언니가 교복을 입은 모습은 한 번도 보지 못했다. 언니는 남은 전을 뭉쳐서 입에 넣고 일어섰다.

엄마, 내 간다.

언니는 간다고 말해놓고도 버티고 있었다. 아줌마가 허리에 두른 전대에서 지폐를 한 장 꺼내서 건넸다. 언니는 성큼 앞서 걸었다. 두 걸음쯤 뒤처진 채 절뚝거리며 따라갔다. 맨발이 땅에 닿을 때마다 발가락을 오그렸다. 차갑고 축축한 옷은 다리가 엇갈릴 때마다 사타구니를 쓸었다. 그리고 아랫도리를 휘감는 무지근한 느낌. 부지런히 쫓아가도 언니와 나 사이는 점점 더 멀어졌다. 한참 앞서가던 언니가 획 돌아보더니 내가 따라잡기를 기다렸다. 간격이 좁혀지자 언니는 놀란 눈으로 내 치마 아래를 살폈다.

벌써?

언니가 안됐다는 듯 혀를 찼다. 시장 통로를 벗어나 한길이 나오자 누군가 휘파람 소리를 내고는 언니를 불렀다. 야, 장미경! 디스코바지를 입은 남자였다. 언니는 배시시 웃으며 손을 들어 보이고 나서 말했다.

니 혼차 갈 수 있재? 안 멀잖아, 너그 집.

언니가 갑자기 허리를 굽혀 내게 속삭였다.

좀 닦아라. 휴지도 있으면서.

언니가 내 다리를 다시 내려다보았다. 치마와 똑같은 색의 가느다란 선. 어금니가 딱딱 부딪혀서 휴지를 쥔 손은 부들거리기만 할 뿐 선을 제대로 지우지 못했다. 언니는 잠깐 딱하다는 표정을 짓고는 깡충거리며 남자에게로 뛰어갔다. 언니가 입은 보드라운 치마의 꽃들이 흐드러지게 웃었다.

보소. 안 들리?

노인이 장대 끝으로 어깨를 툭 건드렸다. 한쪽 끝에 굵은 철사 두 가닥을 둥글게 구부려 박은 장대는 높이 걸린 옷을 내릴 때 쓰이는 도구였다.

감기 걸리. 여게 불 옆에 잠깐 서가 말랴.

고개를 휘젓고 있는 전열기 앞에 엉거주춤 섰다. 어르신의 등이 내 등에 닿을락 말락 했다.

언제 때리치울라꼬?

어르신이 다그치듯 물었다. 노인은 말이 없었다.

자식 욕믹이지 말고……

노인이 어르신의 말을 잘랐다.

니는 모린다! 정 서방이 한밑천 모다 놓고 갔으이! 그기 다 너그 형부 덕 아이가!

그 이야기는 와 또……

어르신의 목소리는 물세례를 받은 잔불처럼 순식간에 사그라들었다.

그만하이소. 저 형님이 때리치아? 하! 저 자리에 엎어지가 죽을 끼라. 여게 다 그래. 때리치우만! 누가 요만큼이라도 주는강.

가방 노인이 잘린 장갑 밖으로 드러난 손가락 마디로 허공을 쥐어질렀다. 정수리를 헐겁게 덮고 있는 가방 노인의 머리칼은 손가락 한 마디만큼 새하얬고 검은 부분과 선명하게 구획이 지어져 있었다. 통로 끝에서 칼날 같은 바람이 밀려와 가방 노인의 머리칼을 베고 지나갔다.

찌짐 꿉을 때는 춥지는 안했는데.

가방 노인이 한바탕 진저리를 치고 나서 말했다.

그래도 가방이 낫지. 팔기만 하만 되이. 찌짐은 집에서 따듬어 와야 되고 꿉어야 되고. 여름에 참 할 짓이 아이라.

노인은 그새 화가 누그러진 모양이었다.

그때는 밤마다 돈 시알리는 재미라도 안 있었나.

노인의 목소리에 아련함이 묻어났다.

돈이야 저 형님이 원 없이 시알렸지. 변소 장사가 어데 보통 장산기요.

가방 노인의 음성에 돌연 활기가 돌았다. 어르신은 입가에 잔잔하게 떠오르는 웃음을 억지로 누르느라 입술을 움찔거렸다. 아랫도리가 무지근해 왔다. 허벅지가 따끔거리고 현기증이 일면서 어디선가 매캐한 냄새가 나는 것 같았다. 노인과 가방 노인은 벽에 부딪혀 뻗어가지 못하는 시선을 어딘가로 보내려 애쓰고 있었다.

갈란다.

어르신이 일어서는 시늉을 하며 말했다.

하마 갈라꼬?

노인의 목소리에 아쉬움이 가득했다. 등 뒤에서 겨드랑이에 팔을 넣고 부축하여 세웠다. 어르신은 예의 자세로 허리를 펴려 했으나 허리는 구부정한 채 무릎이 구부러졌다.

부르지 마라. 인자 안 올 끼라.

날 뜨실 때 또 나오이소.

그전에 죽을라는지.

가방 노인의 인사에 어르신이 혼잣말을 했다.

어르신은 들어올 때와 반대 방향으로 길을 잡았다. 팔꿈치를 잡고 뒤를 따랐다. 어르신은 느린 발걸음을 힘겹게 옮겼다. 멀리 노란색으로 칠한 벽이 보였다. 노란 벽이 시작되는 모퉁이를 돌아 어르신이 멈춰 섰다.

이기 다 뭐꼬.

노란 벽은 파란 벽으로 이어졌고 벽 중간중간 설치된 요란한 색의 철문들에는 야단스러운 그림이 그려져 있었다. 디딤돌이 사라지고 육중한 철문이 설치된 곳에서 장갑을 벗은 어르신은 철문에 손을 갖다 대고 한번 쓰다듬었다.

냄새가 참 말도 몬했는데……

어르신은 무릎을 구부려 위를 올려다보았다. 철골로 된 천장에 노란 천막이 덮여 있었다. 어르신의 얼굴과 연회색 코트도 노란색이었다. 노란 바람이 빠져나가는 통로 끝에 먼빛이 보였다. 미로의 끝이었다. 어르신은 장갑을 끼고 다시 걸음을 떼었다. 한 손은 팔꿈치를 잡아 부축하고 한 손은 주머니에 넣었다. 딱딱한 것이 만져졌다. 립스틱이었다. 뚜껑을 열고 끝까지 돌리자 불꽃이 날름거리며 튀어나왔다. 노랗고 파란 벽과 야단스러운 그림이 그려진 문들을 불꽃으로 지지며 어르신의 뒤를 따라 먼빛을 향해 걸었다. 미로를 벗어나기도 전에 금속이 콘크리트를 긁는 소리가 났다. 어르신이 뒤를 돌아보았다. 내 얼굴과 손에 들린 립스틱과 벽을 차례로 보고는 입술을 달싹였다. 나는 어르신의 입술에서 케이스만 남은 립스틱으로 시선을 옮기며 뒤를 돌아보았다. 빨간 선이 벽을 따라 물결처럼 굽이쳤다.

선을 따라 아이가 걸어가고 있었다. 아이는 빨간 치마를 나풀거리며 차분하게 멀어져갔다. 손을 앞으로 모으고 팔꿈치를 옆구리에 딱 붙인 자세였다. 반팔 소매 아래로 빨간 생채기가 보였다. 디딤돌 앞에 멈춰 선 아이의 가슴이 몇 번 오르내렸다. 기도하듯 모아 쥔 손에 무언가 들려 있었다. 큼직한 성냥갑이었다. 이윽고 아이는 변소 안으로 빨려 들어갔다. 폐부 깊은 곳에서부터 매캐한 냄새가 치밀어 오르고 기침이 터져 나왔다. 냄새도 기침도 오래도록 멎지 않았다.

연두

1

대문을 밀고 들어서자 녹슨 경첩에서 소리가 났다. 마당에 엎드려 있던 개가 서둘러 개집 안으로 사라졌다. 일남은 보퉁이를 옆구리에 낀 채 개집을 걷어찼다. 발을 개집 안으로 쑥 집어넣고 휘젓자 개집이 들썩거렸다. 일남이 균형을 잃고 넘어졌다. 구석에 웅크린 개가 넘어진 일남을 말끄러미 바라보고 있었다.

"개새끼가!"

일남이 비틀거리며 일어섰다. 개집으로 다가가서 한 번 더 찼다.

"맛도 없는 게. 죽지도 않아."

일남은 마루에 벌렁 드러누웠다. 발을 맞비벼 운동화를 벗었다. 운동화는 어렵지 않게 벗겨져 마당 가운데로 날아갔다.

담장 쪽에 나무가 한 그루 서 있었다. 초록 이파리보다 죽은 가지가 더 많은 나무였다. 마당 쪽 가지부터 꺼멓게 죽어가더니 담장 너머로 난 가지 몇 개를 제하곤 올해도 잎을 내지 못했다. 일남이 어릴 때부터 있던 나무였다. 꽃나무가 다 무슨 소용이람, 감나무라면 감이라도 실컷 따먹지. 일남은 라일락을 심은 아버지를 내내 원망했는데 그런 불만은 애자가 이 집에 들어오면서 사라졌다. 아, 달다. 애자는 보랏빛 꽃이 흐드러진 마당에 들어설 때마다 숨을 한껏 들이마셨다. 일남은 그때까지 꽃향기가 달다는 생각은 해보지 못했다. 애자는 5월이면 종종 머리에 꽃을 꽂았다. 달큼한 향이 종일 애자를 따라다녔다. 나무는 해마다 새 가지를 뻗었고 잎도 꽃도 갈수록 무성해졌다. 여름밤이면 나무 밑 평상에 누워 수박을 먹거나 졸았다. 어린 연두도 함께였다. 일남이 콧방울 옆에 수박씨를 붙이고 연두에게 얼굴을 들이밀면 연두가 아앙, 울음을 터뜨렸다. 그 모습이 귀여워 일남은 얼른 씨를 뗐다가도 금방 다시 붙였다. 그때마다 연두는 울음을 터뜨렸고 애자는 일남의 등을 때렸다. 연두의 울음이 길어지면 일남이 연두를 얼렀다. 라일락 이파리에 손이 닿도록 안아 올리면 연두는 까르륵거리며 몇 잎씩 움켜쥐었다. 이파리를 잡았다 놓치기를 반복하며 자지러지듯 까르륵대던 연두는 무심결에 손을 입에 넣었다가 다시 울음을 터뜨렸다.

"연두야, 퉤! 아이, 써."

애자가 손수건으로 연두의 혀를 닦아냈다.

일남의 눈에는 돌아온 연두가 나무 같았고 나무는 또 애자 같았다.

"저놈의 나무!"

일남이 메마른 음성으로 말했다. 건넌방의 불이 꺼졌다. 일남은 누운 채로 건넌방을 노려봤다. 연두는 깨어 있으면서도 기척이 없었다. 그럴 때는 아픈 애자와 다르지 않았다. 일남이 눈을 끔뻑이며 하늘을 쳐다봤다. 부연 하늘에 달빛이 희미하게 번지고 후텁지근한 바람에 물비린내가 실려 왔다. 장마가 오고 있었다. 일남은 일기예보 같은 것에 신경 쓰지 않았지만 하천의 물비린내가 짙어지면 곧 큰비가 올 것임을 알았다. 수십 년을 한곳에서 살게 되면 그만한 이치는 깨닫는 법이라고 언젠가 연두에게 말한 적이 있었다. 연두가 아직 아이일 때였다.

"신기하다."

연두는 물비린내가 섞인 공기를 깊이 들이마셨다.

일남의 눈에 빗물받이가 들어왔다. 군데군데 칠이 벗겨지고 삭은데다 이음새마저 부실한 빗물받이는 언젠가부터 바람이 불면 불안하게 흔들렸다. 빗물받이를 칠하던 날이 떠올랐다. 처마에 기댄 나무 사다리를 애자가 꽉 잡아주었다.

"좀 잘 발라봐요. 페인트 다 떨어지네."

애자는 타박을 하면서도 계속 웃었다. 일남은 애자를 골리느라 사다리 위에서 몸을 흔들었다.

"하지 마. 떨어지면 어떡해."

애자는 일남이 진짜 떨어질까 봐 사다리에 배를 붙이고 더 꽉 잡았다. 칠을 끝내고 내려온 일남이 애자의 궁둥이를 툭 쳤다. 애자가 눈을 흘기며 부엌으로 들어갔다. 나올 때는 감주 그릇을 들고 있었다. 그날 밤 일남과 애자는 방의 불을 일찍 껐다. 그게 십 년 전이었던가, 십오 년 전이었던가.

손을 뻗어 아무렇게나 던져진 보퉁이를 잡았다. 보퉁이 안에는 한복감이 들어 있었다. 치마저고리 네 벌을 열흘 안에 지어서 갖다주어야 했다. 일남은 누운 채로 보퉁이를 열었다. 두툼한 한복감 위에 초록과 다홍 본견이 따로 한 감씩 들어 있었다. 본견 중 가장 비싼 것이었다. 일남은 천을 꺼내 손등으로 쓸었다. 얇고 까슬까슬한 천은 애자의 손끝 같았다. 바느질감이 떨어질 때가 없었던 애자의 손끝. 이걸 사기까지 한참 걸렸다. 완성된 치마저고리를 갖다주러 갈 때마다 오늘은 꼭, 이라고 했다가 아직은 아니지, 라며 돌아섰다. 오늘따라 마음이 조급해졌다. 더 늦기 전에 애자에게 입혀주고 싶었다. 애자가 앓아누운 후에야 일남은 후회했다. 결혼사진 한 장 제대로 찍어두지 못한 미련함을. 일남은 오랫동안 천에서 손을 떼지 못했다.

2

전기밥솥의 액정에 숫자 53이 떠 있었다. 뚜껑을 열자 묵은 내가 났다. 밥이 아직 두어 공기 분량이나 남아 있었다. 연두가 통 먹지 않은 탓이었다. 집을 떠나기 전에도 양껏 먹지 않았지만 지금처럼 끼니를 거를 정도는 아니었다. 점원 옷발이 좋아야 손님들이 들어온다, 라고 그 무렵 연두는 진지한 얼굴로 말했다. 그래서인지 번화가의 옷집에서 몇 년을 잘 버텼고 더 큰 가게로 옮겨가기도 했다. 일남과 애자는 그런 연두를 기특하게 여겼다. 그때는 그랬다. 일남은 밥상을 들고 와 마루에 앉았다. 비 오는 마당을 보면서 무겁게 수저를 들었다. 밥 냄새를 맡은 개가 집 밖으로 고개를 내밀었다. 일남은 조린 감자 한 쪽을 손으로 집어 개집 앞으로 던졌다. 개가 날름 물고 집 안으로 사라졌다.

개는 연두가 안고 왔다. 연두가 불쑥 돌아왔을 때는 밤이었다. 먼 큰길로부터 간간이 들려오는 차 소리를 뚫고 대문 소리가 났다. 연두가 떠난 이래 대문은 한 번도 잠긴 적이 없었다. 애자가 먼저 일어나 앉았다. 둘의 눈이 마주쳤고 애자가 달려 나갔다.

"연두야! 연두야! 여보, 연두 아버지!"

일남이 문을 열고 나갔을 때 연두는 애자의 손에 이끌려 마루로 올라선 참이었다. 개를 끌어안은 채로. 원래 흰색이었을 개는 회색으로 보였다. 애자가 울면서 연두의 얼굴을 하염없이 쓸어내렸다. 연두는 고개를 들지 않고 개만 쓰다듬었다. 손등에 긁힌 상처가 있었다. 손은 살이 없어 핏줄과 마디가 도드라졌다. 일남이 연두의 손을 내려다보며 말했다.

"먹여야지, 뭐라도 좀."

애자가 꿈에서 깬 듯 부엌으로 들어가더니 금방 상을 내왔다. 개가 연두의 품에서 빠져나와 상 위의 음식을 탐냈다. 연두가 저 먹으라고 차려 온 국에 밥을 말아 개를 먹였다. 개는 눈치도 보지 않고 그릇에 코를 박았다. 뜨거운 김이 올랐지만 아랑곳하지 않았다. 개가 먹는 모습을 물끄러미 바라보던 연두가 하품을 했다. 애자가 일남을 쳐다봤다. 일남이 고개를 끄덕였다. 무슨 뜻이 있는 건 아니었다. 어떻게 해야 할지 몰라 그저 고개를 끄덕였을 뿐이다. 묻고 싶은 것이 많았지만 정작 무엇을 물어야 할지 엄두가 나지 않았다. 애자가 서둘러 건넌방을 치우고 자리를 폈다. 연두가 애자의 팔에 감겨 방 안으로 들어갔다. 일남은 연두의 뒷모습에서 눈을 떼지 못했다. 얼핏 보기에도 바느질이 엉성한 치마는 군데군데 얼룩이 지고 밑단에 실밥이 늘어져 있었다. 연두가 뒤돌아보며 작게 한마디 했다.

"팝콘이다."

일남과 애자가 의아한 얼굴로 연두를 봤다. 연두가 나른한 목소리로 말했다.

"개 말이다."

일남과 애자는 마주 보며 고개를 끄덕였다. 두 사람이 방으로 들어가고 나자 마루 끝에 놓인 큼직한 일회용 비닐 가방이 눈에 띄었다. 터질 듯한 가방은 부피에 비해 무겁지 않았다. 지퍼를 반쯤 열고 들여다봤다. 개키지 않은 옷들이 마구잡이로 뭉쳐져 있었다.

연두는 이틀을 잤다. 얕게 잠들었다가 비명을 지르며 깨어나서는 오들오들 떨었다. 애자는 그때마다 건넌방으로 뛰어들어가 연두의 등을 쓸어내렸다. 등은 땀에 젖어 축축했다. 간격이 차차 뜸해지긴 했지만 아주 나아지지는 않았다. 새벽녘 썰렁한 느낌에 일남이 잠에서 깨면 애자의 자리가 비어 있었다. 방문 너머로 연두 곁에 우두커니 앉은 애자의 모습이 보였다. 일남은 마당에 나가서 새벽하늘을 올려다보다 슬그머니 방으로 돌아왔다. 애자는 때를 가리지 않고 몇 번이건 밥상을 차렸고 한참 후 고스란히 들고 나왔다. 어떤 날은 새벽부터 동동거리며 연두가 좋아하던 음식을 장만했는데 그러고 나면 드러누워 끙끙 앓았다. 자리를 털고 일어나 연두의 옷을 사들고 오기도 했다. 그 사이사이 애자는 자꾸 울었다. 부엌에 쪼그리고 앉아 울거나 개집 앞에 앉아 울었다. 일남에게는 울지 않은 척했고 일남은 못 본 척했다. 개는 마당을 돌아다녔다. 화단이고 마루고 부엌까지 내키는 대로 다니며 흙을 묻혀놓았다. 잠깐 문이 열린 틈에 안방까지 들어가 짓던 한복을 엉망으로 만들기도 했다. 연분홍 깨끼저고리에 발톱 자국을 남기고 치마를 씹어놓은 걸 발견한 애자가 울상을 했다. 일남이 개를 마당에 내던졌다. 깡마른 연두와 달리 개는 묵직했다.

"어쩔 셈인지……"

일남이 숟가락을 놓으면서 혼잣말을 했다. 비가 차츰 잦아들었다. 연두가 우산을 갖고 나갔을 것 같지 않았다. 개어가는 하늘을 올려다보며 다행이라고 생각했다. 일남은 곁에 있던 상보를 끌어당겼다. 상보 안쪽에 고춧가루가 몇 낱 붙어 있었다. 손톱으로 긁어내고 상을 덮었다. 자주색 비단 상보는 애자가 한복을 짓고 남은 천으로 만든 것이었다. 작업실로 쓰는 안방의 구석에 자투리천이 차곡차곡 개켜져 있었다. 애자는 일이 한가한 틈을 타서 조각을 이어붙이고 천의 재질과 색에 맞춰 이것저것 만들었다. 자투리천은 이불 홑청이 되거나 애자의 일 바지가 되거나 어린 연두의 치마가 되곤 했다.

연두가 막 중학생이 된 무렵이었다.

"연두야, 이게 다 뭐야?"

애자가 서랍에서 꺼낸 것은 가위로 오려놓은 천 뭉치였다.

"보면 알잖아. 지긋지긋해."

연두는 집에서도 교복을 벗지 않았다. 불편하지 않니, 일남이 물으면 아니, 하고 연두는 대수롭지 않게 답했었다.

"엄마는 아직도 내가 어린앤 줄 알아? 내가 무슨 사극 찍냐고!"

그날 연두는 다 늦은 밤에 대문을 쾅 닫고 나가버렸다. 애자는 떨리는 손으로 천 조각들을 하나하나 폈다. 조각들을 퍼즐처럼 늘어놓으니 치마 몇 개가 되었다. 애자는 그 후로도 조각 천이 아깝다며 상보나 치마 같은 것을 만들었고 동네 여자들이 염치 좋게 그것들을 집어갔다. 애자가 누운 후로 자투리천이 쌓여갔다. 가끔 정리를 해도 천 더미가 무너져 내렸다.

개가 집 밖으로 고개를 내밀고 일남을 흘끔거렸다. 일남은 밥솥에 남은 밥을 개밥 그릇에 쏟고 쌀을 씻었다.

3

일남은 저고릿감부터 시작했다. 안감과 겉감의 겉을 마주대고 넓게 펼친 후 소매부터 본을 떴다. 마분지로 된 소매 본은 때가 잔뜩 탔다. 주단 집에서 건네준 사이즈에 맞게 본을 움직여가며 연필로 표시를 했다. 소매 여덟 개를 재단했다. 잘린 소맷감은 두 개씩 접어 한쪽에 놓았다. 다음은 뒷길, 그

다음은 앞길과 섶이었다. 고름과 회장, 깃, 끝동은 순서대로 다른 천으로 말랐다. 재단을 할 때는 큰 것부터 했다. 그렇게 해야 받아온 감을 남길 수 있다고 애자가 가르쳐주었다. 큰 것부터. 일남은 손을 멈췄다. 큰 것부터라면 애자부터인가, 연두부터인가.

애자가 쓰러진 게 꼭 연두 때문이라고 할 수는 없었다. 연두가 오고 나서 애자의 생활이 무너진 건 사실이었지만 병이란 꼭 그런 것만도 아니었다. 아무렴 평안한 사람들도 병은 걸리게 마련이니까. 그럼에도 불구하고 연두가 원망스러울 때가 있었다. 일남은 그런 마음이 드는 자신을 책망했다. 학원에 다니게 됐다고 할 때만 해도 연두는 생기가 넘쳤고 전화도 자주 걸어왔다. 마지막으로 걸려온 전화에서 학원생 위에 전문대 졸업생, 사년제 대학 졸업생, 그 위에 유학파가 있다고 연두는 풀죽은 목소리로 말했었다. 연락이 끊어진 동안 그 목소리가 일남을 내내 괴롭혔다. 어쩌면 연두야말로 부모를 원망하리라는 자격지심에 일남은 몰래 연두의 표정을 살피게 되었다. 그것은 힘없는 부모가 저절로 갖게 되는 습관 같은 것이었다.

대문 열리는 소리가 들렸다. 연두가 돌아오는 소리였다. 새벽녘에 문소리가 난 후 연두는 줄곧 밖에 있었다. 연두는 개집 앞에 쭈그리고 앉아 개와 놀고 있을 터였다. 연두는 개를 구석구석 쓰다듬고 개는 연두의 손을 핥고. 일남은 마루로 나갔다. 연두가 개에게 핫도그를 먹이고 있었다. 케첩이 뚝뚝 떨어졌다. 연두는 케첩이 묻은 손을 내밀어 개에게 핥게 했다. 키득거리는 소리가 자그맣게 들렸다.

"연두야."

연두가 손을 치마에 닦으며 돌아봤다.

"좀 먹지?"

연두가 고개를 돌려 다시 개를 봤다. 개는 바닥에 떨어진 핫도그를 앞발로 붙잡고 씹는 중이었다. 개의 입 주변이 벌갰다. 일남이 다가가 손을 잡고 일으키자 연두는 순순히 따라왔다.

"큰일 난다, 그러다가."

연두를 상 앞에 앉히고 상보를 들췄다. 연두의 시선은 개에게 가 있었다. 핫도그가 빗물에 굴렀다. 개집 앞에 떨어진 케첩이 피 같았다. 일남은 연두의 손을 끌어다 숟가락을 쥐여줬다. 연두가 숟가락 든 손을 바닥에 떨궜다. 숟가락을 뺏어 쥐고 밥을 먹였다. 꾹 다문 입에 숟가락을 갖다 대자 연두는 마지못한 듯 입을 벌렸다.

"데려오너라. 엄마도 봐야지."

일남은 연두의 밥그릇을 보며 말했다. 늦기 전에, 라는 말은 입안에서만 맴돌았다. 애자가 입을 한복감을 끊은 일보다 더 오래 별러온 말이었다. 연두가 밥을 씹다 말고 개를 쳐다봤다.

"없다."

"없다? 무슨 말이냐?"

일남의 목소리가 떨렸다.

"애비는…… 그렇다 치고 애는 데려와야지. 같이 키우면……"

그 말이 너무 무거워 일남은 말끝을 놓치고 말았다. 한참 동안 개만 쳐다보던 연두가 자리에서 일어났다.

"없다니까! 없는데 어떻게 데려와? 없다고!"

연두가 돌아온 후 처음으로 큰소리를 내고 방으로 들어갔다. 일남은 멍한 눈길로 개를 봤다. 개가 나무젓가락을 씹고 있었다. 일남이 개를 향해 쥐고 있던 숟가락을 던졌다. 숟가락에 등을 맞은 개가 집으로 숨었다.

연두가 돌아오고 첫여름이었다. 무심코 방문을 열었을 때 연두는 옷을 갈아입고 있었다. 일남은 티셔츠를 목에 꿰고 있는 연두의 배를 보았다. 희미하지만 거뭇한 줄이 세로로 잡혀 있었고 아래쪽에 살 튼 자국이 보였다. 일남은 잠을 이루지 못했다. 그랬을 수 있겠다고 생각했지만 막상 알고 나니 진정이 되지 않았다. 일남도 알게 된 일을 애자가 모를 리 없었다. 애자에게 언제 알았는지 물어보려다 말았다. 일남과 애자는 그 일에 대해 서로 말을 아꼈다. 언젠가 얘기할 기회가 있을 거라 믿었지만 이제 그럴 일은 없을 것이다.

일남은 쟁반을 챙겨 들고 건넌방으로 갔다. 연두는 이불을 머리끝까지 뒤집어쓴 상태였고 애자는 얼굴을 연두 쪽으로 돌린 자세로 잠들어 있었다. 일남은 애자의 머리칼을 쓰다듬었다. 애자가 눈을 떴다. 애자의 눈에는 언제부턴가 눈곱이 끼지 않았다. 물기가 말라서 그럴 거라고 일남은 생각했다. 애자의 눈과 얼굴을 손으로 쓸었다. 기름기 없는 얼굴에 표정이 생기는 것 같았다.

등 뒤로 손을 넣고 안아 일으켰다. 애자의 몸은 벗어놓은 옷가지처럼 흘러내렸다. 베개 두 개를 등 뒤에 받치고 애자를 벽에 기대 앉혔다. 데워온 미음을 떠서 먹였다. 애자는 받아먹으려고 애를 쓸수록 더 흘렸다. 일남은 한 손에 숟가락을, 다른 손에 휴지를 든 채 먹이고 닦아내고 먹이고 닦아냈다. 미음 그릇은 한참 만에야 바닥을 보였다. 애자를 감싸 안고 손바닥으로 등을 쓸어내렸다. 연두가 아기였을 때 트림이 날 때까지 등을 쓸어주곤 했었다. 연두를 안고 마당을 서성이면 애자는 마루에 앉아서 기다렸다.

"연두야, 우리 연두, 실컷 먹었니?"

애자는 옷매무새를 가다듬고 몸을 좌우로 흔들며 노래하듯 물었다. 연두의 작은 입으로 트림이 나오면 일남과 애자는 소리 내어 웃었다. 일남은 끈기 있게 애자의 등을 쓸어내렸다. 애자가 간신히 트림을 했고 일남은 냄새를 참느라 숨을 멈췄다.

4

시장의 점포들은 대부분 문을 닫았다. 일남은 시계를 봤다. 아직 이른 시각이었다. 아무래도 비 때문인 듯했다. 소강상태에 접어든 장마가 하필 오늘 다시 시작됐다. 일남은 비닐로 몇 겹을 감싼 한복 보따리를 품에 안고 긴 우산을 들었다. 미끈거리는 비닐의 감촉이 고약했다. 떨어뜨리지 않으려고 꼭 안으면서도 공들여 만든 옷이 구겨질까 봐 힘을 조절했다. 무릎이 시큰거렸다. 지난 며칠간 너무 오래 쪼그리고 앉아 있었다. 애자는 발재봉틀을 장만해야겠다고 버릇처럼 말했지만 몰린 일을 끝내고 나면 그 소리가 쏙 들어갔다. 일남은 발재봉틀을 사주는 대신 애자의 무릎을 오래 주물러주었다. 발재봉틀은 영영 못 사게 되었다. 애자에게도 못 사준 것을 자신을 위해 사고 싶지는 않았다. 그나마도 시장 경기가 예전 같지 않아서 일남이 애자처럼 일에 묻힐 일도 없었다.

"결혼들을 너무 안 해. 우리 아들도 안 했어. 며느리라도 봐야 물려주지. 남자 혼자 할 일이 못 돼. 손님 다 떨어져."

주단집 여자의 푸념이 떠올랐다. 결혼이라니. 연두도 결혼이란 걸 할 수 있을까. 일남은 저도 모르게 고개를 저었다. 일남은 연두가 했던 말을 끊임없이 복기했다. 연두가 '없다'고 소리치던 날 이후로 며칠을 별렀다. 작정하고 끌어다 앉힌 게 사흘 전이었다. 연두는 마당의 나무를 오래 바라보다 입을 열었다.

"빚이 늘어서…… 잠도 못 자고 일만 했는데도……"

"그럴 거면 진작……"

연두가 사이를 뒀다가 말을 이었다.

"애 하나만 낳아주면…… 팔아넘기지는 않는다고. 그 사람들…… 무섭다."

연두는 시선을 바닥으로 떨군 채 손끝으로 마룻바닥의 티끌을 꾹꾹 눌렀다. 애자가 봄이면 콩기름으로 문질렀던 마룻바닥은 더 이상 윤이 나지 않았다.

"그놈은!"

일남이 눈을 부릅떴다. 연두가 들릴 듯 말 듯한 소리로 말했다.

"그때는…… 벌써 헤어졌는데도 빚이 남아서……"

"그래도 아이는 데려오지 그랬냐."

일남은 거의 반사적으로 내뱉고서야 소용없는 말임을 깨달았다. 연두가 훌쩍거리면서 방으로 들어갔다. 뒤집어쓴 이불이 들썩거리는 동안 애자가 손을 뻗어 귀퉁이를 움켜잡고 있었다.

시장 골목은 컴컴했다. 멀리 한 군데만 불이 밝았다. 일남이 거래하는 집이었다. 물이 떨어지는 우산으로 바닥을 쿡쿡 짚어가며 걸었다. 일남은 가능하면 늦저녁에 시장에 왔다. 몇 집이라도 문을 닫은 시각이 편했다. 가게에 오도카니 앉은 주단집 여자들의 무심한 시선에도 손바닥에 땀이 뱄다.

주단집 여자는 졸고 있었다. 화장이 짙었다. 부풀린 머리를 틀어 올린 여자는 조명 열기에 시들어가는 꽃 같았다. 일남에게 사람을 뜯어보는 취미가 있는 건 아니지만 여자가 깨기를 기다리는 동안 딱히 할 일이 없었다. 일남은 오랫동안 봐온 여자를 새삼스럽게 바라봤다. 여자의 한복 태가 좋다고, 그래야 손님을 끌 수 있을 것이라고 생각했다. 입고 있는 한복은 작년에 일남이 지은 것이었다. 여자는 유행을 따르기보다는 고급스러워 보이는 전통 스타일의 옷을 고수했다. 그런 한복이 더 태가 나는 법이라던 애자의 말은 일리가 있었다.

일남은 우산 끝으로 바닥을 쿡쿡 찍었다. 여자의 고개가 천천히 떨어졌다가 용수철처럼 튀어 올랐다. 고개가 다시 아래로 향하기 시작하자 일남이 헛기침을 했다. 여자가 놀란 듯 잠에서 깨어났다.

"언제 오셨어?"

여자가 손바닥으로 입술을 훑으며 말했다.

"나 때문에 문도 못 닫고. 미안하게……"

일남은 보퉁이를 진열대 위에 얹었다. 진열대에는 동그랗게 말린 색색의 원단이 쌓여 있었다.

"무슨. 일찍 가봐야 뭐 할 일도 없고."

여자가 보퉁이의 비닐을 벗겼다. 진달래색 한복 네 벌이 조명을 받았다. 누군가의 칠순이나 팔순, 혹은 구순 잔치에서 여식들이 쌍둥이처럼 입게 될 옷이었다. 여자는 살펴보지 않고 개수만 세었다.

"연두 엄마 솜씨야 볼 것도 없지. 한번 나오라고 해. 요 앞에 가서 냉면이라도 먹게. 너무 안 나온다. 답답하지도 않나, 원."

여자는 여름이면 냉면을, 겨울이면 국밥을 먹자고 말했다.

"그 사람이…… 통 바깥출입을 안 하려고……"

일남은 시선을 피하며 우산을 만지작거렸다.

5

비는 잦아들다 쏟아지다를 반복하며 줄기차게 내렸다. 대문을 밀고 들어선 일남의 눈에 빗물이 고인 개밥 그릇이 잡혔다. 연두가 오던 날 개에게 밥을 먹인 대접은 그날부터 개밥 그릇이 됐다. 한 번의 일이 미래를 정했다. 연두는 한 번 집을 떠난 후 다른 사람이 되어 돌아왔고, 애자는 한 번 병석에 누운 후로 일어나지 못했다. 일남은 우산을 접어 개집을 쑤셨다. 개가 이리저리 피하는 게 느껴졌다. 개집을 한 번 차고 마루에 드러누웠다. 버스를 갈아타고 시장에 다녀온 날은 고단했다. 워낙에 뜸한 주문이 장마 탓에 그마저 끊겼는지 일남은 빈손으로 돌아왔다. 주문도 공임도 받지 못했다. 공임은 월말에나 보자고 주단집 여자가 지나가듯 말했다. 월말까지는 보름 남았다.

하천 건너 고층 아파트의 꼭대기가 앞집 지붕에 걸려 있었다. 창문마다 불빛이 훤했다. 고층 아파트는 오 년 전쯤 완공됐다. 연두가 돈을 벌겠다고 집을 나간 다음 해였다. 아파트가 모양을 갖춰감에 따라 동네의 인심은 허물어져갔다. 재개발을 두고 의견이 갈리어 분위기가 험해졌다. 재개발이 되면 동네를 떠야 할 사람이 태반이었다. 일남은 동네를 뜰 수 없었다. 평생을 살아온 곳이기도 했고 연두를 기다려야 했기 때문이다. 아파트 이야기가 나오면 일남은 눈을 부라렸다. 사람들은 아파트 대신 연두의 이야기를 했다.

서울로 간 연두의 연락이 끊어지자 동네 사람들은 쉬쉬하면서도 할 말을 다 했다. 연두가 터미널에서 남자 손을 잡고 있더라고 했고 서울이 아니라 다른 도시로 가는 버스를 타더라고도 했다. 두고 보라고, 이제 곧 디자이너가 될 거라고, 동대문시장에서 일하면서 디자인 학원에 다닌다고, 그 아이가 얼마나 야무진 줄 알지 않느냐고 말을 했지만 사람들은 믿지 않았다. 시간이 흐르면서 언제부터인가 일남도 자신이 한 말을 믿을 수 없게 되었다.

마루에는 일남이 먹고 난 밥상이 그대로였다. 연두가 돌아오면 조금이라도 먹을까 해서 치우지 않았다. 여름 저녁의 밥상에서 쉰내가 났다. 일남은 그릇마다 냄새를 맡아보고 상을 치웠다. 쉰 나물을 버리려다 들고 마당을 가로질러 갔다. 개밥 그릇의 빗물을 쏟고 나물을 툭툭 털었다. 개가 눈을 빛내며 그릇을 봤다. 그릇을 개집 안으로 밀어 넣자 개가 주춤주춤 그릇 쪽으로 목을 뺐다.

건넌방의 문을 열었다. 방 안은 어둑했다. 애자는 있어야 할 자리에 있었고 연두의 이부자리는 비어 있었다. 연두의 외출이 부쩍 잦아졌다. 나갔다 들어오면 전에 없던 생기가 도는 것 같기도 했다. 막상 그 일을 털어놓고 나니 마음이 조금 가벼워졌던 것일까. 연두의 그런 변화를 반가워해야 하는지 불안해해야 하는지 갈피를 잡을 수 없었다. 일남은 방 안으로 한 발을 들여놓았다가 거두고 문을 닫았다.

안방 한쪽에 밀쳐두었던 비닐 보퉁이를 풀었다. 초록색 저고릿감을 꺼내서 펼쳤다.

애자의 한복 차림을 본 것은 단 한 번이었다. 한복이라면 신물이 나리라는 짐작은 일남의 착각이었다. 그날 마당을 들어서며 불렀을 때 애자는 대답이 없었다. 전에 없던 일이었다. 일남은 안방 문을 열고 들어가려다 우뚝 섰다. 한복 차림으로 거울 앞에 선 애자는 화장까지 곱게 한 얼굴이었다. 일남의 기척을 알아채지 못하고 고름을 잡아 올려 미소 지은 입을 가려보기도 하고 치맛자락을 살포시 여미어 맵시를 내보기도 했다. 새색시가 입을 녹의홍상이었다.

"바느질이 좀 이상하게 돼서……"

문밖에 서 있던 일남을 발견하자 애자는 허둥대며 그렇게 말했다. 서둘러 옷을 벗는 애자를 두고 일남은 조용히 방문을 닫았다. 아득히 오래된 일임에도 거울에 비친 애자의 한복 차림이 한 장의 사진처럼 선명하게 남았다.

소매 본을 대고 크기를 가늠했다. 애자의 치수가 얼마나 되는지 재본 적이 없었지만 그때의 모습을 떠올리며 어림으로 본을 그렸다. 배래의 곡선이 비뚤어졌다. 심호흡을 한번 하고 다시 단번에 그렸다.

"민저고리가 좋아. 여기저기 다른 천 대봐야 오종종한 게 예쁘지도 않다니까."

애자는 저고리를 짓다가 그렇게 말했었다. 소맷감을 마르는 일남의 손이 가늘게 떨렸다. 재단한 소맷감을 접어서 한쪽에 두고 길을 본떴다. 저고릿감을 다 마른 후 일남은 우두커니 앉아 있었다. 감을 뜰 때 고름을 빠뜨렸다.

대문 소리가 나고 개가 끙끙댔다. 벽에 걸린 시계를 봤다. 열한시였다. 연두가 나고 드는 데는 정해진 시간이 없었다. 일남은 무릎을 잡고 일어나 마루로 나갔다.

"연두야."

개집 앞에 앉아 있던 연두가 몸을 돌렸다. 짧은 치맛자락이 땅에 끌려 빗물을 빨아올리고 있었다. 본 적 없는 옷이었다.

"연두야, 먹었어, 좀?"

일남이 물었다. 일남은 다른 것을 물어보고 싶었다. 어디를 다녀왔는지, 이 시간까지 무엇을 하다 왔는지, 같은.

연두가 마루로 올라섰다. 불빛을 받은 연두의 입술이 새빨갰다. 일남은 연두의 손목을 잡았다. 연두가 잡히지 않은 손으로 일남의 손을 잡아 떼어냈다. 일남의 손이 힘없이 아래로 떨어졌다. 일남은 마루에 붙박인 듯 서서 움직이지 못했다. 비는 다시 잦아들고 있었다. 소리 없이 방문 사이로 빨려 들어가는 연두의 모습이 햇빛에 여려지는 물안개 같았다.

전에 새벽 물가로 산책을 나갔을 때 애자가 말했다.

"물안개 참 곱기도 하지. 저거 훑어다 우리 연두 이불 만들어주면 얼마나 포근할까."

일남이 다니던 염색공장을 그만둔 후였다. 일남은 주 단위로 주야간 근무를 번갈아 했다. 근무는 2교대여서 하루 열두 시간을 일했다. 애자의 일이 몰리면 낮에 일을 거들다 몇 시간 눈을 붙이는 둥 마는 둥 하고 출근할 때도 있었다. 그 무렵 일남은 허드렛일밖에 하지 못했다. 고름을 뒤집어 다리거나 저고리에 동정을 달거나 하는.

딱 한 번이었던 그 사고 이후 일남은 공장에 복귀하지 못했다. 기계에 말려 들어가는 손을 가까스로 구하긴 했으나 손등이 할퀴이고 말았다. 허벅지 살을 떼어 손등에 이식한 일남은 깊은 흉터를 얻었다. 흉터는 손이나 허벅지보다 가슴에 더 깊이 새겨졌다. 일남은 일터에 복귀한 날 반나절 만에 돌아왔다. 거대한 기계 앞에서 진땀을 흘리다 불량을 잔뜩 만들어낸 다음이었다.

"무섭더라, 기계가. 너무."

놀란 애자에게 일남은 그렇게 말했다.

연두의 빨간 입술이 어떤 의미인지 알 것 같았다. 알 것 같아서 더 막막했다. 좋은 놈일 리가 없다는 생각이 들었다. 연두가 돌아오고 나서 동네 사람들은 연두 이야기에 재미가 났다. 연두가 말하지 않은 과거, 일남이 듣지 못한 과거가 동네를 돌아다녔고 연두가 외출을 할 때마다 과거는 하나씩 늘어났다. 연두의 배가 불렀더라는 말을 건너들은 날 애자가 목놓아 울었다. 누가 그런 헛소문을 퍼뜨리느냐며 일남은 삽을 들고 온 동네를 헤집고 다녔다.

일남은 숨을 길게 내쉬며 손바닥으로 얼굴을 쓸어내렸다. 일남의 시선이 마당을 한 바퀴 훑어 화단 구석에 세워진 삽에 꽂혔다.

"저놈의 나무."

일남은 썩어가는 나뭇등걸을 노려봤다.

6

일남은 조끼허리 없이 다홍치마를 짓기 시작했다.

"편하게 입을 거면 한복을 왜 입어. 이왕 입을 거면 제대로 입지."

애자는 치마에 조끼허리를 달 때마다 투덜댔다. 일남은 애자의 말을 떠올리며 치마폭을 잇고 말기를 만들어 달았다. 치마는 저고리보다 빨리 끝났다. 다리미를 끌어당겨 치마를 다렸다. 손놀림이 시원시원했다. 치마를 개켜 상자에 넣고 저고리를 다렸다. 동정이 구겨지지 않도록 개킨 저고리를 치마 위에 가볍게 얹었다. 고름을 어떻게 하나, 일남은 잠시 생각에 잠겼다. 고름만 지어 달면 완성이었다. 고름 없는 한복을 잠자코 들여다보다 뚜껑을 덮었다. 상자를 장롱 위에 올려두고 마당으로 나갔다.

광에서 찾아낸 톱은 녹이 잔뜩 슬어 있었다. 부엌에서 철수세미를 가져와 톱을 문질렀다. 이가 두 개 빠진 톱은 그런대로 쓸 만했다. 일남은 죽은 가지부터 잘랐다. 톱날이 지나가자 마른 가지가 힘없이 떨어져 나갔다. 가지를 모아 화단 구석에 치워놓고 밑동에 톱을 댔다. 양발을 벌려 단단히 버틴 자세로 톱을 움직였다. 반나마 썩었어도 밑동은 쉽지 않았다. 땀이 턱을 타고 뚝뚝 떨어졌다. 몇 차례 등으로 나무를 밀었다. 해 질 무렵이 되어서야 나무가 쓰러졌다. 담장 아래로 나무를 굴려두고 뿌리를 파내기로 했다. 삽날을 흙에 꽂고 한 발을 올려 체중을 실었다. 장마철이라 삽날은 쉽게 들어갔지만 뿌리가 깊어 일이 만만치 않았다. 둥치 주변을 돌아가며 흙을 파내고 뿌리를 잘라냈다. 삽날에 뭔가 걸려 올라왔다. 길쭉한 것이 비닐에 싸여 있었다. 일남은 삽을 던지고 주저앉았다. 비닐 뭉치에 묻은 흙을 털어내고 장갑을 벗었다. 옷자락으로 얼굴의 땀을 닦아낸 후 뭉쳐진 비닐을 조심스럽게 풀었다. 바짝 마른 오징어 다리 같은 것이 나왔다. 엄지와 검지로 한끝을 잡고 이리저리 살피던 일남이 흠칫했다. 오래전 연두의 탯줄을 강물에 띄워 보낸 기억이 났다. 건넌방 쪽으로 고개를 돌렸다. 연두는 진작 나가고 없었다. 일남은 일어나 마당을 서성거리다 개집을 걷어찼다. 아무 소리도 나지 않았다. 고함을 지르며 몇 번이고 걷어찼다. 개집이 넘어졌다. 비어 있었다.

7

일남은 누운 채로 빗소리를 들었다. 밖은 어둑했다. 비 때문에 시간을 가늠할 수 없었다. 눈을 감았다가 갑자기 일어났다. 느닷없는 요의 때문이었다. 그러고 보니 잠에서 깬 것도 요의 때문인 것 같았다. 손으로 바닥을 짚으며 몸을 일으킨 일남은 마루에서 잠시 주춤했다. 빗줄기가 거셌다. 화장실은 대문 옆에 있었다. 일남은 하늘을 한번 쳐다보곤 마당을 가로질렀다. 변기 좌대는 세워진 상태였다. 오줌은 바로 나오지 않고 시간을 끌었다. 오줌 줄기 떨어지는 소리는 빗소리에 먹히고 냄새가 확 올라왔다. 일남은 얼굴을 찡그리며 오줌 줄기가 만들어내는 거품을 내려다봤다. 거품이 좀 더한 것도 같고 아닌 것도 같았다. 아무려나 병원에 갈 마음은 없었다. 무슨 병이어도 애자보다 먼저 죽지는 않을 것이었다.

마루로 올라서기 전 일남은 머리를 털었다. 마당을 두 번 가로질렀을 뿐인데 어깨가 흠뻑 젖었다. 안방으로 들어서던 일남이 우뚝 섰다.

"연두야."

빗소리가 일남의 잠긴 목소리를 삼켰다. 헛기침으로 목청을 가다듬고 다시 연두를 불렀다. 잠잠했다. 일남은 방문 앞에 섰다. 미닫이의 한쪽 유리에 금이 가 있었다. 일남의 눈높이였다. 언제부터 그랬는지 모를 일이었다. 다른 쪽 문을 열었다. 연두는 없었다. 이불 속으로 손을 넣어봤다. 눅눅한 이불에는 체온이 남아 있지 않았다. 이불과 요를 두 번 접어 벽 쪽으로 밀쳐두었다.

애자의 얼굴은 겨울의 흙빛이었다. 일남은 애자의 머리칼을 쓸어주었다. 애자가 힘겹게 눈을 떴다가 감았다. 얇은 눈꺼풀에 실핏줄이 비쳤다. 어깨와 팔을 잡고 옆으로 돌려 눕혔다. 무릎을 바닥에 붙이고 힘을 쓰자 통증이 무릎을 찔렀다. 일남은 등에서 엉덩이까지 몇 번 쓸어준 다음 반대 방향으로 돌려 눕히기를 반복했다. 이불을 들추고 애자의 아랫도리를 살폈다. 애자는 하의를 입지 않고 기저귀만 찬 상태였다. 그 아래로 일남의 팔뚝보다 가는 다리가 보였다. 무릎의 종지뼈가 툭 튀어나와 있었고 촛대뼈 양옆으로 살가죽이 늘어져 있었다. 일남은 늘어진 살가죽으로 뼈를 감싸듯 다리를 주물렀다. 애자가 다리를 뻗었다. 일남이 땀이 밴 손바닥을 바지에 문질렀다. 검은 바지에 허연 살비듬이 묻었다. 바지를 툭툭 털던 일남은 애자의 기저귀를 벗겼다. 지린내를 풍기는 아랫도리를 물휴지로 닦아내자 애자가 몸을 꿈틀거렸다.

일남은 애자의 얼굴을 내려다보다 말고 일어났다. 열려 있던 방문을 닫았다. 바지를 벗고 애자의 몸 위에 조심스럽게 자신의 몸을 포갰다. 거웃이 듬성한 애자의 성기 위로 자신의 성기를 비벼보지만 그뿐이었다. 애자의 몸은 바싹 말라 있었고 일남의 성기는 발기되지 않았다. 애자가 힘겹게 손을 움직여 일남의 팔을 건드렸다. 일남은 그 상태로 가만히 엎드렸다. 일남의 눈에 섰던 핏발이 가라앉고 물기가 돌았다. 아래가 축축해졌다. 일남은 몸을 일으켰다. 애자의 몸에서 오줌이 음순을 타고 가늘게 흘러내렸다. 일남은 손을 뻗어 기저귀를 갖다 댔다. 큼큼한 공기에 지린내가 섞였다.

8

연일 폭염이었다. 주단집 여자가 말한 월말은 아직 엿새 남았다. 애자는 미음을 삼키지 못하고 흘리기만 했다. 일남의 오줌은 거품이 심해지고 냄새가 짙어졌다. 개는 돌아오지 않았다. 일남은 몇 번 개를 찾으러 다녔다. 개를 봤다는 사람은 없었다. 여름에 개를 찾으러 다니는 일남을 동네 사람들은 딱하게 여겼다. 개가 사라졌는데도 연두는 아무 말이 없었다. 집에 있을 때는 마루에 누워 스마트폰만 잡고 있었다. 곁눈으로 본 화면에 여자들 옷 사진이 가득했다. 일남은 낮이면 고름을 지을까 망설이고 밤이면 천변에 나갔다. 나무를 베어낸 밤에 일남은 명주에 싼 탯줄을 물에 띄워 보냈다. 연두의 가슴에 묻힌 아이도 그렇게 흘러가길 바랐다. 천변에서는 아직 손에 남은 탯줄의 감각이 생생해졌다. 일남은 손바닥을 바지에 문질렀다.

버드나무 아래 우묵하고 어두운 곳에서 사내들 몇이 술추렴을 하고 있었다. 일남은 못 본 척 지나쳤다. 누린내가 훅 끼쳐왔다. 사내들이 일남을 힐끔 보곤 자기들끼리 떠들어댔다.

"늙어 그런가, 고기가 영 별로네. 푸석하고."

"어허, 그런 소리 하지 마라. 이게 맛으로 먹는 건가. 잔말 말고 먹어둬."

"내가 뭐랬냐. 이런 건 맛없다고 했지. 이게 뭐라고? 털이 꼬불한 게?"

일남은 멈칫했다가 곧바로 걸음을 뗐다. 그럴 리가 없다고 생각했다. 개가 없어진 지 일주일이 넘었는데. 일남은 고개를 숙이고 둑을 따라 걸었다. 누린내가 간간이 바람에 실려 왔다.

버드나무 둥치가 갑자기 다가섰다. 천천히 눈을 들어 나무를 훑었다. 나무 밑에서는 꼭대기가 보이지 않았다. 천변의 나무 중 가장 오래된 것이었다. 버드나무 가지는 봄 한때를 넘기면 헝클어진 머리 같았다. 동네에서는 이 나무를 귀신나무라고 불렀다. 일남이 어릴 때부터 그렇게 불렀다. 생긴 모양 때문인 줄 알았는데 알고 보니 누군가 목을 매서 그런 이름이 붙었다고, 목을 맬 때 옷고름을 썼다고 했다. 그게 누구였는지 어른들은 말해주지 않았다. 아이들은 처녀라고도 했고 새댁이라고도 했고 장정이라고도 했다. 어쩌면 목맨 사람 같은 건 애당초 없었는지도 모른다. 아이들은 귀신나무 근처에 얼씬하지 않았지만 어른들은 그렇지도 않았다. 어른들은 알았다. 무서운 건 귀신이나 죽음이 아니라 사람이고 삶이라는 것을. 일남은 귀신나무 아래 잠시 섰다가 돌아섰다. 길을 되짚어 걸었다. 걸음이 점점 빨라졌다. 사내들이 있는 곳에 도착하자 일남은 아무 말 없이 솥을 차 엎었다.

"영감이 미쳤나!"

사내들이 일남을 떠다밀었다. 일남이 넘어졌다가 바로 일어났다. 엎어진 솥을 다시 찼다. 사내들이 일남을 차고 밟았다. 그들 중 하나가 일남을 부축하면서 어서 가라고 속삭이곤 일행에게 소리쳤다.

"어지간히 해라! 어차피 다 먹고 찌꺼기만 남았는데."

9

일남이 대문을 밀고 마당으로 들어섰다. 녹슨 경첩에서 소리가 났다. 개집은 넘어진 대로였다. 개밥은 썩었다가 바짝 말라 파리도 꼬이지 않았다. 일남은 개집을 바로 세웠다. 그릇을 안에 들여놓은 다음 수돗가로 가 얼굴을 씻었다. 이마에 불거진 혹이 만져졌다. 찝찌름한 맛이 나는 입안을 헹궈내자 피가 섞여 나왔다.

한쪽이 늘어진 빗물받이가 바람에 흔들렸다. 일남은 건넌방의 미닫이를 열었다. 애자의 눈은 감겨 있었고 메마른 입술이 조금 벌어져 있었다. 뺨은 움푹 패어 옹이구멍 같았고 목은 일남이 잘라낸 나뭇가지 같았다. 문을 닫고 안방으로 건너왔다. 한쪽에 아무렇게나 놓여 있는 저고리본 옆에 고름 감으로 쓸까 해서 찾아둔 남색 본견이 던져져 있었다.

장롱 위에 얹어둔 상자를 내렸다. 그새 먼지가 앉았다. 일남은 자투리천으로 먼지를 훑어내고 상자를 조심스럽게 열었다. 다홍치마와 초록빛 저고리가 얌전하게 들어 있었다. 회장을 대지 않은 저고리는 여름의 라일락 이파리 빛이었다. 일남은 저고리를 꺼내 소매를 펼치고는 고개를 갸웃했다. 앞섶에 브로치가 달려 있었다. 고름이 있어야 할 자리였다. 브로치를 물끄러미 보다 갑자기 얼굴을 돌렸다. 툭, 방바닥에 눈물이 떨어졌다. 곗돈을 타서 그것을 사온 날 애자는 아이처럼 기뻐했다. 발그레해진 뺨이 브로치에 달린 산호와 같은 빛이었다. 연두의 결혼식 날 한복에 달겠다고 고이 모셔둔 기억이 났다. 애자는 브로치를 달아보지 못했다. 대신 연두가 떠날 때 손에 쥐여주는 것을 일남은 봤다. 연두가 여태 간직하고 있는 줄은 몰랐다.

일남은 다리미를 잡았다. 접힌 자국을 펴고 매끈한 부분도 정성껏 다시 다렸다. 다림질을 할 때 일남은 천의 색이 변하는 것을 눈여겨보곤 했다. 달궈진 다리미가 지나간 자리는 색이 잠시 짙어졌다가 되돌아왔다. 일남의 인생에서 되돌아온 것은 떠났던 연두뿐이었다. 천의 색은 원래대로 돌아왔지만 연두는 그렇지 않다는 점이 달랐다. 일남의 손길은 빠르고 능숙했다. 접혔던 흔적이 판판해지고 치마저고리에 온기가 흘렀다.

일남은 옷을 편 채로 높이 들고 마루를 건너갔다. 방바닥에 치마와 저고리를 펼쳐두고 애자에게 다가앉았다. 애자의 하얀 머리칼이 비죽비죽했다. 몇 가닥 남지 않은 속눈썹도 하얬다. 이불을 들췄다. 애자는 움직이지 않았다. 옷을 벗기던 일남이 천천히 손을 거뒀다. 애자의 가슴에 가만히 귀를 갖다 대고 눈을 감았다. 가쁘고 약하게 오르내리던 가슴은 고요했다. 바깥에서 텅, 하고 빗물받이 떨어지는 소리가 났다. 일남의 등이 출렁거렸다. 펼쳐진 치마저고리가 꼭 젊은 날의 애자 같았다.

열여섯의 일

세호는 내가 여섯 살 때 태어났다. 외할머니가 말하기를, 신생아실 유리벽 너머에서 간호사가 강보에 싸인 세호를 보여주었을 때 여섯 살의 나는 빨갛다, 한마디를 하고는 그 자리에서 엉엉 울었다고 한다. 세호를 처음 봤던 기억은 남아 있는데 운 기억은 도무지 없어서 외할머니가 나를 놀리려고 지어낸 말이 아니었을까 의심스럽기도 하다. 동생이 태어나면 샘을 낸다고들 하니까 내가 운 것도 그 때문이라는 식으로. 어린아이를 놀려먹는 재미라면 나도 세호를 통해 알 만큼 알게 되었으므로 충분히 그럴 수 있다고 생각한다. 세호를 놀려먹긴 했지만 샘이 나서는 아니었다. 그토록 귀엽고 예쁜 세호를 시샘하다니. 내가 정말 울었다면 그건 유리벽 너머의 세호를 바라보는 할머니의 표정 때문이었을 것이다. 내게는 한 번도 보여주지 않았던 완벽하게 충만한 표정. 여섯 살의 나도 그 정도는 느낄 수 있었을 것이다. 세호를 보는 할머니의 표정이 한결같아서 이제 와서 착각하는 건지도 모르지만. 어쨌거나 놀려먹는 건 퍽 재미났는데 오래가지는 않았다. 세호가 태어나고 한동안은 내가 너무 어린 탓에 불가능했고 나중에는 세호의 눈치가 빤해져서 그랬다. 헤아려보자면 세호가 유치원에 다닌 무렵부터 내가 중학생이었을 때까지 고작 몇 년 정도가 다였다. 어린 세호는 순해서 어설픈 놀림에도 곧잘 넘어갔고 울기도 잘했다.

세호는 건강하게 쑥쑥 자랐다. 돌이 지났을 때였나, 내가 초등학생이 되고 나서는 조심스럽게 업어주기도 했다. 우유병을 잡아주기도 했고 발긋한 뺨에 베이비로션을 발라주기도 했다. 좀 더 자라고 나서는 그림책을 읽어주거나 시소에 태워주기도 했는데 시소 한쪽에 앉은 나는 세호 쪽이 내려가지 않을까 봐 손잡이를 꽉 붙잡고 혼자 앉고 서기를 반복하다 다리에 쥐가 난 적이 있다. 사랑스런 아이였다. 오랫동안.

세호는 중학생이 되면서 나와 좀 데면데면해졌다. 키가 훌쩍 커지고 제법 남자 티가 나더니 본격적으로 사춘기가 시작된 것 같았다. 고3이었던 나는 세호에게 전과 같은 관심을 가져줄 수 없었다. 더러 빼먹기도 하던 학원이나 과외를 마침내 꼬박꼬박 챙기게 되었고 그러면서 당시의 남자 친구와 자주 연락하고 가끔은 만나느라 무척 바빠졌기 때문이다. 세호 나름대로는 곁에 서면 한참 내려다보게 되는 누나가 더 이상은 별것 아닌 존재가 되어버렸을지도 모르겠다. 남자의 세계로 발을 내디디며, 여자가 아닌 누나에게까지 쏟을 관심이 남아나지 않아서였을 수도 있고. 세호는 자주 여자 친구를 갈아치웠는데, 어떻게 저럴 수 있을까 싶을 정도로 여자 친구가 끊이지 않았다.

내가 대학에 들어갔을 무렵에 세호는 마치 대학생처럼 굴었다. 엄마의 말에 의하면 대학생인 나보다 용돈을 더 많이 쓴다고 했다. 주니까 그렇지. 내가 말하면, 어떻게 안 주니, 라고 엄마가 받았다. 사내구실을 하려면 돈을 써야 한다, 라며 아빠가 결정적으로 세호 편을 들었다. 날이 갈수록 세호는 대학생보다 더 대학생처럼 굴었다. 머리는 펌을 해서 구불거리게 멋을 부렸고 중학생에게 어울리지 않는 옷을 사들였다. 다른 아이들이 편의점을 다닐 때 세호는 커피숍이나 파스타 가게를 드나들었다. 독서실보다는 스터디카페를 선호하는 것과 같은 맥락이었다. 또래들이 게임에 미쳐 있을 때 세호는 영화관을 다니며 경리단길이나 망리단길, 홍대 쪽에 가서 놀았다. 강남역이나 코엑스는 지겹다고 했을 정도로 거침없는 세호의 동선은 공부와 점점 거리가 멀어졌다. 몸에서 담배 냄새나 술 냄새를 풍기며 귀가하는 날도 있었다. 공식적으로는 학원에 있다가 오는 길이었다. 중학교 때 딱히 강을 건너가본

적 없던 나와는 많이 달랐다.

한번은 세호 방 화장실에 들어갔다가 거울 위쪽에서 희멀건 얼룩을 발견하고 치약인가 싶어 쓱 문질렀다 기겁한 적이 있다. 몇 번이나 비누로 손을 닦으며, 도우미가 발견하는 것보다는 그래도 내가 닦은 게 다행 아닐까, 했다가 벌써 도우미가 몇 번쯤 닦았을지도 모르겠다는 생각이 들었다. 겉모습이나 노는 행태가 아무리 대학생처럼 보인다 해도 뒷일을 생각하지 않는 걸 보면 역시 중학생은 중학생. 정말이지 앞뒤 없이 저지르고 보는 녀석이다.

그 일 역시 뒷일을 고려했다면 벌어지지 않았겠지. 문제가 불거진 건 최근이지만 실은 몇 달 전의 사건이라고 했다. 일이 심각해졌을 때 세호에게는 물론 여자 친구가 있었고 세호는 그 아이가 알게 될까 전전긍긍했다. 그 아이가 알게 된 다음에는 아빠나 엄마가 알게 될까 전전긍긍, 얼마 후에는 마음 조일 필요도 없게 온 학교와 동네에 소문이 나버렸다. 소문이 너무 순식간에 퍼져서 내가 알게 된 시점은 알 만한 사람은 모두 알게 된 다음이었다.

그즈음 나는 스터디와 과제로 힘들었던데다 남자 친구와 거의 매일 싸우고 화해하고 다시 싸우고 하느라 몹시 지친 상태였다. 그렇지 않았다면 좀 더 일찍 알아챘을까. 그랬다면 뭐가 달라졌을까. 이런 가정은 아무 소용이 없다. 세호에게도, 나에게도, 그 누구에게도.

내가 그 일을 알게 된 계기는 엄마의 통화 내용이었다.

원래부터 좀 노는 애였대.

엄마는 흥분해서 큰 소리로 말했고 내가 집에 있다는 사실을 잊은 듯했다. 오전 강의가 없는 유일한 날이라 나는 방 안에서 느긋하게 오전을 보내고 있었다. 원래부터 좀 노는 애, 라는 말을 엄마는 다섯 번쯤 했다. 그러고는 상대를 바꾸어 또 그만큼. 그런 식으로 쉬지 않고 여러 명에게 전화를 걸었다. 누구 엄마라고 부르는 걸로 봐서는 학부모, 이름을 부르는 걸로 봐서는 친구, 통화 상대는 그랬던 것 같다. 성폭행인지, 성추행인지, 명예훼손이나 모욕인지, 엄마는 그런 개념이 명확하지 않았는데 통화 내용을 들어보면 세호가 잘못한 건 없다고 굳게 믿는 사람으로 보였다. 아니면 그런 이야기를 어떻게 할 수 있었을까. 믿는 척한 거였을까. 나를 제외한 나머지 셋, 아빠와 엄마, 세호 자신은 그렇게 믿거나 믿는 척하거나 둘 중 하나였을까.

그러니까, 행실이 벌써 알 만하지…… 그럼, 그럼. 까진 애지.

엄마는 통화 상대가 바뀔 때마다 녹음 파일을 재생하듯 되풀이했다. 그건 상대의 반응이 거의 동일하다는 의미이기도 했다. 사건은 남자아이들이 모인 단체 채팅방에서 발생했다. 그 아이를 두고 오간 농담들과 허세로 포장된 언어폭력…… 그중 세호가 가장 심했다. 아이들은 세호의 말을 다 믿었던 걸까. 모든 대화를 캡처하고 방을 나간 아이가 그걸 친한 친구에게 보여주고 그 친구는 또 다른 친구에게…… 이런 식으로 문제가 확대되어갔다. 급기야 나도 한번, 이라는 개인 메시지를 그 아이에게 보내는 남자아이들이 연이어 나타났고.

그러게. 남자애들이야 다 그렇지. 그럴 수 있지. 허세도 좀 부리고. 남자애니까. 겨우 중학생인데.

엄마는 그럴 수 있다는 말을 여러 번 강조했다. 겨우 중학생이므로 그럴 수 있다는 데 집중한 나머지 겨우 중학생이 그런 짓을 했다는 데에는 생각이 미치지 않는 듯했다.

애들이 괜히 그러겠어?

엄마는 분명 그렇게 말했다. 괜히 그랬던 남자애가 바로 세호였다. 내 동생.

그날 저녁 남자 친구인 K와 다시 싸웠다. 웬만하면 더는 싸우지 않겠다고 마음을 먹고 만났지만 막상 그를 보니 화가 났다. 만나자마자 K는 안 보는 척하면서 가슴부터 봤고 브래지어를 안 한 걸 알아채자 눈살을 찌푸렸다가 재빨리 풀었다. 그 표정을 보는 순간 그만 끝내야겠다는 결심이 확고해졌다. 어떤 막바지에 다다른 느낌이었다. 컵에 담긴 물을 한 번에 다 마시고 말했다.

그래, 안 했어. 안 할 거야. 니가 하래서 더 안 하는 게 아니라 내 몸이고 내 옷이니까 내가 하고 싶은 대로 하는 거야. 그러니까 이제 그만하자.

그게 뭐가 어려운 일이라고.

너도 해. 그럼 나도 할게.

이런 대화는 그동안 몇 번이나 오갔다. 그때마다 K는 내가 유별나다고 화를 냈다. K와는 일 년 남짓 만나왔다. 내가 브래지어를 하지 않기로 마음먹고 행동에 옮긴 건 한 달쯤 전부터였는데 별 탈 없이 무난하게 지내오던 K와 그때부터 자주 싸우게 되었다.

야! 니가 무슨 노출증 환자냐? 아님 무슨 투사라도 되는 줄 아는 거냐?

너, 잘 들어. 내가 너한테 그런 말 들을 이유 없고. 못 알아듣니? 헤어진다고. 끝이라고.

순간 K의 눈동자에 파란 불꽃이 튀는 것 같았다. 그건 무엇이었을까. 처음으로 무서워졌다. 옹졸한 인간이란 생각이 들긴 했지만 무섭게 느껴진 적은 없었는데 내 가슴에 시선을 고정한 채 탁자를 누르고 있는 주먹과 팔뚝에 불거진 핏줄이 무서웠다. 나는 그대로 일어나 카페를 나와버렸다. K를 포함한, 카페에 있던 모든 사람의 눈이 뒤통수를 찌르는 듯했다. 어쩌면 속옷 자국 없이 밋밋한 등을 보고 있을지도 몰랐다. 뒤돌아보지 않고 뛰다시피 그 부근을 벗어났다. 전화기가 울리는 느낌에 몇 번을 확인했지만 내 착각이었을 뿐 전화는 오지 않았다.

K와 세호와 귀갓길에 내 가슴에 눈길을 던진 몇몇의 남자

들과 여자들로 인해 복잡한 마음을 안고 집으로 돌아왔을 때 예상과 달리 집안 분위기는 평온했다. 엄마는 평소와 다름없이 드라마를 보고 있었고 아빠는 귀가 전이었다. 세호는 보이지 않았다.

세호는?

학원 갔지.

엄마는 나를 힐끔 보고는 다시 드라마로 돌아갔다.

아직도?

뭐 먹고 오나 보지.

내가 늦게까지 학원에 있을 때 엄마는 꼭 차를 갖고 데리러 왔다. 혼자 올 수 있다고 몇 번을 말했지만 듣지 않았다. 나는 혼자서 버스를 타거나 걸으면서 숨통을 좀 틔우고 싶을 뿐이었으나 내게 그런 자유는 허락되지 않았다. 결국 가끔 학원에 들어가는 척하다 엄마의 차가 멀어지는 걸 확인한 후에 다시 나와서 놀거나 돌아다니다 끝나는 시간이 되기 전 학원 앞에서 대기하는 것으로 나 자신과 타협했다. 이루어지지 않은 엄마와의 타협은 그런 식으로 변형되었다. 엄마는 세호에게는 다르게 대했다. 데려다주지도 데려오지도 않았다. 예정된 시각보다 귀가가 늦어져도 그러려니 했는데 그런 태도는 분명히 세호가 남학생이기 때문일 터였다.

내가 그 일을 알고 있는지 아닌지에 엄마는 관심이 없어 보였다. 그 일이 세호에게 치명적이어서 내게까지 숨기고 싶었는지, 아니면 대수롭지 않다고 판단해 굳이 말할 필요를 느끼지 않았는지 잘 모르겠다. 이 사람 저 사람한테 전화를 해댄 것은 어떤 심리나 필요에 의해서였는지도 역시. 만약 내게만 태연한 척한 거라면 엄마는 아마 배우가 못 된 게 한이 되었을 수도 있겠다.

내 방 욕실에서 씻고 나왔을 때 K에게서 메시지가 와 있는 걸 발견했다. 어떤 건 아주 길어서 한 뼘은 되었고 어떤 건 짤막했다. 서로 조금씩 양보해보자고 했다. 타협을 해보자고. 답하지 않고 전화기를 침대에 던져두었다. 이건 타협할 일도 양보할 일도 아니라고 몇 번이나 말했으나 K는 못 알아들었고, 네 고집만 너무 내세우지 말라고 설득하려 들었다. 애초에 타협이나 양보의 문제가 아니라 고스란히 내 문제임을 K는 결국 알 수 없을 것이다. 이 일을 두고 K와 주고받은 말을 곱씹을수록 거대한 간극이 더 아득하게 느껴질 뿐이었다.

엄마는 그 일로 세호의 학교에 다녀왔다. 한두 번 다녀오는 것으로 해결이 되지 않아 나중에는 아빠까지 함께 다녀왔다. 아빠는 계속 화를 냈다. 별것 아닌 걸로 호들갑을 떤다고 상대방을 욕하면서 뒤늦게 피해자 코스프레를 한다고 화를 냈다. 실제로 성추행을 한 것도 아니고 없는 데서 그런 이야기 정도는 주고받을 수도 있는 거 아니냐, 사춘기 아이들이 다 그러면서 크는 거지, 우리 자랄 때는 더한 일도 많았다, 라면서 아빠는 화를 냈다. 물론 아빠가 바보가 아닌 이상 학교에서 그런 태도를 취하지는 않았을 것이다. 평생 해온 대로 필요하다면 납작 엎드릴 줄 아는 그 유연한 태도를 보여주었겠지. 그게 분하고 억울해서 더 화가 났을 테고.

그 부모가 미친 거지. 딸 앞길 막는 줄 모르고 말야.

그러게. 바보들 아냐? 일 키워서 손해 보는 게 누군 줄 모르고.

엄마와 아빠는 이제 내가 듣든 말든 그런 말들을 아무렇지 않게 했다. 온 동네 사람과 세호 학교 아이들이 다 알고 있는 사실이라 새삼 조심할 필요가 없었을지도 모른다. 엄마와 아빠가 가장 조심해야 할 사람은 세호였을 것이다. 어쨌든 세호는 아직 청소년인데다 가해자이긴 하지만 본인으로서는 두렵고 불안한 상황이었을 테니. 나는 그렇게 생각했다.

정말 그런 배려가 작용했을까. 두 사람은 세호가 뭘 그렇게 잘못했느냐고 서로에게 물었다. 잘못한 건 평소에 얌전치 않았던 그 여자애라고 한 번 본 적도 없는 아이를 두고 단언했다. 그러고 나서는 친구들끼리 있었던 일을 의리 없이 밖으로 까발린 그놈이 진짜 나쁜 놈이라고 분에 겨워했다. 가족이 다 모일 기회는 주로 아침 식사 때였기 때문에 그런 말들을 자주 하지는 않았다. 다들 바빴다. 세호가 제일 먼저 나가고 다음은 아빠, 그리고 나였다. 세호는 아침마다 힘겹게 일어나 머리 손질을 하느라 밥을 먹는 둥 마는 둥 하고 나가는 바람에 그런 말을 들을 겨를이 없었다. 그 상황에서도 세호는 머리 손질을 포기하지 않았다. 어떻게 보면 다행스러웠지만 그런 세호의 모습은 분명 불편함을 느끼게 했다. 아빠는 아빠대로 식탁에 앉아 주요 뉴스를 훑어보느라 세호를 붙잡고 그 일을 이야기할 여유가 없어 보였다. 다만 엄마만이 아빠가 나가고 나면 소파에 자리를 잡고 앉아 전화기를 들었다. 어떤 날은 스피커폰으로 통화를 하면서 식탁을 치우기도 했다. 엄마는 요즘 골프연습장이나 마사지숍 같은 곳에 가지 않는 눈치였다. 매일이다시피 있던 점심 모임에도 나가지 않았고 대신 한두 명 친한 사람만 따로 만나 하소연을 하고 오는 것이 일과의 대부분인 것 같았다. 나머지 시간은 텔레비전을 켜놓고 소파에 멍하니 앉아 있었다.

세호는 마침내 경찰서에 가서 조사를 받고 왔다. 엄마는 가지 않고 아빠만 동행했다. 세 사람은 꽤 충격을 받은 듯했다. 처음부터 학교 차원에서 해결될 일이 아님을 몰랐을까. 그동안 아빠는 세호 편을 들었고 엄마도 마찬가지였지만 경찰서에 불려가고 나서야 사안의 심각성을 깨닫게 된 것 같았다. 그 아이는 단체 채팅방의 대화를 캡처한 사진과 여러 명에게서 개인적으로 받은 메시지, 그리고 세호에게서 받은 메시지까지 전부 갖고 있었다. 그 아이 쪽에서 제출한 자료에 의하면 세호는 그 일에 대해 한 번도 사과하지 않았다. 오히려 진작 내 말을 들었으면 이런 일 없었을 거라는 식의 대화가 출력물에 선명하게 들어 있었다. 그것을 다 알고 나서도 엄마나 아빠는 중학생은, 사춘기의 남자아이는 그럴 수 있다고 말할 수 있는 걸까. 그것은 정말로 두 사람의 진심일까. 내 동생 세호는 이런 아이였나. 언제부터 이런 아이가 되었나. 어떻게 이런 아이가 되었나. 할머니가 오면 무릎을 베고 누워 어리광을 부리던 세호는. 할머니, 젖 좀 만져봐요, 하면서 장난을 치던 세호는.

채팅방에 있던 아이들은 세호와 연락하지 않는 모양이었다. 걱정하고 불안해하면서 밤늦게까지 통화를 하거나 학원 수업에 빠지고 함께 시간을 보내던 아이들은 초점이 세호에게로 맞춰지는 상황을 확인하자 태도를 분명히 했다. 그들은 멀리서 세호를 발견하면 딴청을 부리며 피해 가거나 바로 앞에서 맞닥뜨려도 못 본 척했다. 세호는 간혹 메시지를 보내고 전화를 했지만 그들 중 누구에게서도 답을 받지 못했다. 리그로부터의 퇴출이었다. 아이들은 어리숙해 보여도 그렇지 않았다. 위험을 피하는 감각이 발달되어 있었다. 이 동네 아이들은 학교보다도 부모에게 문제아로 낙인찍히는 것을 더 두려워한다. 위에서부터 흘러내리는 막대한 기득권을 선불리 박탈당해도 좋을 만큼 매혹적인 일이란 그들에게 존재하지 않는다. 그것은 명백한 진실이고 그들은 이미 진실을 터득하고 있겠지. 나와 내 친구들이 같은 이유로 원칙을 저버리지 않는 것처럼.

중학교 때의 나는 가끔 담배를 피우기도 했고 술을 마셔보기도 했다. 어느 학교나 그렇듯 일진이라고 하기에는 그렇고 모범생이라고 할 수도 없는 아이들이 우리 학교에도 몇 있었다. 우리는 영어유치원과 초등학교를 함께 다녔으므로 나중에 작정하고 이사 온 집 아이들과는 좀 다르다는 우월감, 말하자면 성골 의식 같은 것을 공유하는 사이였다. 대체로 공부를 좀 하는 편이었고 유복하고 평탄한 집안의 아이들이었다. 미국 사립학교의 여름 캠프에 다녀오는 친구는 있어도 여기서 진학길이 막혀 도피 유학에 오르는 친구는 없었다. 네이버 검색창에 이름을 치면 인물정보란에 뜨거나 혹은 몇 가지 뉴스가 검색되는 부모를 가졌다는 공통점도 있었다. SNS가 활성화된 시대에 재수 없으면 그런 부모에게 불똥이 튈 수도 있다는 자각이 있는 것도 당연했고. 구석진 곳에서 담배를 나눠 피울 때 우리는 공범 의식을 느꼈는데 그런 일이 거듭되면서 어떤 신뢰감이 싹텄다. 우리 중 아무도 돌발행동 같은 것을 하지는 않을 거야, 그렇게 치사하거나 그렇게 아둔한 녀석은 없을 거야, 얌전하게, 별 탈 없이, 그렇게 학창 시절을 보내게 되겠지, 라는 믿음을 나누었다. 그리고 그 믿음은 깨지지 않았다. 배운 부모로부터 넉넉한 용돈을 받으며 크게 엇나가지 않은 우리는 모두 서울 시내의 대학에 진학했고 자주 연락을 주고받는다. 우리 중에는 물론 스카이에 진학한 아이도 있고 지명도에서 좀 밀리는 여대에 다니는 나도 있고.

세호는 이제 아둔하고 치졸하고 위험한 아이로 분류되어 다시는 그 세계로 돌아가지 못하게 된 걸까? 세호의 세계는 내가 속한 세계와 멀어져버린 것일까? 돌이킬 수 없이?

아빠가! 여기까지 오는 데 얼마나 고생했는지 알아? 이걸 니가 지금 한순간에 다 말아먹고 있는 거야! 알아?

세호를 데리고 귀가한 아빠는 일이 터지고 난 후 처음으로 큰소리를 냈다. 그동안 사내놈이 그럴 수도 있지, 라던 아빠도 막상 경찰서에 가서 조사를 받는 세호를 보니, 아들을 이렇게 키운 아버지라는 굴욕을 당하고 나니, 무작정 끼고돌 수만은 없었던 모양이다.

결국 돈 뜯어내려는 수작이지?

엄마가 혐오스럽다는 듯 말했다.

살 만큼 사는 집이 돈독이 올랐군.

엄마가 잠시 사이를 두고 덧붙였다.

돈 몇 푼 뜯어내자고 그런 일을 벌이는 부모는 이 동네에 없을 것이다. 그걸 잘 알고 있을 엄마는 왜 그런 말을 했을까. 할 수 있는 말이 그것밖에 없었을까.

백억이래.

아빠가 신음하듯 낮게 말했고 엄마가 무슨 말이냐는 표정으로 아빠를 쳐다봤다.

증여받은 액수만 벌써 백억대래, 그 계집애. 내가 알아봤어.

엄마 얼굴에 복잡한 표정이 스쳤다. 그렇게 잘사는 집인 줄 몰랐다는 놀라움과 그 막대한 부에 대한 부러움과 그렇다면 돈으로 막을 수 있는 일이 아니겠다는 절망감이 버무려진 야릇한 표정.

야, 이 새끼야! 그런 애는 잘 두고 봤다가 결혼을 해야 하는 거다. 막 데리고 놀 수 있는 애가 아니라고. 그게 그렇게 구분이 안 되냐! 정말 데리고 놀았으면 억울하지나 않지. 못난 놈!

아빠가 그런 말을 대놓고 하는 건 처음이었다. 적어도 나는 아빠의 그런 말을 처음 들었다. 엄마의 눈동자가 잠깐 흔들렸다. 엄마 앞에서 아빠가 그런 말을 해서는 안 되었다. 세호보다도 엄마 앞에서. 그리고 내 앞에서. 무엇보다도 세호와 나의 앞에서 엄마 들으란 듯이.

재판까지 가게 될 거야. 알고들 있어.

아빠가 절망과 분노가 섞인 목소리로 말하고 세호를 노려보았다. 세호는 고개를 푹 꺾고 손톱으로 대리석 바닥 틈새를 후벼 팠다.

그렇게 방법이 없어?

엄마가 걱정스럽게, 한편으로는 원망스러운 듯, 조심스런 말투로 물었다.

세상이 미쳐 돌아가니 별걸 다 갖고 난리지.

아빠는 경찰서에 다녀오고도 이 일이 별것 아니라고 생각하고 있었다.

……그런 게 아니야.

거실 한쪽에 서 있던 내가 말했다. 아빠와 엄마는 내가 거기 서 있었다는 사실을 그제야 알아차린 듯했다.

……별일 아닌 게 아니라고.

뭐? 너, 지금 누구 편이야? 한 번만 더 그딴 식으로 말해봐!

엄마가 벌컥 성을 냈다. 엄마 말이 도화선이 되어 아빠의 화가 폭발해버렸다.

당신은 대체 뭐 하는 사람이야! 애들 간수도 제대로 안 하고! 쟤 말하는 것 좀 봐! 도대체가 말야. 세상이 그렇게 호락호락한 줄 알아?

소파에 앉아 있던 아빠가 벌떡 일어나 손을 허리에 얹었다.

왜 나한테 그래? 세호 싸고돈 건 누군데! 세호가 당신 하는 거 보고 배운 거 아냐!

엄마는 말을 끝맺고 나서도 아빠를 쏘아보는 눈길을 거두지 않았다. 길고 가는 엄마의 목에 핏줄이 섰다.

뭐라고? 그래서! 다 내 탓이란 거야? 내가 뭘 잘못했는데! 열심히 돈 벌어서 거둬 먹이고 호강시킨 거? 그게 잘못이야?

엄마와 아빠는 이 일을 두고 처음으로 싸웠다. 그동안 눌러온 스트레스를 한꺼번에 폭발시키려는지 세호와 나는 안중에 없는 듯했고 다투면서도 서로의 말은 자꾸 어긋났다. 아니, 어긋나니까 다투는 거였을까. 아빠가 벗어둔 옷을 집어 들더니 쾅 소리를 내면서 현관문을 닫고 나갔다. 노랗게 시든 벤

저민 이파리 하나가 바닥에 툭 떨어졌다. 엄마는 아빠가 이미 사라진 현관에 대고 소리를 질렀다.

내가 모르는 줄 알아?

켜졌던 센서등이 꺼지고 현관은 캄캄해졌다. 아빠에 대해서라면 나는 모르고 엄마는 아는 일이 너무 많아서 그 말이 정확하게 무슨 뜻인지 나는 역시 알지 못했다. 알지 못했으므로 가만히 있었다. 세호는 여전히 손톱으로 바닥을 긁고 있었고 소파 한쪽에 앉아 있던 엄마는 발을 올려 무릎을 끌어안았다. 세호가 훌쩍거리기 시작했다.

울지 마! 뭘 잘했다고 울어!

엄마가 세호에게 고함을 쳤다. 엄마의 화는 세호를 향한 것이었을까, 아빠를 향한 것이었을까. 아니면 세호의 일과 아빠의 일을 모두 감당해야 하는 엄마 자신을 향한 것이었을까. 나는 엄마에게 다가가 옆에 앉았다. 누구를 위로해야 할지, 이게 위로해야 하는 일이 맞는지, 그렇다면 내가 무엇을 어떻게 해야 할지 혼란스러웠다. 조명을 받아 반들거리는 엄마의 무릎이 너무 시려 보였다. 세호에게 방에 들어가라고 눈짓을 하고 무릎에 가만히 손을 얹었다. 엄마는 딱딱하게 굳은 얼굴로 입술을 깨물었다. 정면의 거실 바닥 모서리에 고정된 엄마의 눈동자는 흔들림이 없었고 곧 눈물이 흘러내렸다. 나는 손바닥으로 엄마의 무릎을 쓰다듬었다. 엄마는 잠시 나를 내버려두었다가 슬그머니 손을 잡아 힘없이 뿌리쳤다. 내가 소파에서 일어나자 엄마는 내 손이 놓였던 반들거리는 무릎에 이마를 얹었다.

지하 주차장에 차를 세운 후 엄마는 운전석에 앉은 채로 한동안 심호흡을 했다. 나도 따라 심호흡을 했다. 답답했다. 거의 두 달 만에 브래지어를 하고 외출한 길이었다. 나는 숨을 깊이 들이마셨다 내쉬기를 반복하면서 말없이 기다려주었다.

옷을…… 속옷을 입는 게 좋겠다. 그러고 갈 수는 없어…… 그 집에서…… 뭐라고 하겠니.

집을 나서기 전 엄마가 나를 보면서 그렇게 말했기 때문에 두말 않고 들어가서 속옷을 챙겨 입고 나온 참이었다. 그전까지 엄마가 몇 차례 화를 내거나 통사정하면서 만류했을 때는 듣지 않았지만 그 말에는 차마 고집을 부릴 수 없었다. 엄마는 단정한 원피스에 구두를 신은 차림이었다.

인터폰 앞에서 우리는 다시 심호흡을 했다. 엄마가 천천히 그 집 호수대로 숫자판을 눌렀다.

안녕하세요. 저 세호 엄마입니다. 잠깐……

돌아가세요.

아니, 잠깐만 뵙고……

변호사 통해서 말씀하세요. 들을 말 없습니다.

인터폰은 바로 끊어졌다. 한 번 더 호출 버튼을 눌렀으나 이번에는 아예 받지 않았다. 엄마는 문 앞을 서성이다 인터폰 아래에 쭈그리고 앉았다. 지하 주차장은 무더웠고 어마어마한 소음을 내며 돌아가는 환풍 장치에도 불구하고 차들이 뿜어낸 매연이 고여 매캐했다. 나는 숨을 참았다 뱉고 참았다 조금씩 들이마시기를 계속했다. 잠깐 만에 엄마의 발등에 핏줄이 툭툭 불거졌다. 선명한 푸른색이 스타킹을 뚫고 도드라졌다. 엄마는 여름이면 스타킹을 신지 않았다. 언제나 페디큐어를 했는데 엄지발톱에는 꼭 커다랗게 불거지는 유리알을 붙여서 멀리서도 반짝거렸다. 앞뒤가 꼭 막힌 검정 구두에 스타킹까지 신은 엄마는 발이 불편한지 일어났다 다시 앉기를 되풀이했다. 시간이 흐르면서 그 간격이 조금씩 밭아졌다. 엄마가 그러는 동안 나는 들고 있던 과일 바구니가 점점 더 무겁게 느껴져 한쪽에 슬며시 내려놓았다. 주차장에 진입한 차들이 회전할 때, 바퀴가 바닥에 쓸리는 소리가 났다. 익숙한 소리라고 해서 불안하지 않거나 기괴하지 않은 건 아니었다. 나는 어금니를 물고 벽에 기댔다.

매캐한 공기와 환풍기 소리를 더 견디기 힘들어졌을 즈음 오토바이 소리가 가까워지면서 피자 냄새가 풍겨 왔다. 헬멧을 쓴 채 피자 박스를 든 남자가 다가와 호출 버튼을 눌렀다. 우리는 그를 따라 재빨리 들어갔다. 엘리베이터 안은 피자 배달원의 땀 냄새로 금방 숨이 막힐 지경이 되었고 푹 젖은 그의 등에서 피어오르는 열기는 얼굴에까지 훅 끼쳤다. 나는 뒷걸음질을 쳐 벽에 몸을 밀착시켰다. 이어폰 바깥으로 넘쳐 나온 음악 소리에 피자 냄새까지 더해져 엘리베이터가 곧 터져 버릴 것 같은 착각이 들었다. 헬멧 안쪽에서부터 흘러내린 땀이 턱에 맺혀 떨어졌다. 매끈하고 앳된 턱이었다. 엄마는 후각이 마비된 사람처럼, 아니, 모든 감각이 마비된 사람처럼 보였다. 거울에 비친 엄마의 얼굴은 창백했고, 어깨는 트럭 바퀴에 깔린 봉제 인형을 떠올리게 했다.

초인종을 누르자 누구세요, 대신 돌아가세요, 라는 말이 흘러나왔다. 그 말 직전에 아, 정말, 하는 신경질적인 소리가 먼저 들렸고.

잠깐만 열어주세요. 잠깐만요.

엄마는 초인종 밑에 달린 스피커에 입술을 붙이다시피 하고 애원했다. 나는 한발 물러서서 멀리 창밖을 내다보았다. 어디선가 광고판이 번쩍이는지 하늘이 수시로 색과 조도를 바꾸었다.

경찰을 부르겠습니다.

아까와 달리 싸늘하게 가라앉은 목소리였다. 화를 내지도 않았고 따지지도 않았다. 피해자는 그래도 되는 걸까. 이렇게 싸늘하고 무서운 목소리로 철문 밖의 사람에게 그래도 되는 걸까. 나는 그 답을 너무 잘 알겠어서 엄마의 팔꿈치를 잡았다.

가자, 엄마……

엄마는 다시 손을 들어 올려 초인종으로 뻗었다. 내 한숨 소리가 엘리베이터 홀을 울렸다. 그 소리에 초인종 가까이에서 가늘게 떨리던 엄마의 손이 방향을 바꾸어 철문에 가 닿았다.

엄마는 굳은 자세로 철문에 한참이나 손바닥을 대고 서 있었다. 손바닥의 감각으로 철문 안쪽을 탐색하려는 듯, 자신의 애원과 체온이 철문으로 스며들어 전달되기를 기다리는 듯.

가자……

팔을 잡아끌자 엄마는 그 자리에 주저앉았다. 잠시 원형을 유지하던 재가 폭삭 무너지는 것 같은 순간, 엄마의 발목이 꺾이며 한쪽 구두가 벗겨졌다.

발목은 퉁퉁 부어올랐고 엄마는 잠을 이루지 못했다. 발목의 통증 때문만은 아니었을 것이다. 나도 오래 뒤척였다. 뒤척이다 현관문이 열리는 소리를 들었다. 방문을 열고 나가 보았을 때 비틀거리며 아빠가 들어섰다. 아빠도 나도 표정을 지운 얼굴을 잠깐 마주했을 뿐 아무 말도 하지 않았다. 아빠가 안방으로 들어간 후 방문 너머에서 엄마의 흐느끼는 소리가 간헐적으로 새어 나왔다. 아빠의 웅얼거리는 소리가 가끔 섞여들어 집 안은 침묵보다 더한 고요로 가라앉았다.

세호 방의 문을 조금 열고 안을 들여다봤다. 세호는 침대에 엎드려 잠들어 있었다. 얼굴이 보이지 않아 잠든 세호의 표정을 알 수 없었다. 알 수 없어서 궁금했다. 자기 앞에 놓인 엄청난 두려움과 불안, 그리고 아마도 있을, 나로서는 있다고 믿고 싶은 죄책감 같은 것들을 다 놓아버리고 세호는 편안하게 잠들 수 있었을까. 활짝 열린 창문을 닫아주려다 창틀에 떨어진 담뱃재를 발견했다. 나는 몸을 돌려 세호의 등과 구부린 팔, 쭉 뻗은 다리를 찬찬히 보았다. 덩치만 커다란 세호. 세호의 몸. 저 몸이 욕망하는 세호의 세계. 어설프고 불투명한. 휴지에 물을 묻혀 창틀을 닦아내고 변기에 버렸다.

세호의 방은 정리정돈이 잘되어 있었다. 새하얀 시트는 깨끗하고 보송했으며 가로등 불빛을 받아 엷은 노을빛이었다. 책상 위는 말끔했다. 공부하는 아이의 책상은 아니었다. 사용한 지 오래된 책상에서만 느낄 수 있는 서걱거림 같은 것이 묻어났다. 이것저것 들추거나 살피지 않아도 저절로 갖게 되는 느낌. 책상 아래 구석 자리에 빈 술병이 세워져 있었다. 장식장이든, 싱크대 구석이든, 술병이 사라진 것을 알아차릴 만큼의 여유가 엄마에게는 없을 테고 도우미는 빈 병을 보고도 알은척할 수 없었을 테지. 언제 마신 걸까. 세호는 요즘 밤마다 몰래 술을 마셔온 것일까. 세호의 쌔근거리는 숨소리가 고르게 들려왔다. 세호는 잠시의 평화를 누리고 있는 것일까. 그 아이는, 문제가 커진 후로 학교에 나오지 않는 날이 많아졌다던 그 아이는 지금쯤 잠들었을까. 그 아이의 부모는 잠들었을까. 엄마와 아빠는 이제 자고 있는 걸까. 술병 옆에 놓인 묵직해 뵈는 가방이 눈에 들어왔다. 세호의 가방은 여러 개였다. 학원별로 과목이 다른 교재가 든 가방이 몇 개 나란히 세워져 있었는데 그것들은 죄다 홀쭉했다. 주로 교재 한두 권 정도에 복사물이 들어 있을 뿐이었을 테니. 묵직해 뵈는 가방은 한껏 부풀어 있었다. 발로 툭 건드리자 잘강거리는 소리가 났다. 힘겹게 잠근 듯 빡빡한 지퍼를 열자 풀려 나온 술 냄새. 술병과 빈 캔들이 뒤엉켜 가방을 꽉 채우고 있었다. 세호의 가방에. 학교나 학원에 들고 가야 할 중학생의 가방에.

부딪히는 소리가 나지 않도록 팔을 길게 뻗어 빈 병과 캔을 분리수거 자루에 버리고 가방은 의류 재활용함에 집어넣었다. 안쪽 바닥에서 툭, 하는 둔한 소리가 들렸다. 주변을 둘러보았다. 사람은 보이지 않고 창문 몇 군데에서 쏟아지는 빛이 눈에 들어왔다. 그중 몇 개는 오차도 없이 동시에 같은 색깔들로 바뀌거나 어두워지거나 밝아졌다. 캄캄한 창에는 선명하게 반사된 구름이 흐르다 끊어지고 다시 흘렀다. 구름보다 느린 걸음으로 단지를 한 바퀴 돌아 정문까지 왔다. 경비실 옆의 철문은 버튼을 누르자 철컹 소리를 내며 안으로 열렸다. 나는 밖으로 나와 가만히 문을 닫았다.

새벽을 향해 달려가는 거리는 고요하지도 평화롭지도 않았다. 하루의 끝은 어디쯤 있을까. 근처의 클럽에서 쏟아져 나온 사람들과 밤새 문을 여는 술집에서 비틀거리며 흘러나온 사람들이 유령처럼 거리를 떠돌았다. 도로에는 쾅쾅거리는 음악과 개조한 머플러의 굉음을 포탄처럼 퍼붓는 자동차가 질주했다. 그들을 피해 갈 수 있는 길은 없어 보였다.

훤하게 밝혀진 술집의 간판과 자동차 영업점과 편의점을 지나고 사거리를 건너면서, 대리기사인 듯한 남자들이 핸드폰을 살피며 급하게 발을 옮기는 모습을 보면서, 천천히 걸었다. 빈 택시가 몰려 있는 차도에 남자들 몇이 둘러서서 차를 탈 건지 말 건지를 두고 큰 소리로 떠들고 있었다. 화장이 짙은 여자의 어깨에 팔을 걸치고 흔들리며 택시 쪽으로 걸어가는 중년 남자와 그를 비웃듯 부러워하듯 쳐다보는, 중년보다 조금 젊어 보이는 남자들이 술기운을 빌려 함부로 흐느적댔다. 밤의 갈피마다 얼룩진 그들은 밤을 한없이 늘이는 중이었다.

습기를 머금어 훍내 나는 바람이 거리의 비닐봉지를 날렸다. 차도로 뛰어든 비닐봉지는 차들이 질주할 때마다 스스로 차선을 바꿔가며 중심으로 다가갔다 주변으로 밀려나고 다시 중심으로 다가가고 밀려났다. 그것은 앞으로만 걷는 내게서 점차 멀어지다가 마침내 시야에서 사라졌다. 바람이 차졌다. 팔에 소름이 돋고 얇은 티셔츠 위로 유두가 도드라졌다. 나는 가끔 내 가슴을 내려다보면서 걸어 나갔다. 남자들 몇이 간격을 두고 나와 엇갈렸다. 아빠 나이의 남자와 세호만큼 어려 보이는 남자, K와 비슷하게 생긴 남자들. 그들이 가까워질 때마다 나는 등을 약간 구부려 도드라진 유두가 눈에 띄지 않게 했고 그들이 지나쳐 간 후에 등을 다시 폈다.

오늘의 루프탑

옥상에서 내려다본 바닥은 어둡고 깊었다. 건물과 건물 사이에는 낮에도 해가 들지 않았다. 틈이 두 걸음 남짓밖에 되지 않아 바닥이 더 깊어 보이는지도 몰랐다. 이 동네의 건물들은 꼭 이만한 깊이와 넓이의 틈을 사이에 두고 늘어서 있다. 수이는 어두운 바닥을 향해 침을 뱉었다. 침은 아무렇게나 쌓인 폐자재와 쓰레기 사이로 사라졌다. 운이 좋을 때는 뚝, 하고 떨어지는 소리가 들리기도 했다. 수이는 그 소리를 좋아했다. 딱히 이유가 있는 건 아니었지만 소리를 들은 날은 기분이 좋아졌다. 오늘은 아무 소리도 나지 않았다. 수이는 바닥을 잠시 내려다보다 옆 건물의 옥상으로 건너갔다. 사뿐한 걸음이 길고양이 같았다.

"할배, 할배 뭐 해?"

수이가 제 방과 똑같이 생긴 옥탑방의 문을 빼꼼 열었다. 퀴퀴한 냄새와 텔레비전 소리가 문틈으로 쏟아져 나왔다. 침대에 누운 노인이 문 쪽으로 천천히 고개를 돌렸다. 텔레비전이 놓인 작은 서랍장과 침대뿐 다른 세간이 없는 방은 휑했다. 수이의 방은 침대가 없었지만 이렇게 휑한 느낌은 아니었다. 거울 때문인지도 몰랐다. 수이의 전신 거울은 방 안의 물건을 모두 두 개로 만들었다. 수이는 안으로 성큼 들어갔다. 침대 옆에 놓인 작은 밥상에 건드리다 만 음식이 있었다.

"좀 먹었어?"

수이가 상으로 다가앉아 숟가락을 들었다.

"할배 며느리 너무한 거 아냐? 반찬이 이게 뭐래?"

노인이 수이를 바라보며 희미하게 웃었다. 수이는 말라가는 밥풀을 걷어냈다.

"이러다간 금방 죽어, 죽는다고."

노인이 고개를 저었다.

"뭐? 안 죽는다고? 그럼 밥을 먹어야 할 거 아냐. 자."

수이가 밥을 한술 떠서 들이밀었다. 노인은 싫지 않은 듯 입을 벌리고 받아먹었다. 밥알을 씹는 동안 기다렸다가 국을 떠먹였다. 입가로 국물이 주르륵 흘러 베개에 떨어졌다. 베개는 얼룩이 잔뜩 져 있었다. 수이는 휴지를 뜯어 노인의 입과 베개를 닦은 후 텔레비전 채널을 이리저리 돌렸다. 음악 전문 채널에서 무사가 춤을 추고 있었다.

"할배, 내가 오늘 저 새끼랑 일하고 왔거든. 존나 재수 없어."

수이가 손으로 김을 한 장 집으며 말했다. 김은 눅눅했다. 무사가 한번 환하게 웃자 방청석 소녀들이 자지러졌다. 그들은 피켓이나 핸드폰을 들고 흔들었다. 핸드폰 액정에 하트가 떠 있었다.

"저 새낀 전생에 나라를 몇 번이나 구했나."

노인이 수이의 눈길을 더듬어 화면으로 시선을 옮겼다.

"잘하긴 잘하네. 안 그래?"

노인은 웃으며 끄덕였다. 수이의 시선이 노인의 얼굴을 지나 벽에 걸린 액자에 가 닿았다. 플라스틱 틀 안에 흑백사진들이 빽빽하게 들어 있었다. 수이가 일어나서 사진을 보며 말했다.

"좀 닮았다, 할배. 저 새끼랑."

노인이 웃음을 터뜨리다 기침을 했다. 밥알이 튀었다. 수이는 기침이 멎기를 기다려 또 밥을 떴다.

타고난 보컬 실력과 훤칠한 키, 자그마한 얼굴에 오뚝한 콧날, 짙은 눈썹. 무사는 아이돌에게 어울리는 모든 조건을 갖고 있었다. 까다로운 성격까지도.

"아, 이런 걸 입고 찍으라고……"

수이가 손목에 찬 바늘꽂이에서 막 새 핀을 뽑아 든 참이었다. 스태프들은 안 보는 척하면서 은근히 무사에게 집중했다.

광택 소재 셔츠는 무늬가 현란해서 수이의 눈에도 촌스러워 보였다. 수이는 입을 꾹 다물고 핀을 두 줄로 촘촘하게 꽂아 셔츠의 품을 조절했다. 등 쪽에서 본 무늬는 정확하게 좌우대칭이었다.

"와우, 역시 무사네요. 프레타포르테에서 극찬을 받은 옷일수록 아무나 소화할 수 없는데 말야."

내내 의자에 앉아 있던 실장이 다가오며 재빨리 분위기를 띄웠다. 실장의 말은 사실이었다. 아무에게나 어울리기 어려운 셔츠였지만 무사가 입으니 아주 그럴듯했다. 프레타포르테라는 말에 무사는 좀 누그러졌다. 자신의 노래가 스튜디오를 쾅쾅 울리자 무사는 음악에 맞춰 건들거렸다. 수이는 며칠 전 무사의 팬클럽 '무사F'에 가입했다. '무사'는 아폴론의 시중을 드는 학예의 신 이름, 'F'는 포에버의 첫 글자라고 했다. 회원들에게 무사는 신보다 더 고귀한 존재였다.

일을 시작한 지 몇 개월 지났지만 좀처럼 감이 잡히지 않았다. 수이의 눈에 허접해 보이는 옷이 실장의 안목으로는 최고 스타일일 때가 많았다. 시골에서 옷 좀 입는다는 칭찬을 받았던 게 패션 감각을 보장해주는 건 아니었다. 서울엔 옷 못 입는 사람이 없었다.

긴장이 풀리면서 스태프들은 다시 각자의 일에 몰두했다. 포토는 카메라와 조명을 점검했고 에디터는 포토에게 바짝 붙어 풀샷을 세 개나 찍었으니 이젠 사분의 삼 컷이나 클로즈

업을 잡아달라, 분위기가 너무 단조로운 것 같지 않으냐, 배경지를 한번 바꾸는 게 어떻겠느냐 하며 포토의 기색을 살폈다. 메이크업은 분첩으로 무사의 이마와 콧등을 몇 번 찍어냈고 헤어는 머리카락을 한 올 한 올 가다듬었다.

수이는 무사가 벗어놓은 옷을 정리한 후 다음 컷에서 입을 옷을 다림질했다. 수이의 다림질은 기계적이었다. 짧은 시간에 효과적으로 구김을 펼 줄 알았다. 수이는 치칙, 스팀 소리를 들으면서 이번엔 어떤 옷을 고를지 골몰했다. 너무 튀지 않으면서 높은 가격을 받을 수 있는 옷이어야 했다. 촬영 의상을 반납하고 새 옷을 사서 화장품을 슬쩍 묻혀놓으면 열성 팬들은 쉽게 속았다. 무사는 초특급 아이돌이니 원래 가격의 몇 배를 받아낼 수 있을 것이었다. 무사의 까탈이 밉지만은 않았다.

무사가 카메라 앞에 섰다. 수이는 카메라 뒤쪽에서 아무도 모르게 셀카를 찍었다. 수이의 얼굴 너머로 포토의 뒷모습과 무사의 전신이 잡혔다.

"할배, 돈 좀 없어?"

텔레비전을 보다 말고 수이가 불쑥 물었다. 노인이 수이를 올려다보았다.

"하긴 할배가 무슨 돈이 있겠어. 물어본 내가 바보지."

수이는 밥상을 밀치며 한숨을 폭 내쉬었다. 노인이 수이를 물끄러미 보았다.

"좋겠다, 할배는. 방세 걱정도 없고."

무사가 사라진 화면에서 여자 모델이 커피를 마시며 웃었다. 누가 봐도 예쁜 얼굴의 명문대 출신 여배우였다. 출발선이 다른 레이스는 애초에 공정하지 않다는 걸 수이는 잘 알았다.

"할배, 나 간다. 내일 또 올게. 많이 좀 먹어."

노인이 고개를 끄덕였다. 건물 틈을 건너자마자 누가 올라왔다. 수이가 열 걸음 남짓한 제 방으로 들어서기도 전에 쟁반을 챙겨 들고 나온 여자가 고개를 가로저으며 뭐라고 중얼거렸다.

옥탑방으로 이사하고 일주일쯤 지났을까, 수이는 옆집 옥탑방으로 인상 사나운 여자가 음식 쟁반을 들고 오르내리는 걸 봤다. 여자는 얼굴을 잔뜩 찡그린 채 올라왔다가 구시렁거리며 내려갔다. 아무도 밖으로 나온 걸 보지 못해 빈방인가 여겼던 수이는 방 안에 누가 있긴 있는 모양이라고 생각했다. 누군지 궁금했다. 여자가 내려가는 걸 확인하고 옆집 옥상으로 건너갔다. 옥상에는 식물 줄기가 말라붙은 화분과 큼지막한 장독이 두어 개 놓여 있었다. 화분은 화분이라 하기에 뭣한 고무통이었다. 다리가 하나 부러진 의자가 구석에 넘어져 있었고 삭은 빨랫줄이 끝에서 끝까지 옥상을 가로질러 매여 있었다. 스케치북만 한 창문에는 먼지가 뽀얬다. 수이는 손끝으로 동전만큼 먼지를 닦아냈다. 깡마른 노인이 밥상 앞에 구부정하게 앉아 텔레비전을 보고 있었다. 수이는 텔레비전이 없었다.

기척을 느꼈는지 노인의 시선이 창문을 향했다. 노인이 손짓을 했다. 문을 열자 오래 묵은 퀴퀴한 공기가 훅 밀려 나왔다. 화면 속에서는 엉덩이에 스티로폼 방석을 매단 여자들이 딸기를 수확하고 있었다. 익숙한 풍경이었다. 수이는 문간에 슬그머니 앉았다. 노인이 두유를 내밀었다. 침대 옆에 두유가 상자째 놓여 있었다. 머뭇거리자 노인이 팔을 뻗어 재촉했다. 수이는 두유에 붙은 빨대를 뜯어 구멍에 꽂았다. 노인이 천천히 숟가락을 들어 국에 밥 한술을 말았다. 수이는 두유를 한 모금 삼켰다. 노인이 가늘게 떨리는 손으로 밥을 한술 떠먹었다. 하우스에서 작업하던 여자가 허리를 펴고 한 손으로 등을 두들겼다.

"근데, 딴 거 봐도 돼요?"

노인이 선뜻 리모컨을 건넸다. 비닐하우스만 아니면 어떤 프로여도 괜찮았다. 음악 채널에 고정하자 노인이 수이를 향해 보일 듯 말 듯 웃었다. 수이는 어느 순간 화면에 빠져들었다. 프로그램이 끝났을 때 노인은 어느새 졸고 있었다. 턱이 가슴에 닿을 듯했다. 국에 만 밥은 불어 있었고 숟가락이 방바닥에 떨어져 있었다. 수이는 조용히 일어나 숟가락을 상 위에 얹고 방을 나왔다.

수이는 그날 이후 간혹 노인의 방에 들렀다. 수이가 텔레비전을 보면서 두유를 마시는 동안 노인은 느리게 밥을 먹었다. 수이는 두유 한 팩을 오래 마셨다. 노인은 말이 거의 없었지만 수이에게 자주 웃어주었고 그 방에서는 시간이 한결 부드럽게 흘렀다.

강남역에 내려 약속 장소로 가는 동안 무사에게 입혔던 셔츠와 비슷한 옷을 몇 번이나 발견했다. 싸구려 옷들이 널린 길가 점포와 리어카에서 요란한 무늬의 셔츠들이 바람에 나부꼈다. 무늬는 중앙에서 어긋나 좌우의 높이가 맞지 않았다. 엉성한 모조품이었지만 가격표 위쪽에 한결같이 '오리지날'이라고 적혀 있었다.

'오늘도 무사喜'는 예상보다 나이가 많아 보였다. 전날 밤 무사F에서 신중하게 골라 접촉한 상대였다. 오오오, 닉네임 쩔어여. 오늘도 무사는 님에게 기쁨을 ㅋㅋ, 이라는 댓글이 달려 있었다.

"진짜라는 걸 어떻게 믿죠?"

'오늘도 무사喜'는 커피숍에서도 선글라스를 벗지 않았다. 서른다섯? 마흔? 나이를 가늠하기 어려운 그녀가 다리를 바꿔 꼬면서 물었다.

"믿고 말고는 그쪽 마음이죠. 내키지 않으면 관두든가요."

수이는 빨대로 아이스 아메리카노를 쪼록 빨면서 뒤로 기대앉았다. 그녀도 팔짱을 끼며 등받이에 몸을 기댔다. 수이는 셔츠 한 장에 자신의 월세보다 큰 돈을 지불할 수 있는 '오늘도 무사喜'가 잠깐 부러웠다. 그녀가 입술을 새초롬하게 내밀고 수이의 표정을 살폈다. 수이는 그녀의 눈길을 무시하고 커피숍 안을 둘러보았다. 옆 테이블에서 친구 사이로 보이는 여자 둘이 수다를 떨고 있었다. 티라미수와 치즈케이크를 각자의 앞에 둔 여자들은 피부가 뽀얬다. 코끝이 날렵하고 눈은 커다랬다. 티라미수가 코를 만지며 다시 할까 물었고 치즈케이크가 자신의 코끝을 손가락으로 깐닥이며 비싸도 좋은 데서 해야 한다고 말했다.

수이는 손끝으로 자신의 코를 만져보았다. 콧방울은 뭉툭하고 콧대는 밋밋했다. 셔츠를 몇 개나 팔아야 코를 할 수 있는지 잠깐 계산해보던 수이는 무심코 '오늘도 무사喜'의 코를 봤다. 콧날이 매끈하고 코끝이 적당히 도톰했다. 갑자기 그녀의 눈이 궁금해졌다.

"보기만 하세요."

수이가 스마트폰을 열어 스튜디오에서 찍은 셀카를 보여줬다. 그녀가 선글라스를 이마 위로 올리고 사진을 들여다보았다. 쌍꺼풀이 선명한 눈매에 속눈썹이 가지런했다.

"이 사진, 나 줄래요?"

수이는 빨대를 빨며 고개를 저었다. 꾸르르륵, 빈 빨대에서 소리가 났다. 샐쭉해진 '오늘도 무사喜'가 가방에서 봉투를 꺼내 탁자 위에 올리자 수이가 쇼핑백을 건넸다. 그녀는 쇼핑백을 열어 셔츠를 만져보았다.

"또 있으면 연락해요. 뭐든."

그녀가 자리에서 일어났다.

"보안 유지만 해주면요."

보안 유지 이야기는 진심이었지만 그녀에게 다시 연락할 생각은 없었다. 정해둔 규칙이었다. 무사와 다시 촬영을 하게 된다고 해도 한 사람에게 두 번은 위험했다.

옆 테이블의 수다가 계속됐다. 수이가 최근에 알게 된 몇몇 속옷 브랜드를 언급한 치즈케이크가 브래지어 아래쪽을 조금 당겼다 놓으면서 웃었다. 마른 몸매에 흔치 않은 볼륨이었다. 수이는 자신의 옆구리를 더듬었다. 브래지어 끈이 조이는 부분 아래로 두툼하게 살이 잡혔다. 탄력 없는 살이 물컹거렸다. 제대로 먹지 못하는데 군살이 자꾸 늘었다. 빨대를 한 번 더 빨았다. 얼음만 잔뜩 남아 꾸르르륵 소리가 났다.

여자들이 자리를 떴다. 치즈케이크가 고스란히 남아 있었다. 수이는 얼른 접시를 옮겨 왔다. 구석 자리에 혼자 앉은 남자와 눈이 마주쳤다. 수이는 피하지 않았다. 손으로 케이크를 집어 들고 베어 물었다. 수이가 노려보자 남자는 더러운 것을 피하듯 스마트폰 화면으로 고개를 떨궜다. 그날 밤 희연이 자신을 다그칠 때의 눈빛도 그랬다.

희연은 자주 옷을 사들였고 새 옷을 입은 자신의 모습을 셀카로 찍으며 행복해했다. 비싸지는 않았지만 나름대로 세련되고 감각적인 옷들이었다. 무엇보다도 예쁘고 날씬한 희연이 입으면 어떤 옷이나 근사해 보였다. 수이는 희연의 옷을 몰래 입고 나가기도 하고 감춰두기도 했다. 희연은 워낙 옷이 많은 데다 싫증을 잘 냈다. 몇 번 입고 난 옷은 다시 찾지 않았다.

"이상하네. 그게 어디 갔지?"

희연이 옷장을 발칵 뒤집었다. 한 시간째였다.

"잘 찾아봐. 어디 있겠지."

수이는 심드렁하게 말하고 잡지를 펼쳤다. 수이는 희연이 뭘 찾는지 알았다. 블라우스는 얼마 전 남자 친구가 크리스마스 선물로 준 것이었다. 크리스마스이브를 밖에서 보내고 온 희연이 블라우스를 자랑했을 때 수이는 호들갑을 떨면서 칭찬해주었다. 희연은 잔뜩 실망한 표정으로 외출했다. 희연이 멀어진 것을 확인한 수이는 냉동실에서 검정 비닐에 싸인 물건을 꺼내 변기 탱크에 넣었다.

"너지? 니가 가져갔지?"

그날 밤 취해서 돌아온 희연이 수이를 몰아세웠다.

"뭘?"

수이는 천연덕스럽게 희연과 눈을 맞췄다.

"도둑년!"

"야! 말조심해!"

"도둑년보고 도둑년이라고 하지, 그럼 뭐라고 불러? 씨발

년? 그래, 좋네, 씨발년. 야, 이 씨발년아!"

수이가 벌떡 일어나며 베개를 집어 던졌다. 취한 희연이 휘청하면서 주저앉았다. 수이는 손에 잡히는 대로 물건을 집어 던졌다.

"걸레 같은 년이 누구한테 쌍욕이야. 얼굴 좀 생겼다고 눈에 뵈는 게 없냐? 이 남자 저 남자 갈아치우면서 나 없을 때 방으로 끌어들이는 거 모르는 줄 알아? 더러운 년!"

희연이 수이의 물건을 뒤지기 시작했다. 수이가 희연을 걷어찼다. 옆구리에 제대로 맞았다 싶은 순간 희연이 고꾸라졌다.

"아무한테나 벗는 년이 어따 흘리고선 지랄이야!"

수이가 희연의 머리를 툭툭 찼다. 희연이 큰 소리로 울었다.

"시끄러! 나가서 울어, 이년아!"

희연이 소리를 죽이며 흐느꼈다. 수이는 이어폰을 찾아 귀에 꽂았다.

싸운 다음 날부터 며칠간 둘은 말없이 지냈다. 그저 서먹해진 거라고, 시간이 지나면 다시 괜찮아질 거라고 수이는 편한 대로 생각했다. 그렇게 되기를 진심으로 바랐다. 옷을 감추고 발길질을 한 일이 미안했지만 사과는 하지 않았다. 블라우스는 여전히 변기 탱크에 들어 있었다.

희연이 보증금을 빼서 달아난 건 일주일도 채 지나지 않아서였다. 음악을 쾅쾅 울리며 외제차를 몰고 들이닥친 사내가 문을 두들겼다. 자다 일어난 수이가 문을 열자 사내는 황당해하는 표정을 지었다. 사내가 어디론가 전화를 걸어 화를 냈다. 잠시 후 부동산에서 사람이 왔다.

"옷장과 텔레비전, 가스레인지, 냉장고까지 전부 퉁쳐서 삼십만 원 따로 받아 갔어요."

부동산업자가 계약서를 내밀며 말했다. 사내는 알 만하다는 듯 실실 웃었다. 소매를 걷어붙인 팔목에 문신이 조금 보였다. 희연의 전화기는 꺼져 있었다. 수이는 달랑 가방 두 개에 짐을 쓸어 담고 쫓겨 나왔다.

이사를 왔을 때는 봄이었다. 가끔 비가 내렸다. 비는 견딜 만했지만 빗소리는 그렇지 않았다. 외로운 건 참을 만했지만 무서운 건 그렇지 않았던 것처럼. 옥상 위까지 뻗은 나무가 바람에 우우 울기라도 하면 수이는 무섭기도 하고 화가 나기도 했다. 그때마다 희연에게 메시지를 보냈다.

여긴 너무 무서워. 하지만 난 니가 더 무섭다. 내 돈 언제 줄 거야! 그게 어떤 돈인지 너도 알잖아.

희연은 답하지 않았다. 수이가 보낸 메시지는 화면에 차곡차곡 쌓였다. 처음에는 정말 화가 나고 무서워서 보냈지만 나중에는 습관적으로 보냈다.

생각해보니 니가 신장이나 안구를 잃는 게 나을 뻔했어. 보증금 가로채서 사채를 갚으면 뭐 해. 어차피 또 쓸 거면서. 내가 편의점에서 밤새 일하는 동안 네가 미친년처럼 놀아난 거

내가 모를 줄 알아? 개 같은 년. 더러운 년.

없는 번호라는 회신이 왔다. 개의치 않았다. 차라리 그편이 나았다. 수이에게는 그런 이야기들을 할 만한 상대가 없었다. 대신 아무에게도 할 수 없는 말들을 메시지창에 찍어 넣기 시작했다.

정말 코디네이터가 될 수 있을까? 예쁘지도 잘나지도 않은 내가? 니가 해준 계란찜 정말 맛있었는데. 보증금 따위는 아무래도 좋아. 더 이상 니 옷을 몰래 입지 않을 거야. 이젠 맞지도 않을 텐데 뭐.

누군가를 속이는 게 생각보다 어렵지 않더라. 너도 그랬겠지. 사람들은 의외로 잘 속나 봐. 보고 싶은 것만 보는 거겠지. 내가 널 다정한 친구로 여겼던 것처럼. 사기꾼! 거짓말쟁이! 지옥에나 가버려! 설마 벌써 죽은 건 아니겠지. 니가 죽은 걸 내가 모르고 있다면 그건 너무 억울해. 그러니 죽지는 마.

수이는 호흡을 멈추고 옆구리의 지퍼를 끝까지 올렸다. 쉬폰 소재의 블랙 원피스는 금방이라도 터질 것 같았다. 배에 힘을 주고 거울 앞에 섰다. 올록볼록한 살들이 옷 바깥으로 삐져나올 것처럼 보였다. 입을 만한 옷이 이것 말고는 없었다. 다음 날 오전 중으로 반납해야 할 옷이었다.

거울로 뒷모습을 봤다. 종아리가 튼 흔적이 고스란히 보였다. 수이는 플라스틱 서랍장을 열었다. 삼 단짜리 서랍장은 어느 집 대문 앞에서 주워 온 것이었다. 위 칸은 속옷과 수건, 가운데는 티셔츠, 아래 칸은 양말과 스타킹이 들어 있었다. 수이는 딱 하나 남은 스타킹을 조심스럽게 신었다. 양쪽 엄지 발가락에 구멍이 나 있었다. 스타킹을 벗었다. 살이 튼 흔적이 아까보다 더 선명해 보였다. 스타킹을 옆구리에 끼고 서서 구멍 난 부분을 꿰맸다. 원피스가 조여 방바닥에 앉을 수 없었다.

"코디네이터라면서요?"

남자가 수이를 아래위로 훑어보며 물었다. 수이는 남자가 한 질문의 뜻을 대충 이해했다. 코디네이터가 아니라 코디네이터 어시스턴트라고 고쳐주려다 말았다.

"입히는 사람이죠. 입는 사람이 아니라."

수이는 허리를 꼿꼿하게 세우고 앉아 있었다. 원피스 때문이었다. 남자의 시선이 가슴에서 배, 허리까지 훑는 동안 수이는 숨을 멈췄다. 반쯤 벗고 있던 힐에 발을 꿰었다. 힐은 벗었다 다시 신을 때가 제일 괴로웠다. 스타킹의 꿰맨 부분이 맺혀서 아팠다. 발가락을 꼼지락거려봤지만 꽉 조이는 힐 때문에 쉽지 않았다.

"연예인들 많이 만나겠네요?"

"네. 좀."

"난 메이 좋아하는데."

"그래서요?"

"뭐, 그렇다고요."

"한번 촬영한 적 있어요."

거짓말이었다. 수이는 언제부터인가 퍽 천연덕스럽게 거짓말을 했다. 월급이 없어도 괜찮겠느냐고 실장이 물었을 때 집에서 그 정도는 지원해준다고 거짓말했고, 월급은 제대로 주느냐고 집에서 물었을 때 혼자 쓰기엔 넉넉하다고 거짓말했다.

남자가 어깨를 앞으로 기울이며 눈을 반짝거렸다.

"정말요? 어때요?"

"그렇죠, 뭐."

남자는 수이에 대해서 별로 묻지 않았다. 수이는 메이에 대해서만 말했다. 메이에 대해서는 남자가 더 많이 알았지만 수이는 실감 나게 꾸며댈 수 있었다. 남자는 고스란히 믿는 눈치였다. 남자는 수이가 메이라도 되는 양 밥을 사고 술을 사고 클럽에 데려갔다.

"이 손으로 메이에게 옷을 입혔다고?"

수이의 손을 끌어당기며 남자가 소리를 질렀다. 음악 소리가 너무 커서 수이는 입 모양을 놓치지 않으려고 애썼다.

"그렇다니까!"

수이가 큰 소리로 대답했다. 남자는 춤추는 내내 수이의 손을 놓지 않았다. 수이는 그다지 싫지 않았다. 그만그만한 회사에 다니고 있다고 소개받은 대로 남자는 평범했다. 밥 사주고 술 사주고 클럽에 데려갔다고 다음 코스로 모텔을 원하는 것까지 그랬다. 그는 모텔 앞에서 주저 없이 수이를 잡아끌었다. 잠깐 망설였다. 남자가 자신을 원한 게 아니라는 사실을 모를 정도로 둔하지는 않았다. 메이의 대용품이 될 마음은 없었다.

"여기까지."

수이는 손을 뿌리치고 돌아섰다.

"야!"

돌아보지 않았다. 남자는 야, 라고 두 번 더 크게 불렀다. 맞은편에서 걸어오던 사람들이 키득거리며 수이를 쳐다봤다. 수이는 또각또각 발소리를 내면서 일정한 속도로 골목을 벗어났다. 물집 잡힌 발이 쓰라렸다.

속이 울렁거리고 목이 탔다. 아침 햇살에 방이 달아올랐다. 발치에 팽개친 원피스를 옷걸이에 걸다가 수이는 낮게 신음했다. 솔기마다 눈에 띄게 미어져 있었다. 수돗물을 받아 마신 수이는 배를 문지르면서 옆 옥상으로 건너갔다. 지난밤 노인에게 들르지 못해 수이는 마음이 급했다. 이럴 땐 자신이 꼭 노인의 손녀라도 된 것 같았다. 노인의 손녀 따위 짜증 난다고 생각했지만 자꾸 노인에게 마음이 가는 것은 어쩔 수 없었다. 술이 덜 깬 탓인지 휘청하는 바람에 슬리퍼 한 짝이 건물 사이로 떨어졌다. 장독 위에 웅크리고 있던 고양이가 빤히 쳐다봤다. 고양이를 향해 남은 한 짝을 힘껏 던졌다. 고양이는 도망가고 장독 뚜껑이 깨졌다.

"할배! 할배, 뭐 해?"

문을 열자 역겨운 냄새가 훅 끼쳐왔다. 노인은 눈을 감고 있었다. 잠이 든 건지 까무룩 기절을 한 건지 분간이 되지 않았다.

"할배! 죽었어?"

그새 죽었을 리 없다고 생각하면서도 노인의 어깨를 흔드는 수이의 손이 떨렸다. 상 위에 놓인 쟁반은 건드린 흔적이 없었다. 지난봄 노인을 처음 본 후로 노인은 점점 쇠약해졌다. 먹는 양이 줄어들어 수이가 먹여주는 일이 잦았다. 노인이 종일 누워 있긴 해도 화장실 정도는 혼자 다녔던 걸로 알았는데 오늘은 아니었다. 수이는 방문과 창문을 활짝 열고 다시 노인의 어깨를 흔들었다. 노인이 눈을 가늘게 떴다. 수이를 한번 올려다보곤 고개를 벽 쪽으로 돌렸다.

"아, 씨발, 이 집 며느리 너무한 거 아냐? 여기 처박아뒀으면 좀 들여다봐야 할 거 아냐. 돼지야? 아침저녁 밥만 올려주면 끝이냐고!"

노인이 힘겹게 손짓을 했다.

"뭐? 어쩌라고. 나가라고?"

노인이 다시 손을 까딱거렸다.

"좀 있어봐. 식구들 불러줄게."

수이는 계단참으로 가다가 멈칫했다. 물집 잡힌 맨발이 눈에 들어왔다. 장독 옆에 던져진 슬리퍼 한 짝을 주워 꿰신고 건물 틈을 내려다보았다. 슬리퍼는 보이지 않았다. 폐자재와 쓰레기 사이로 빠진 듯했다. 수이는 신었던 한 짝을 벗어 바닥을 향해 던졌다. 슬리퍼는 이층 창문에 맞고 떨어졌다. 수이는 그 자리에 몸을 뉘었다. 구름이 느린 속도로 흘렀다. 눈을 감고 까칠한 옥상 바닥을 손바닥으로 쓸었다. 길에서 들려오는 소음들이 멀어졌다 가까워졌다 하다가 점점 아득해졌다.

수이는 옷 꾸러미에 파묻혀 언덕길을 오르고 있었다. 대형 쇼핑백들을 양어깨에 걸고 옷걸이에 걸린 옷들을 감싸 안았다. 엉긴 옷걸이 끝이 목과 어깨를 찔렀다. 길은 끝없이 이어졌고 긴 바지 몇 개가 바닥에 질질 끌렸다. 목이 바짝바짝 타들어왔다. 햇살이 이마에 뜨겁게 내리쬈지만 땀을 닦을 손이 없었다. 물집 잡힌 발이 점점 더 쓰라렸다. 수이는 몸에 착 달라붙는 원피스를 입고 있었다. 땀에 젖은 원피스는 움직일 때마다 어딘가 찢어지는 느낌이 들었다. 언덕 위에 다다르자 멀리 개울이 보였다. 개울을 건너면 짐을 내려놓으려 했는데 걸을수록 개울은 멀어졌다. 개울 저편에서 누군가 손을 흔들었다. 아버지일 것만 같았다. 걸음을 재촉할수록 아버지일 거라는 확신이 점점 강해졌다. 그러나 걷고 또 걸어도 개울에 닿지 않았다. 수이는 어느새 옷들을 스르르 흘리고 있었다. 떨어진 옷들을 집으려고 보니 모조리 희연의 것으로 바뀌어 있었다. 어지럼증이 일었다.

갑자기 자동차 경적이 요란하게 울렸다. 여인의 따지는 소리와 욕설이 섞인 남자의 고함이 따라붙었다. 시간이 얼마나 흘렀는지 몰랐다. 목이 탔고 속이 메슥거렸다. 일어나 계단참으로 갔다. 몇 칸을 내려가다 우뚝 섰다. 멀거니 서 있다 도로 올라온 수이는 방으로 들어갔다. 노인은 여전히 누워 있었다.

"할배! 할배, 일어나자."

노인이 부들부들 떨었다. 이불을 걷고 노인을 일으켰다. 겨드랑이에 팔을 끼우고 질질 끌면서 욕실로 옮겼다. 뭉개진 변 자국이 욕실까지 이어졌다. 노인의 옷을 벗겼다. 노인의 몸은 뼈에 가죽을 바른 듯 앙상했고 사타구니 사이에 거무죽죽한 성기가 졸아붙어 있었다. 수이는 노인을 간신히 변기에 앉히고 껴안았다. 노인의 쪼그라든 성기에 손이 닿지 않게 조심하면서 등 쪽에 샤워 꼭지를 들이대고 씻겼다.

"내가, 씨발, 우리 할아버지 얼굴도 본 적이 없는데…… 우리 아버지 얼굴도 본 적 없는데…… 내가…… 아, 씨발……"

노인의 얼굴이 닿은 배가 축축해졌다.

시트를 둘둘 말아 내놓고 문과 창문을 활짝 열었지만 냄새는 쉽게 빠지지 않았다.

"할배, 먹어. 먹자고. 먹어야 또 싸고, 싸고 나야 또 먹고. 꾸역꾸역 먹어야 살지."

수이가 국에 밥을 말면서 말했다. 노인은 입을 꾹 다물고 고개를 돌렸다. 노인의 입을 벌려 억지로 한 숟갈을 떠 넣었다. 욕지기가 올라와 숨을 참았다 쉬었다 했다. 노인의 눈에서 질금질금 눈물이 삐져나왔다.

"아, 씨발! 지금 울어? 날씨도 좋은데 왜 울어! 가만있어도 밥 갖다줘, 잘 데 있어, 그만하면 늘어진 팔잔데 왜 울어!"

휴지로 노인의 입가를 닦아주다 수이가 소리쳤다. 목구멍이 실로 꿰맨 것처럼 콱 막혔다. 눈물을 보이지 않으려고 수이는 얼른 밥을 한술 더 떠먹이고 창밖을 바라보았다. 플라타너스 우듬지가 살랑거리고 있었다. 열어둔 문으로 바람이 한 줄기 훽 들어왔다. 수이는 노인의 몸을 이불로 감싸주었다. 노인이 힘없는 눈으로 수이를 보았다. 눈꺼풀이 처지고 짓물러 눈동자가 잘 보이지 않았다. 수이는 긴 숨을 내쉬며 고개를 들었다. 액자 속 교복 차림 청년의 눈매가 날카로웠다. 그 옆 사진에선 청년이 깃발을 들고 한 손을 허리에 척 올리고 있었다. 청년은 함박 웃는 얼굴이었다.

"할배, 깃발 든 사진 멋지다. 자알생겼다."

수이는 밥을 한술 더 떠서 노인에게 내밀었다. 노인이 아이처럼 받아먹었다. 수이는 사진을 한 번 더 보고 나서 이불을 발끝까지 여며주었다.

원피스는 제법 고가였다. 두 달 치 월세보다 비쌌다. 저가 옷들은 박음질이 성글어서 뜯어지더라도 미어지지는 않았다. 고가의 얇은 옷일수록 박음질이 섬세해서 조금만 당겨져도 미어지기 쉬웠다. 뜯어진 솔기는 박음질을 하면 되지만 미어진 부분은 방법이 없었다. 업체에 전화를 건 수이는 분실했다고 거짓말을 했다. 샘플을 분실하면 어떡하느냐고 담당자가 화를 냈다. 전화기를 귀에서 뗀 상태로 한참을 듣기만 했다. 담당자가 제풀에 지치자 죄송하다고 거듭 사과를 하고 끊었다.

다시 들어갈 일이 없을 것 같았던 무사F에 접속했다. '오늘도 무사喜'가 두어 군데 보였다. 수이는 최근 목록부터 빠른 속도로 훑어나갔다. 핸드폰이 진동했다.

너, 이렇게 일할 거면 그만둬. 일 시켜달라는 애들 줄 서 있어.

실장이 보낸 메시지였다. 촬영 의상의 가격과 브랜드를 에디터에게 보내지 않은 걸 잊고 있었다. 수이는 천천히 자판을 눌렀다.

너도 그러니? 쫓기고 있니? 다 그만둘까? 하지만 돌아갈 곳이 없는걸. 너는 있니? 너는 갈 곳이 있니?

실장은 오전 중으로 일을 해결하지 못하면 정말 그만두는 걸로 알겠다고 했다. 수이는 마른세수를 했다. 태그가 붙은 의상은 촬영 당일 메모를 해두었지만 샘플 의상은 반드시 추후에 가격을 확인해야 했다. 십 분 내에 가격 확인을 하는 건 불가능했다. 담당자들은 바로바로 해결해주지 않았다. 적어도 한나절은 걸렸다. 그나마 돌아오는 답은 대부분 '가격 미정'이었다. 패션업체와 매체는 서로 갑이고 을이었고 코디는 말하자면 병이었다. 그런 코디의 어시인 수이는 그야말로 아무것도 아니었다.

잠깐 망설이다 무사F의 회원 세 명에게 쪽지를 보냈다. '오늘도 무사喜'까지 합하면 같은 셔츠를 무려 회원 네 명에게 파는 거였다. 수이는 쪽지를 보내고도 한참 동안 화면에서 눈을 떼지 못했다. 다음 순서는 셔츠를 세 장 사는 일이었다. 핸드폰이 또 울렸다. 원피스 업체의 담당자였다. 계좌번호와 금액이 찍혀 있었다.

"무슨 짓을 하고 다니는 거니?"

수이가 픽업 의상을 한 아름 껴안고 사무실로 들어서자 실장이 소리를 질렀다. 굳은 얼굴이었다.

"가격과 브랜드는 다 정리해서 보냈는데요……"

의상을 행어에 걸던 수이의 목소리가 기어들어갔다.

"무사 매니저가 연락했더라. 이런 일은 처음이라고 방방 뜨더라. 고소하겠다는 거 겨우 달래놨다."

수이는 손목에 걸린 쇼핑백을 슬그머니 뒤쪽으로 감췄다. 안에 셔츠가 들어 있었다. 손바닥에 땀이 배었다. 수이는 등 뒤의 쇼핑백을 양쪽으로 번갈아 들면서 손바닥을 허벅지 뒤쪽에 문질렀다.

"너 오전 중으로 가격 보내라고 했지? 너 때문에 파일 못 넘긴다고 에디터가 나한테까지 전화했더라. 일 제대로 못해? 하긴 이제 네가 할 일은 없겠다."

변명을 하려고 입술을 달싹거렸지만 아무 말도 생각나지 않았다. 실장이 수이를 노려보았다. 수이의 배에서 꼬르륵 소리가 났다. 하루 종일 아무것도 먹지 못했음을 그제야 깨달았다.

언덕길도 계단도 가팔랐다. 아까부터 아랫배가 찌르듯이 아팠다. 생리대가 남았을까. 수이는 기억을 더듬었다. 한쪽 손잡이가 떨어진 쇼핑백을 끌어안고 수이는 계단참에 쭈그리고 앉았다. 계단은 캄캄했다. 옥상으로 난 출구에 달이 걸려 있었다. 달이 자꾸만 부옇게 번져 보였다. 수이는 바로 노인의 방으로 건너갔다. 오전에 내놓은 시트가 그대로였다. 바람결에 구린내가 훅 풍겼다.

"할배! 할배 뭐 해?"

노인이 눈을 가늘게 뜨고 수이 쪽으로 고개를 돌렸다. 상 위에는 빈 그릇만 덩그러니 놓여 있었다.

"아, 참…… 지금이 몇 신데 아직 밥도 안 줬대?"

노인이 희미하게 웃었다. 노인은 이불 밖으로 손을 꺼내 수이를 불렀다. 노인의 손에 지폐가 여러 장 쥐여 있었다.

"이게 뭐야? 할배, 돈도 있었어?"

노인은 꼬깃꼬깃해진 지폐를 수이 앞에 떨궜다. 지폐 뭉치가 툭, 방바닥에 떨어졌다.

"뭐야? 나 가지라고?"

지폐는 모두 여덟 장이었다. 팔만 원. 셔츠 하나 값도 안

됐다.

"어우, 배고파. 우리 이걸로 피자나 시켜 먹을까? 배고파서 신발이라도 뜯어 먹게 생겼어. 참, 뜯어 먹을 신발도 없네. 슬리퍼 빠뜨렸잖아."

노인의 눈길이 쇼핑백에 머물렀다. 수이는 깜빡 잊고 있었다는 듯 쇼핑백을 열어 셔츠를 한 장 꺼냈다.

"할배, 이거 뭔지 알아? 이거 엄청 비싼 옷이다? 할배, 이런 거 못 입어봤지? 하나 가져. 할배도 죽기 전에 이런 옷 한 번 입어봐야지, 응?"

수이가 셔츠를 노인의 가슴팍에 올려놨다. 노인이 셔츠를 손바닥으로 쓸며 사진 속 청년처럼 함박 웃었다. 이 없는 입속이 캄캄했다. 계단 쪽에서 발소리가 났다. 수이는 잽싸게 쇼핑백을 챙겨서 제 방으로 건너왔다. 불을 켜지 않은 채 문밖으로 고개를 내밀고 살폈다. 여자가 쟁반을 들고 나오는 모습이 보였다. 여자는 문간에 뭉쳐놓은 이불을 발로 툭툭 차더니 방 안으로 다시 들어가면서 뭐라고 소리를 질렀다. 금방 밖으로 나온 여자는 몇 번이나 노인의 방을 곁눈질하며 고개를 갸웃거렸다. 여자의 손끝에서 셔츠가 깃발처럼 펄럭거렸다.

수이의 전화기가 진동했다. 희연의 메시지였다. 아니 희연의 번호로부터 메시지가 왔다.

누구세요?

수이는 자신이 보냈던 메시지를 하나씩 지우고 번호를 삭

제했다.

플라타너스 잎이 흔들리는 소리가 났다. 구린내가 바람에 실려 왔다고 느낀 순간, 다시 욕지기가 치밀었다. 수이는 문간에 주저앉은 채 구역질을 했다. 한 손에 쥔 전화기가 부르르 떨었다. 실장이거나 무사의 매니저이거나 '오늘도 무사喜'이거나 원피스 담당자이거나, 아니면 희연의 번호를 쓰는 누구이거나 상관없었다. 수이는 손바닥으로 명치를 꾹꾹 눌렀다. 구겨진 지폐 뭉치가 떨어졌다. 지폐가 마른 잎처럼 굴렀다. 한 장씩 굴러가던 지폐들이 바람에 실려 가로수 너머로 획, 날아갔다. 수이의 젖은 눈이 아득히 따라갔다.

요일 팬티 7종 세트

담배 한 개비를 다 피우고도 골목을 벗어나지 못하겠다. 좁고 어두운 골목길에는 꽁초들이 어지럽게 흩어져 있고 누군가 간밤에 먹었을 안주가 구석진 곳에 게워져 있다. 그것들을 피해 서서 큰길 쪽을 내다본다. 몇 걸음 되지도 않는 거리인데 한없이 아득해 보인다. 큰길로 나가는 일 따위에 용기가 필요할 줄이야. 심호흡을 몇 번 하고 마음을 다잡는다. 후들거리는 다리를 끌고 일단 이곳을 벗어나기로 하자. 움직일 때마다 아랫도리가 선득하다. 이게 다 녀석 때문이다. 어제 녀석을 만나기 전까지 줄곧 되뇌었던 "나는 돈벌이가 없다"라는 문장은 이제 "나는 팬티가 없다"로 대체된 상태다. 큰길로 나온 나는 방향을 정하지 못한 채 무작정 걸으며 중얼거려

본다. "나는 팬티가 없다." "나는 돈벌이가 없다." 도무지 마음에 들지 않는다. 이 문장들에서 주체는 무엇인가. '나'인가, '돈벌이' 혹은 '팬티'인가. 주체를 무엇으로 보든 실질적 의미는 별로 다르지 않다. 어쨌든 없다는 뜻 아닌가. 나도 모르게 피식, 헛웃음이 난다. 따지고 보면 없는 것이 돈벌이뿐인가. 학위도 없고, 비전도 없는데. '나'는 있어야 하지만 없는 것들에 압도되어 문장의 주체 자리를 내어준 게 아닐까. 이렇게 회의하면서도 굳이 이중주어구문으로 논문을 계속 써야 하나. 아니지. 지금 당장 고민해야 하는 건 논문이 아니다. 잃어버린 팬티다. 헛헛한 마음보다 몸을 더 헛헛하게 만드는 그것. 이게 다 녀석 때문이다.

"뭐 하냐?"

뭐라도 하고 있었으면 다행이었겠지. 나는 하릴없이 창밖만 바라보고 있었다. 인문관 로비에서 바라본 바깥 풍경은 평화로웠다. 오후 햇살에 나무 그림자가 길어지고 있었고 그 사이로 산뜻한 학부생들이 빛났다. 나는 막연한 부러움에 잠겨 그들의 생기발랄한 움직임을 눈으로 좇는 중이었다. 녀석의 질문은 "너, 할 일 없지?"와 같은 의미였다. 녀석이 히죽 웃으며 오른손을 들어 한잔 꺾는 시늉을 했을 때는 반갑기조차 했다. 무료한 중에도 더 무료한 날, 막막한 중에도 한층 더 막막한 날, 어제는 마침 그런 날이었다. 할 일이 없다기보다 할 수가 없는 날. 내일로 미룰 수 있는 일을 왜 구태여 오늘 해야 한단 말인가. 나는 속으로 억지 논리를 새기며 녀석을 따라 히죽거렸다.

"잘돼가냐?"

학교 앞 술집에 자리를 잡자마자 녀석이 물었다. 대답을 기대한 질문은 아니었다. 녀석은 볼 때마다 같은 질문을 했다. 내 대답도 한결같았다.

"그냥."

"애초에 무리였지."

녀석의 말투는 심드렁했다.

"글쎄……"

"통사론이 비전 없다는 건 벌써 끝난 얘기 아니냐고. 뭐 학문이 비전으로 하는 건 아니지만……"

거기까지 말한 녀석은 입을 다물었다. 통사론 쪽으로는 이미 박사도 교수도 차고 넘쳤다. 그런 사정을 잘 모르는 아내는 학문에만 정진하여 한 해라도 빨리 자리를 잡으라고 종용했다. 아내로부터 받아 쓰는 용돈은 때로 당근이었고 대체로 채찍이었다. 당근과 채찍은 일용할 밥이나 교통비가 되기는 했지만 술이나 안주가 되어주지는 않았다. 강남의 보습학원 강사로 일하는 녀석이 기꺼이 술자리의 물주가 되어주니 고마울밖에. 사실 비전으로 말하자면 녀석이라고 사정이 나을 것도 없었다. 교수가 되기에 통사론보다 음운론이 딱히 유리하다고 볼 수 없는데도 녀석은 줄기차게 두음법칙 폐지론에 매달리고 있었다. 곧 통일이 될 테고, 그렇게 되면 북한에서는 몇 가지 예외적인 한자음에만 쓰이는 두음법칙이 남한에서만 과도하게 쓰이는 데 대한 반론이 각광 받으리라고 녀석은 전망했다. 실제로 녀석은 언제나 두음법칙을 무시하는 발음을 구사했다. "여자가 그립다"가 아니라 "녀자가 그립다"라는 식이었다. 두음법칙의 효용은 언중의 게으름을 고착화하는 것이라나. 녀석은 그들이 언어에 대한 '례의'를 잊었다고 자주 개탄했다.

나야말로 내 처지에 대한 예의를 저버린 거다. 뜻하지 않게. 이게 다 녀석 탓이다. 아니, 녀석을 탓해서는 안 된다. 안다. 알지만, 녀석이 원망스럽긴 하다. 빌어먹을 팬티는 도대체 어디 갔을까. 이 상태로 집에 들어갈 수는 없다. 그건 자살 행위나 다름없다. 지금은 야간 비행을 마치고 돌아온 아내가 곤히 잠들어 있을 시간이다. 아내가 이 사태를 그냥 넘길 가능성은 내가 당장 초우량 기업의 억대 연봉 직원이 될 확률보다 낮다. 돈벌이도 없는 주제에 이유 없이 외박을 한 것도 모자라서 팬티도 입지 않은 상태로 집에 기어들어갈 수는 없지 않나.

모텔에서 눈을 떴을 때만 해도 일이 이렇게 돌아갈 줄은 몰랐다. 락스 냄새와 담배 찌든 냄새, 비릿한 정액 냄새로 인해 간밤에 마신 술과 먹은 안주가 곤두서는 느낌이었지만 문제는 그게 아니었다. 머리가 둔기로 맞은 듯 아파왔다. 그것도 그럭저럭 견딜 만했다. 갈증을 달래려고 생수병을 꺼내 들이켜자 목에 뭔가 걸렸는지 까끌까끌했다. 입안 가득 물을 머금었다 삼켜봐도 그것은 남아서 목구멍을 간질였다. 진짜 문제는 그도 아니었다. 간신히 물을 뒤집어쓰고 나왔을 때 이불로 대충 몸을 닦은 것도 참을 만했고. 수건은 토사물이 엉겨 붙은 채 욕실 쓰레기통에 던져져 있었다. 방바닥에 토사물 흔적이 보였다. 건더기를 대충 모아서 훔친 티가 났는데 누가 그랬는지 기억나지 않았다. 그런 깔끔한 짓을 내가 했을 리 없다는 사실만 분명했다. 옷을 입으려는데 팬티가 보이지 않았다. 방 안 어디에서도 찾지 못했다. 침대 아래로 떨어졌나 보려 했으나 침대는 프레임이 바닥까지 빈틈없이 닿아 있었다. 이불을 털어보고 커튼 뒤도 찾아봤지만 없었다. 냉장고 안에도 가방 안에도 없었다. 하다 하다 이제 별 사고를 다 치는 내가 어찌나 한심한지 마구 패고 싶을 지경이었다.

대체 어디로 사라진 걸까? 내가 입었던 게 파란색이었나? 보라색이었나? 기억나지 않는다. 홈쇼핑에서 일주일 치 무지갯빛 팬티를 할인 판매했을 때 아내가 깔깔거리며 사준 물건이었다. 일곱 개 삼만 구천구백 원. 티셔츠 두 개를 포함한 가격이었다. 아내는 왜 이런 걸 사준 걸까? 매일 밤 무지갯빛 환희를 바치라는 압력이라면 꽤 효과적인 하사품이었다. 그건 그렇고 색깔을 모른다는 사실은 치명적이다. 빨주노초파남보 순서대로 월화수목금토일에 입었더라면 좋았지. 쇼핑호

스트가 시키는 대로 하는 건데 그랬다. 뼈저린 후회란 이런 걸 두고 하는 말일 게다. 몸은 괴롭고 머리가 복잡해서 더 이상 걸을 수가 없다. 나는 굴지의 대기업 빌딩 옆에 조성된 작은 공원의 벤치에 널브러진다. 하늘이 빙빙 돈다.

자, 가능한 시나리오를 하나씩 생각해보자. 제발 정신을 가다듬고 팬티에 집중해보자. 시나리오 하나. 이대로 집에 들어간다.

일단 귀가한 다음 태연하게 아내 몰래 팬티를 꺼내 입고 옷을 갈아입는다. 가능할까? 나중에라도 하나 없어졌다고 찾지 않을까? 하긴, 그건 그때 일이고. 모르쇠로 버틸 수도 있는 일이다. 양말 한 짝 사라지는 게 아무것도 아닌 걸 감안하면 팬티라고 뭐 다르겠는가. 아닌가? 다른가? 그보다 아내는 과연 잠들어 있을까? 휴대폰을 꺼내본다. 부재중 전화가 한 통. 아내로부터다. 시각은 새벽 여섯시. 집에 도착하자마자 걸었을 것이다. 카카오톡 메시지도 하나 들어와 있다. 어디야? 한마디다. 나는 화면 상단의 바를 살짝 끌어내려 본 뒤 다시 올려둔다. 메시지를 확인한 흔적을 남기지 않기 위해서다. 말풍선 옆의 숫자가 사라지면 확인하고도 대답하지 않은 괘씸죄가 가중될 것이다. 아내는 고단수다. 섣불리 감정을 노출하지 않는다. 먼저 상황을 탐색하고 제 할 말을 또박또박 요약해서 발화한 후 침묵한다. 아내의 논리는 침묵으로 완성된다. 아니지. 아내의 논리는 침묵에 압도당한 나의 암묵적 수긍으로 완성된다고 보는 것이 정확하겠다. 아내는 그런 필살기를 어디서 어떻게 연마했을까.

"박사를 따는 거야. 교수가 되는 거지. 오 년 정도는 뒷바라지해줄 수 있어. 교수 사모님으로 노년까지 보장받는다면 오 년 정도야 뭐 기꺼이 희생할 수 있지. 자신 없음 여기서 그만둬."

"공부를?"

"아니."

아내는 진지했다. 오래 생각해 굳히고 굳힌 결심인지 주저하는 기색이 없었다. 김치찌개와 된장찌개 중 하나를 고르라는 식으로 심상한 말투였다. 나와의 관계를 그만두느냐 마느냐의 문제가 김치찌개와 된장찌개 사이의 거리 이상은 아니라는 듯. 우리는 각자 김치찌개와 된장찌개를 앞에 두고 묵묵히 밥을 먹었다.

"언제 잘릴지 모를 월급쟁이 마누라로 살고 싶지는 않아."

밥공기를 비우고 숟가락을 내려놓으며 아내가 쐐기를 박았다. 석사과정을 마칠 즈음 취업과 공부 사이에서 갈등하고 있을 때였다. 어물어물하는 사이 아내는 내가 예스라고 대답한 걸로 간주했다. 실제로 내가 그렇게 대답했는지도 모르겠다. 박사과정에 들어가면서 어어, 하는 사이 결혼식이 치러졌다.

아내는 좀 무섭다. 속내를 알 수 없어서가 아니라 너무 선명한 사람이어서 그렇다. 활자와 문장에 짓눌려 어쩔 줄 모르는 내가 계층적 복문이라면 아내는 자신과 자신이 처한 상황을 단순 명쾌하게 해석하는 평면적 단문이다. 복잡한 것은 복잡하기 때문에 에너지를 응집할 수 없다. 명확한 중심에 온 힘을 집중하는 단순함을 당해낼 수 없는 것이다. 나는 물론 아내를 사랑하지만 어쩐지 아내의 마리오네트가 된 기분이다. 아내가 지원해준다던 오 년은 이제 일 년이 채 남지 않았다. 다음 학기까지가 딱 오 년이다. 논문은 아직 제 꼴을 갖추려면 멀었다. 논문의 주제나 방향에 대한 확신도 없는 상태다. 이중주어구문과 서술절이라면 이미 지난 세기에 나올 만한 연구는 다 나오지 않았나. 대관절 왜 통사론을 택했는지 이제 와서 후회해봤자 소용없다. 어젯밤의 일을 후회해도 소용없는 것처럼. 사라진 팬티는 누가 뭐래도 사라진 것이니까. 문학도 모르면서 국어국문학과에 덜컥 입학하고 보니 선택은 자연스럽게 어학 쪽으로 기울었다. 음운론이나 의미론이라면 몰라도 통사론 정도는 논리력만 확보하면 가능할 것도 같았다. 하지만 지나고 보니 어느 면을 보나 논리력이라곤 갖추지 못한 주제에 이만큼 버텨온 게 놀라울 정도다. 논문이 호락호락하지 않다는 사실을 절감하면서 나는 아내가 더 무서워졌다. 암담하기까지 하다. 더욱이 지도교수는 이번 학기부터 안식년에 들어가 미국에 체류 중이다. 그건 백번 양보하여 내가 우수한 논문을 쓴다 해도 다음 학기까지는 학위를 받을 수 없는 상황이라는 뜻이다.

녀석은 나보다 한결 나은 상황 아니었나. 모래시계를 뒤집어놓고 시시각각 죄어오는 아내도 없고 두음법칙 무용론이라면 영혼이라도 팔아넘길 기세였는데. 녀석도 초조하기는 매한가지였을까. 녀석의 술잔이 속도를 냈다.

"누가 쫓아오냐? 천천히 마셔."

녀석이 든 술병을 잡아채어 술을 따라주며 눈치를 보았다. 녀석이 좀 이상하긴 했다. 학교에서 나를 잡아끌 때만 해도 뭔가 좋은 일이라도 있는 양 히죽거리던 녀석은 술이 몇 잔 들어가자 얼굴이 일그러졌다. 나는 그것도 대뜸 알아채지 못했다. 애초에 내가 그 정도 눈치가 있었더라면 학교에서나 집에서나 사정이 좀 달라졌을 테지. 나는 녀석의 얼굴이 구겨지는 것도 못 보고 먹는 데에만 열중했다. 아침 겸 점심을 대충 먹고 나와 시장기가 돌았던 터라 끓어오르는 부대찌개 냄비에 코를 처박다시피 하며 밥 한 공기를 다 비워냈다. 배를 어지간히 채운 다음 고개를 들고 보니 녀석은 밥을 건드리지도 않은 상태였다. 점심을 늦게 먹었나 보지. 나는 별생각 없이, 항상 별생각이 없었으므로, 부지런히 숟가락을 놀리고, 몇 되지 않는 반찬 그릇에 젓가락을 부딪쳐가며 간간이 술잔을 홀짝거렸다. 녀석은 연거푸 잔을 비워냈다. 결코 말수가 적다고 할 수 없는 편인 녀석이 웬일인지 별말이 없었다. 해가 졌나, 라고 한마디씩 중얼거렸지만, 웬걸, 해가 지려면 한참 기다려야 했다. 봄빛이 넉넉해지면서 여섯시가 넘었는데도 해는 꼬리를 끌고 있었다. 어스름이 되려면 얼추 일곱시까지는 기다려야 할 판이었는데도 녀석은 자꾸 중얼거렸다. 해가 졌나, 해가 졌나…… 해 지기를 그토록 간절하게 기다리는 이유가 뭔지 나로서는 짐작할 수 없었다. 나는 짐짓 대수롭지 않게, 야, 이놈아, 해 지면 들어오기 기다리는 녀자라도 집에 있으면 모를까, 해 지는 게 뭐 그렇게 기다려지는 일이라고, 해는 저 혼자 다 알아서 지게 되어 있다, 보채지 마라, 하며 지청구를 했다. 녀석은 그 후로도 같은 말을 열 번쯤 족히 반복한 끝에 마침내 결심한 듯 말했다.

"가자."

녀석이 커다란 가방을 어깨에 들쳐 메면서 일어섰다. 단호한 말투와 달리 가방 무게에 허리가 한쪽으로 휘청 꺾이면서 녀석은 쓰러지듯 털썩 주저앉았다. 나는 들고 있던 젓가락을 놓지도 못한 채 어리둥절해서 물었다.

"가다니, 어딜?"

"글쎄, 가보면 알아."

"가보면 알다니? 뭘?"

"가자면 가아……"

녀석이 비틀거리며 다시 일어섰다. 녀석의 평소 술버릇으로 보아 이차는 아닐 것이었다. 녀석과 둘이 술을 마실 때 이차를 간 경우는 거의 없었다. 늘 한자리에 붙박여 술집이 문을 닫을 때까지 주인 눈치를 봐가며 허술한 안주로 시간을 끄는 게 녀석과 나의 스타일이었다. '돈벌이가 없'는 나와 '녀자가 없'는 녀석의 술자리란 게 딱 그 수준이었던 거다.

해가 가까스로 넘어간 상태였다. 봄바람이 까칠하게 뺨에 닿았다. 얼굴이 벌겋게 달아오른 녀석이 휘청거리며 택시를 잡아타고 기사에게 외친 목적지는 말로만 들어본 동네였다. 질탕하게 마셨다고 자랑삼아 말할 때 언급되곤 하던 동네. 술집이 빼곡한 거리로 들어서자 입간판이 이리저리 차이는 사이로 호객을 하는 사내들의 분주한 모습이 눈에 들어왔다. 이미 취할 대로 취해 비틀거리는 녀석과 멋쩍게 옆에 붙어 가는 나를 만만한 먹이로 여긴 그들은 옷소매를 붙잡고 늘어질 태세로 다가왔다. 녀석이 짜증 섞인 몸부림으로 그들을 뿌리쳤다. 녀석은 그 거리에 익숙했던지 취한 상태에서도 헤매지 않고 바로 목적지로 향했다. 두 사람이 겨우 지나갈 만한 골목길로 접어들어 몇 걸음 걸었을까, 녀석은 간판도 확인하지 않고 주저 없이 계단을 내려갔다. 우리는 좁은 복도의 맨 끝에 있는 방으로 안내되었다. 방은 퀴퀴한 냄새로 찌들어 있었다. 비린내 같기도 하고 곰팡내 같기도 한 냄새가 밴 소파에 앉았을 때 녀석의 눈빛은 어딘가 달라져 있었다. 분노와 절망이 적절히 배합된 무력감에 잠긴 눈빛이랄까. 잠시 후 긴 생머리의 여자와 웨이브 진 단발머리의 여자가 함께 들어왔다.

"골라."

녀석이 나지막한 목소리로 나에게 말했다. 얼떨떨했다.

"고르라니, 뭘……"

두 명의 여자 중 파트너를 고르라는 말이었겠지만 나는 덥석 둘 중 하나를 지목하는 뻔뻔함을 배운 바 없었다. 메뉴판에서 안주를 고르는 것과는 차원이 다른 문제였다. 모름지기 여자가 나오는 술집에서 어떻게 행동해야 하는지를 나는 충분히 경험하지 못했던 것이다. 녀석처럼 술이 오를 대로 올랐다면 모를까, 맨숭맨숭한 상태로 여자를 고를 정도로 변죽이 좋은 편도 아니다. 우물쭈물하는 사이 긴 머리가 내 옆으로 다가와 앉았다.

"무슨 일…… 있냐?"

여자들의 눈치를 봐가면서 내가 물었을 때 녀석은 휘유, 휘파람을 불듯 긴 숨을 내쉬며 뒤로 기댔다.

"그만두려고."

뭘? 나는 섣불리 묻지 못하고 '그만두'는 게 뭘까, 혼자 목적어를 채워 넣어보았다. 연애? 녀석에게 여자 친구가 있었던가? 알바? 그거야 또 구하면 될 테고. 논문? 그럴 리야 없겠지. 녀석만큼 논문 주제에 자신감을 갖고 있는 사람도 드문 터에.

"나, 취직됐다. 이제 진짜 노동을 하는 거지. 그러니까 이건 축배라고."

자랑스러워하는 말투였다. 당연한 일이지만 그 말투는 그다지 훌륭한 위장술이 되지 못했다. 그런 점에서 녀석은 나와 같은 부류의 인간이다. 녀석의 표현대로라면 '류류상종'이다. 그런데 잠깐. '로동'이 아니라 '노동'이라고 한 건가.

"롱담이지?"

아닌 걸 알면서도 나는 녀석의 말투를 흉내 냈다.

"좀 기다려봐. 형이 곧 출세해서 이런 데 말고 강남에서 제일 핫한 데서 찐하게 한잔 살 테니."

녀석이 잔을 들어 올렸고 나는 서둘러 내 잔을 들어 부딪쳤다. 어디에? 묻고 싶기도 하고 묻고 싶지 않기도 해서 나는 잔을 든 채 녀석의 얼굴 너머 벽을 바라봤다. 벽면에 희미한 얼룩이 있었다. 누군가 술잔을 집어 던졌던 걸까.

"두음법칙은?"

녀석이 멀건 눈으로 나를 쳐다봤다. 너는 아직도 언어가 현실을 대체할 수 있다고 생각해? 녀석은 그렇게 말하고 싶었던 건지도 모른다.

"나라고 일타강사 못하란 법 있나……"

녀석이 말꼬리를 흐렸다. 잔을 단번에 비우자 위스키가 목에 콱 걸렸다.

그쯤에서 멈췄어야 했다. 그랬더라면 일이 이렇게까지 되지는 않았을 것이다. 녀석은 말없이 술을 쏟아붓기 시작했다. 평창올림픽 못 봤느냐, 남북합동공연 보고 나는 울었다, 남북관계가 달라졌다, 네 연구가 곧 빛을 보게 될 거다, 얼마나 쌈빡하게 먹히겠느냐, '남남'이 '북녀' 만날 날이 드디어 도래했

노라, 우리도 손잡고 금 한번 넘어가보자, 아, 그건 아직 안 되갔구나, 하고 너스레를 떨어도 녀석의 다문 입은 열리지 않았다. 혼자 떠들다 머쓱해져서 나도 덩달아 위스키 스트레이트를 마구 삼켰다.

머리가 아프다. 제발 잃어버린 팬티 한 장이라도 대체하고 보자. 미치지 않고서야 이 상태로 집에 들어갈 수는 없다. 지난 밤의 외박에 대해서는 어떻게든 알리바이를 마련할 일이다. 알리바이 마련이 팬티를 구하는 것보다는 쉽겠지. 그런데 이걸 대체 어디서 구한다? 어느 홈쇼핑에서 샀더라……

시나리오 둘. 홈쇼핑 회사로 찾아가서 팬티를 현장 구매한다.

커피숍 구석 자리에서 노트북을 켜고 검색을 시작한다. 세상에, 무슨 팬티가 이렇게 다양하단 말인가! 잠깐 검색해보면 찾을 수 있겠거니 했더니 뜨는 건 거의 다 여성용이다. 여자들은 팬티를 두 장씩 입나. 홈쇼핑 업체만 해도 어마어마한 수효다. 과연 똑같은 것을 찾을 수 있을까? 땀이 밴 손바닥을 허벅지에 문지른다. 동시에 이마 근육을 수축시켜 뻑뻑한 눈꺼풀을 끌어올려본다. 어제 입은 게 무슨 색이었나…… 아까까지만 해도 파란색이었나, 보라색이었나 알쏭달쏭했는데 다시 생각해보니 빨간색인 듯도 하고 노란색인 듯도 하다. 무지개색이니 일곱 가지 중 하나겠지. 확률은 칠분의 일이다. 칠분의 일. 결코 높은 확률이 아니다. 어쨌거나 그건 나중 문제다. 지금은 그 팬티 세트를 손에 쥐는 게 급선무다. 속이 쓰리다. 왼손으로 배를 문지르며 힘겹게 클릭, 클릭을 계속한다. 커피숍을 가득 메운 사람들은 수험서를 보거나 인터넷강의를 듣는 눈치다. 갑자기 그들이 부러워진다. 나는 외롭게 모니터에 눈길을 박는다. 그들 눈에는 나도 공부나 일에 열중하는 인간으로 보일지 모르겠다는 생각에 씁쓸하다. 그들이 내게 팬티 고무줄만큼이라도 관심이 있다면 말이지만. 진작 이런 자세로 연구에 몰두했더라면 지금쯤은 논문을 완성했을 텐데. 내게도 이런 집중력이 있다는 사실을 미처 몰랐다. 손과 눈의 협응력을 최대치로 끌어올려 화면을 뒤진 결과, 드디어 찾았다! 요일 팬티 7종 세트! 잽싸게 홈페이지 하단으로 내려가본다. 본사 번호는 없고 콜센터 번호만 있다. 콜센터에서 콜만 받는다는 것쯤이야 나도 안다. 나는 이제 '시간도 없'다. 아내가 깨기 전에—진작 깼을지도 모르지—깨서 다시 전화를 걸어오기 전에 '요일 팬티 7종 세트'를 사서 들어가야 한다.

택시 기사에게 본사 주소를 대고 녀석에게 전화를 한다. 전화기가 꺼져 있다. 카카오톡 메시지를 보낸다.

"어젯밤 네 집에서 잔 거다. 술 마시고 뻗어서 기억도 안 난다고. 너도 필름 끊기고 나도 끊긴 거다. 아무튼 나는 아직도 네 집에 있는 거야. 네 집에서 열한시 넘어서 나갈 예정이다."

녀석에게 무슨 일이 있었던 걸까. 맞지 않는 옷을 걸친 것처럼 술집은 불편했고, 여자들도 부담스러웠다. 기묘한 것은 그럼에도 불구하고 어떤 안도감이 들었다는 사실이다. 녀석에겐 미안한 말이지만, 나는 어쩌면 박사 학위를 포기하겠다는 녀석의 선언에 알량한 쾌감을 느꼈는지도 모른다. 그건 아마도 나만 낙오자가 되지는 않으리라는 동지 의식과 다름없었을 것이다. 아차, 낙오자라니. 녀석이나 나나 돈도 없고 백도 없는 주제에 공부를 계속해본들 여기저기 떠돌며 보따리 장수로 십 년을 보낼지 이십 년을 보낼지 알 수 없는 처지 아닌가. 시간이 흐를수록 어느 쪽을 낙오라고 할 것인지 점점 뚜렷해지는 느낌이었다. 대학원에 진학했을 때 교수의 뼈 있는 조롱을 극복하지 말았어야 했다. 자네 머리가 그렇게 좋은가? 자네 집안이 그렇게 부잔가? 그렇다고도 아니라고도 대답하지 못하고 그저 뒷머리만 긁적거렸을 때 이렇게 되리란 걸 예측했어야 했다. 나는 술기운으로 불콰해지면서 녀석의 용기 있는 결정이 내심 부러워지기까지 했다. 녀석은 마음먹은 말을 꺼내고 침울해지더니, 급기야는 돌연 흥이 오르는 듯, 적어도 표면적으로는, 전에 없이 질탕대기 시작했다. 아무리 눈치 없는 나라도 녀석이 위악을 부린다는 것 정도는 알아챌 수 있었다.

"서술절? 쳇, 절 표지도 없이 절이 될 수 있는 거냐? 명사절, 관형사절, 부사절, 인용절, 모두 절 표지가 있잖냐. 이건 뭐 너무 뻔뻔하다는 느낌 들지 않아? 날로 먹는다는 느낌 말이야. 그건, 네가 제수씨한테 빌붙어 기생하거나, 박사라는 허울 좋은 명목에 편승하는 거나 뭐가 다르냐고. 뭐? 이중주어구문? 세상은 힘 있는 한 놈이 주체가 되는 거야. 둘이 나란히 주체가 되는 거 봤냐?"

"그러는 넌 기생할 녀자 친구라도 있냐? 끝까지 가지도 못하고 대열에서 락오하는 주제에. 박사과정 하나 끝까지 못 버티고 리탈하는 주제에. 참, 장하다."

여자 친구 운운만 빼면 사실 그 말은 내게 하고 싶은 말이었다. 결정한 건 아무것도 없었지만 머지않아 그렇게 되리라는 예감이 점점 강해지고 있었다. 마지막 말은 진심이었다. 나는 녀석의 결정이 안타깝기보다 녀석의 용기가 부러웠다.

녀석이 부추겼는지, 긴 머리가 리모컨을 찾아들고 조작을 하자 천정에서부터 스크린이 내려왔다. 테이블 한가운데로 내려온 스크린은 방을 정확하게 이등분했다. 이제 스크린 저쪽에서 무슨 짓을 하는지 내 쪽에선 보이지 않았다. 그건 반대로 이쪽에서 내가 무슨 짓을 해도 저쪽에선 알 수 없다는 뜻이기도 했다. 독립된 공간이 생기자 생각과 마음이, 머리와 몸이 다르게 움직였다. 긴 머리는 계속 술을 따르며 교태를 부렸고, 나는 어느 순간, 자포자기의 심정이 되었다.

홈쇼핑 본사에서 쉽게 물건을 살 수 있으리라 기대한 건 아니지만 같은 물건을 당장 구하기 위해서는 다른 방법이 없다. 외장이 유리로 된 빌딩은 강력한 펄스로 방어막을 두르고 있는 것 같다. 보는 것만으로도 압도당한다. 빙글빙글 돌아가는 회전문이 머리를 왁스로 잔뜩 부풀리고 넥타이에 목이 졸린 사내들을 삼켰다가 내뱉는다. 하이힐 위에 우뚝 솟은 채 타이트스커트로 허리를 졸라맨 여자들이 또각거리며 문 한쪽으로 빨려 들어가고 반대쪽으로 걸어 나온다. 캣워크의 모델들이나 연극무대의 배우들 같기도 하다. 저들이 화려하고 당당해 보이는 이유는 우수한 개체여서일까, 빌딩으로 형상화된 조직의 아우라 때문일까. 눈부신 조명이 꺼지면 저들은 자신만의 백스테이지로 돌아가겠지. 지하철과 버스를 타고, 또 갈아타고, 혼잡한 퇴근길에 어깨를 부딪치며 스마트폰에 눈길을 박은 채, 아닌 척 능숙하게 빈자리를 탐색하거나 또는 곧 빌 자리를 감지하기 위해 신경 줄을 팽팽하게 당기곤 하겠지. 저들은 백스테이지의 안온한 어둠에 젖어 하루치의 굴욕과 피로를 보상받을까. 무대에서의 저들이 빛나는 이유는 기꺼이 삶을 허물어 시간을 메꾸는 자세를 터득했기 때문이 아닐까. 적어도 아내에게 사육당하며 무대 아래에서 주춤거리는 나보다 용감하고 겸손하기 때문일 테지. 녀석은 이제 저들 중 하나가 되겠다는 건가. 두음법칙 따위 개에게나 줘버려. 불분명한 발음으로 녀석은 그렇게 소리 질렀던가. 도미노 패가 쓰러지듯 이어지는 생각을 자르고 나는 후줄근한 면바지와 때 묻은 운동화를 내려다본다. 튀어나온 무릎 위로 어제 먹은 찌개의 흔적이 남았다. 속이 점점 더 쓰려 온다. 폭음 후 빈속에 들이부은 커피 한잔은 순기능보다 역기능이 강하다. 자꾸만 앞으로 접히려는 허리를 의식적으로 쭉 펴서 뒤로 젖힌다. 기죽을 하등의 이유가 없다. 내가 쓰는 돈이 저들의 월급이 되는 것이다. 비록 내가 버는 건 아니지만 말이다. 회전문 앞에서 심호흡을 해본다. 이제 저 강력한 펄스의 막을 뚫고 빌딩 안으로 들어가자.

누가 뭐래도 나는 엄연한 고객이다. 그러므로 가슴을 쫙 펴고 들어간다. 내 당당한 보무는 그러나 로비에서부터 제지를 당한다. 사원증 없이는 사무실 안으로 들어갈 수 없는 시스템이다. 나는 이 회사의 고객이며 영업팀에 중요한 볼일이 있다고 용기를 내서 말한다. 경비원은 표정 없는 얼굴로 영업팀 누구를 찾느냐고 묻는다. 말투는 공손하지만 호락호락 나를 들여보내지 않겠다는 의지가 굳건해 보인다. 경비원은 주로 단문을 쓰고 나는 우물쭈물하며 늘어지는 복문을 쓴다. 게임의 결과가 뻔해 보여 나는 점점 초조해진다. 약간의 입씨름을 거친 후 경비원이 사내 전화로 영업팀을 연결해준다. 반드시, 꼭, 어떤 일이 있어도 그 물건을 당장 구해야 한다고 나는 전화기에 대고 통사정을 한다. 영업팀에서는 자기네 소관이 아니라고 한다. 본사에서 직접 상품을 판매하지는 않는다, 영업팀은 그런 일 하는 곳이 아니다, 게다가 상품은 물류센터에 있지, 본사에는 없다, 등등이 영업팀 사내의 설명이다. 통화가 계속되는 동안 얼굴이 점점 달아올라 목덜미까지 화끈거린다. 경비원이 냉소를 띠고 나를 빤히 쳐다본다. 수화기 너머의 유들거리는 목소리나 경비원의 노골적인 시선이 야속하다. 나도 안다. 얼마나 한심해 보일지는. 민망한 가운데 목이 다시 까끌까끌해진다. 가방에서 생수병을 꺼내 들이켠다. 속이 쓰리다. 녀석에게 보낸 카카오톡 메시지를 확인해본다. 말풍선 옆에 여전히 1이 떠 있다. 휴대폰을 끈다. 아내가 전화를 걸어오면 곤란하다. 차라리 배터리가 방전된 척하는 게 낫다. 나는 위압적인 홈쇼핑 건물을 나와 버스 정류장에 망연히 앉는다. 이제 어디로 가나. 어디로 가야 팬티 세트를 구하나.

나는, 내가 아무것도 제때 해결하지 못하는 어설픈 인간임을 이런 식으로 확인하고 싶지는 않다. 확인이란 말이 나왔으니 말이지만 자기 존재를 타인으로부터 확인받고 싶은 사람들이 흔히 '나는'으로 문장을 시작한다. 일단 '나는'을 던지고 보는 담화전략이다. 그들은 '나'를 늘 주체이자 주제로 내세워야 만족하는 것일까. '나는 팬티가 없'지만 내가 지금의 '나'를 내세우고자 하는 것은 아니다. 도대체 '나'라는 인간이 어디 내세울 만한 데가 있는 위인인가 말이다. 오히려 '나'를 견디기가 가파르게 힘들어지는 판국이다. 담화전략이고 뭐고 현실에서는 아무 전략 없이, 뭐 하나 제대로 건사하지 못하는 주제라는 걸 나도 충분히 알고 있다.

정류장에 버스 한 대가 들어온다. 행선지 안내판에 남대문시장이라고 붉고 큰 글씨가 씌어 있다. 순간 암전된 머리가 번쩍 켜지는 느낌이다. 아하, 그렇지, 남대문시장! 나는 후다닥 버스에 뛰어오른다.

오랜만에 온 남대문시장은 기대와 딴판이다. 인파에 섞여 이리저리 밀려다니는 동안 여기저기서 낯선 일본말과 중국말이 와 닿는다. 시장은 관광객들에게 점령당한 지 오래인가 보다. 좀체 적응이 되지 않는다. 전에 가끔 보았던 숭고한 생활의 현장은 어디로 갔나. 장거리가 이국인의 지갑을 열기 위해 교태를 부리는 늙은 창녀의 가랑이처럼 천박하고 서글퍼 보인다. 아니, 아니, 그런 느낌은 잠깐일 뿐이다. 시장의 상인들이 변해가는 세계와의 대결에서 승리하기 위해, 살아남기 위해, 어렵게 외국어를 익혔으리란 생각이 들자 그들의 거룩한 외국어를 듣는 동안 나는 나를 좀 더 적극적으로 혐오하기로 한다. 세상은 내게 왜 이러는 것일까. 아내는 왜 오 년이라는 기한을 정해두고 나를 사육하는 걸까. 아내는 나를 코피 루왁을 생산하는 사향고양이로 착각하고 있는 것일까. 내게 강제로 생두를 먹여봤자 한 잔에 사만 구천 원짜리 커피를 만들어낼 소화기관과 배설기관이 없다는 걸 아내도 지금쯤은 인정해야 할 텐데. 우리 속에 갇힌 고양이가 그 조그만 발바닥조차 온전히 붙이지 못하고 얼기설기 엮인 철사 위로 위태롭게 몸을 뉘는 것처럼 나도 어디 한쪽 발붙일 데가 없는 신세가 되어버린 건 아닐까.

머리만큼이나 위가 너덜너덜해진 느낌이다. 리어카에서 파는 어묵 꼬치를 들고 국물을 마신다. 식도로 국물이 넘어갈 때마다 목구멍이 찔린다. 대체 뭐지? 어제 뭘 먹었던가, 곰곰이 되새겨본다. 찌개를 먹고 이차를 갈 때까지도 멀쩡했는데 그 술집에서 대체 뭘 먹었었나. 과일안주 따위를 먹고 생선 가시 같은 게 걸렸을 리는 없지 않나…… 긴 머리를 데리고 농탕질을 했던 기억이 드문드문 떠오른다. 가려진 칸막이 이쪽에서 무참한 심정이 된 나는 이왕 이렇게 된 거 갈 데까지 가보자는 오기가 발동했다. 긴 머리의 스커트 속으로 손을 집어넣고 속옷을 거칠게 벗겨낸 기억이 난다. 깔깔거리던 긴 머리는 한술 더 떠 말로만 들어본 계곡주를 만들어주었다. 긴 머리의 사타구니에 얼굴을 처박고 그곳에 고인 술을 핥았던 기억이 어렴풋하다.

정오의 햇살이 제법 따갑다. 나는 어지럼증과 두통, 속쓰림에 시달리며 시장 바닥을 미친놈처럼 헤매고 다닌다. 여기저기 기웃거리다 속옷 가게가 밀집된 구역으로 들어선다. 쭈뼛거리며 진열된 속옷들을 훑어본다. 점원이 재바르게 다가온다. 나는 꼭 맨살을 들키기라도 한 듯 주눅 든 목소리로 요일 팬티 세트가 있느냐 묻는다. 아랫도리가 왠지 더 선득해진다. 점원이 묘한 웃음을 띠면서, 그게 뭐냐고, 그냥 매일 갈아입으면 요일 팬티가 아니냐고 반문한다. 나는 진지한 표정으로 무지갯빛 팬티 일곱 장 세트라고 말한다. 점원이 그냥 색깔이 다른 걸로 일곱 장 골라보라고 느물거린다. 홈쇼핑에서 파는 건데…… 자신 없는 내 말투에 점원은 남대문시장에는 처녀 불알 빼고 다 있으니 그렇다면 잘 찾아보라고 빈정거린다.

속옷 가게를 열 군데쯤 돌았을까, 똑같은 제품은 없다는 결론에 도달한다. 어쩌면 아내는 비슷한 물건이면 모르고 넘어갈지도 모른다. 팬티가 다 거기서 거기지 뭐 별다른 게 있으려고. 그랬다가 나는 곧바로 고개를 흔든다. 아니, 그건 말도 안 된다. 같아 보이는 팬티여도 라벨이 붙어 있을 뿐 아니라 밴드 처리 같은 세세한 부분의 디자인이 다를 수도 있다. 아내는 눈썰미가 있는 편이다. 아내가 직접 주문한 물건인데다 빨래도 도맡아 하고 있으니 모를 리 없지. 매의 눈을 가진 아내와 위험한 게임을 벌일 수는 없다.

시간은 어느새 오후로 접어들고 있다. 더 늦기 전에 결정을 해야 한다. 이대로 집으로 들어가느냐, 비슷한 거라도 사서 입고 들어가느냐. 똑같지 않더라도 얼추 비슷하면 대충 일곱 개를 살까 했지만 일곱 가지 색깔은 아예 찾지도 못했다. 요란한 무늬가 주종을 이루고 민무늬 팬티는 드물다는 사실만 내처 확인했을 뿐이다. 눈에 띄는 건 빨간색과 파란색, 남색, 이 세 가지다. 나는 세 가지 빛깔의 팬티를 하나씩 산다. 이제 남은 선택은 과연 이 셋 중 무엇을 입고 들어가느냐이다. 갑자기 기막힌 생각이 떠오른다. 그래, 바로 그거야! 일단 집에 들어가는 거지! 들어가선 속옷 서랍과 빨래통을 뒤져보고 없는 걸 입으면 되겠구나! 하지만 만약 없는 색이 주황색이거나 노란색, 초록색, 보라색 중 하나라면? 나는 다시 착잡해진다. 어쨌거나 이제 더 이상의 방법은 없다. 팬티 세 개가 든 검정 비닐봉지를 가방에 욱여넣고 집으로 향한다. 입이 마르고 목이 탄다. 목구멍에는 알 수 없는 그것이 아직도 걸려 있다.

아내는 곤히 잠들어 있다. 나는 서둘러 세탁기 옆의 빨래통을 확인한다. 빨래통에 손을 집어넣는 순간 빛의 속도로 머리를 스치는 생각이 있다. 그래, 쓰레기통! 여관 욕실의 쓰레기통에 수건이 던져져 있지 않았나. 그 수건에 팬티가 쓸려 들어갔음이 분명하다. 그걸 못 알아차리다니. 역시 인생은 타이밍이다. 나는 허술하게 타이밍을 놓치는 인간이고. 이젠 어쩔 수 없다. 나는 빨래통을 조급하게 뒤적거린다. 빨래통에는 아내가 집을 비운 사이 내놓은 빨랫감이 수북이 들어 있다. 거기에는 팬티 일곱 개가 몽땅 들어 있다. 그렇다면 나는 어제 뭘 입고 나간 건가. 긴장이 풀리면서 엉덩방아를 찧듯 바닥에 주저앉는다. 아내가 나오는 기척이 난다.

"어떻게 된 거야? 나 없다고 이런 식으로 외박하기 있기, 없기?"

토라진 목소리다.

"외박이라니, 사람을 뭘로 보고! 간만에 새벽부터 도서관에 간 사람 억울하게. 요즘 도서관 자리 잡기가 얼마나 힘든 줄 알아? 중간고사 기간이잖아."

나도 모르게 알리바이가 술술 엮어진다. 내가 이토록 천연덕스럽게 거짓말을 할 수 있는 놈이었다니.

"근데 왜 이렇게 일찍 왔어? 새벽부터 힘들게 나갔다면서."

아내의 목소리가 금세 부드러워지자 적이 안심이 되면서 내 말투도 덩달아 부드러워진다.

"왜 일찍 오긴. 오늘 너 오는 날이잖아. 내가 공부가 되겠냐?"

나는 성큼 다가가서 아내의 허리를 끌어안는다.

"아이, 잠깐마안……"

"잠깐? 잠깐 뭐?"

아내의 손을 끌어 바지춤 안으로 집어넣으며 속삭인다.

"나, 오늘 코만도야. 코만도 알아? 현재 상태 레디 투 액트, 라고."

아내가 곱게 눈을 흘긴다. 나는 내친김에 아내를 번쩍 안아 들고 침대로 간다. 다리가 후들거린다. 아내가 짐짓 앙탈을 부리다 팬티 한 세트가 더 있는데 왜 꺼내 입지 않았냐고 어르듯 속삭인다. 몰랐던 사실이지만 차마 대답할 수 없어 아내를 침대 위에 거칠게 내려놓는다. 아내가 뜨거워진다. 나는 아내의 사타구니에 얼굴을 묻으며 소리 없이 절규한다. 나는 팬티가 없구나! 밥벌이도 없고 팬티도 없구나! 그런 주제에 외박까지 하고 아내를 속이고 있구나! 아내여, 미안하다! 나는 필사적으로 아내에게 밀착한다. 높아지는 아내의 교성을 들으며 나는 회의한다. 문장 따위, 서술절 따위가 다 뭔가. 그런 건 팬티 한 장보다도 못한 것이다. 나는 가방에 든 팬티 석 장을 떠올리며 결심한다. 이 정사가 끝나면 봉투째 버리고 말리라. 나를 괴롭히는 통사론도 함께 폐기 처분하리라. 나의 각오는 발기된 성기 못지않게 한껏 단단해진다. 박사나 교수가 못 되더라도 더 이상 관념에 놀아나지 않으리라. 홈쇼핑 회사와 남대문시장의 저들처럼, 두음법칙과 결별한 녀석처럼, 코만도처럼 용맹하게 세상을 향해 돌진하리라. 그러니 아내여, 나를 용서해다오.

최고점에 정지했다 곤두박질치는 롤러코스터처럼 멈췄던 숨을 거칠게 몰아쉬는 순간, 드디어 목구멍에 붙어 있던 것이 떨어진다. 그것은 꼬불거리는 음모 한 가닥이다. 입안에서 그것을 빼어 들고 어쩔 줄 몰라 하는 나를 아내가 귀여워 죽겠다는 눈으로 올려다본다. 아내가 이렇게 예뻐 보이는 건 처음이다. 나는 있는 힘을 다하여 아내를 향해 진격한다.

이모들의 집

복도 바닥에 빗물이 흥건히 고여 있었다. 낡아서 틀어진 창틀 때문이었다. 유진은 물이 없는 곳을 골라 디디며 걸었다. 뒷굽에 드러난 쇠못이 타일 바닥을 치는 소리가 빗소리를 날카롭게 끊어냈다. 진종일 거슬렸던 못 소리로부터 마침내 벗어나게 되었다는 안도감을 느끼며 현관에 들어서다 말고 유진은 멈칫했다. 낯선 신발. 우산꽂이에는 접이식 우산이 벌어진 채 어수선하게 꽂혀 있었다. 유진이 우산을 들고 망설이는 사이 수건을 든 복례가 다가왔고 그 뒤에 누군가 와 섰다.

"잘 지냈지……요?"

유진은 대답하는 대신 복례를 봤다. 복례가 자기 팔꿈치를 꾹꾹 주무르면서 말했다.

"아까 오후에 왔는데."

유진은 복례가 내민 수건을 받아 어깨와 가방의 물기를 닦고 마지막으로 발을 닦았다. 바닥에 내려놓은 수건을 순영이 냉큼 집어 들었다. 유진이 닫힌 방문으로 눈길을 주자 복례가 얼른 말했다.

"자."

거실 바닥에 장난감이 널려 있었다. 복례가 잊고 있었다는 듯 그것들을 치우기 시작했다. 허둥대는 몸짓과 다르게 동작은 느렸다. 유진의 등에 대고 순영이 작게 말했다.

"자고 가도 되지?"

유진은 순영이 아니라 복례를 봤다. 복례는 장난감을 하나씩 집어 상자에 담고 있었다. 유진은 답을 기다리는 순영에게 탐탁지 않은 표정을 지어 보였다. 거절해야 한다고 생각하면서도 아니라는 말이 선뜻 나오지 않아서였다. 더구나 내 집에 찾아온, 나이가 들 만큼 든 사람에게 매몰차게 대하기가 아무래도 쉽지 않았다. 순영은 유진의 표정을 알아차리지 못한 척 싱긋 웃었다. 거절의 기회를 놓친 유진은 어차피 함께 살던 사람인데 하루쯤이야, 라고 합리화를 할 수밖에 없었다. 도대체 순영이 뭐라고 했기에 복례가 덜컥 문을 열어주었는지 궁금했다. 잠든 민수를 들여다보고 안방으로 건너오자마자 진형에게 메시지를 보냈다. 이모가 와 있는데 혹시 알고 있었냐고. 옷을 갈아입다가 이전 이모, 라고 한 번 더 보내고 또다시 순영 이모, 네번째, 라고 보냈다. 답장으로 물음표 세 개가 찍혀 왔다. 순영을 모른다는 뜻인지 상황이 이해되지 않는다는 뜻인지. 진형의 메시지는 언제나 짧았다.

유진은 씻지도 않고 침대에 누웠다. 베었던 베개를 끌어내려 그 위에 발을 올렸다. 종일 힐을 신고 버틴 탓에 다리가 묵직했다. 민수를 낳고 복직하면서 사무실에서 쓰던 슬리퍼를 버렸다. 공연한 짓임을 알았지만 몸보다 마음을 따르기로 했다. 부엌 쪽에서 두런거리는 말소리가 났다. 복례가 몇 번을 되물었고 순영이 대답했다. 복례의 청력은 확실히 문제였다. 진작 돌려보내야 했나 하는 생각이 들었으나 언제나 그랬듯 생각에 그쳤다. 머뭇거리는 사이 이미 몇 달이 훌쩍 지났다. 그사이 민수는 복례에게 익숙해졌고 사람이 또 바뀌는 것보다는 불편을 감수하는 게 낫겠다고 마음먹었다. 대신 복례는 문자메시지를 보내고 받을 줄 알았다. 웬만한 일들을 문자로 처리할 수 있다는 것은 대단한 장점이었다. 그 장점이 집에서까지 적용되지는 않았다. 큰 소리로 또박또박 말해야 했고 입술을 과장되게 움직여야 했으므로 말을 하다 보면 피로해지고 화가 났다. 화가 나서 목소리가 더 커졌고 피곤 때문에 말하다 마는 경우가 많아졌다. 순영의 목소리가 커질 때마다 움찔 놀라면서도 유진은 까무룩 잠이 들었다.

부스럭거리는 소리에 눈을 떴을 때 옷을 갈아입던 진형이 물었다.
"무슨 말이야? 누가 왔다고?"
"와 있더라고. 전에 있던 이모."
유진은 이모라고 말할 때마다 어딘지 모르게 어색하고 못마땅했다. 처음 사람을 들이기로 했을 때 유진은 진형에게 키득거리며 물었다. 다들 이모라고 부른대. 왜 이모야? 고모가 아니고. 진형이 한심해하는 눈으로 바라봤고 그 눈빛 때문에 유진은 웃음이 딱 멎었다. 가끔 보이는 그 눈빛은 묘하게도 모멸감을 불러일으켰다. 진형이 되물었다. 고모 분식 있는 거 봤냐. 그때 일이 떠오르자 새삼스럽게 불쾌해졌다.
"왜 왔대?"
진형이 불퉁하게 물었다.
"그러게……"
유진이 감정을 억누르고 말꼬리를 길게 뺐다.
"애 잘 챙겨라."
진형은 누우면서 자신과 상관없는 일에나 어울릴 법한 어조로 말했다. 유진은 화장을 지우다 말고 거울 속의 진형을 향해 쏘아붙였다.
"챙겨라?"
진형이 이불을 끌어올리며 돌아누웠다. 유진은 침대에 걸터앉아 이불을 들췄다.
"피곤하다."

웅크린 몸을 더 작게 움츠리는 진형을 보고 유진은 체념하듯 중얼거렸다.

"정말 왜 왔을까? 있지, 아까 이모 방문 옆에 순영 이모 가방 있는 걸 봤거든. 그게 꽤 크더라고."

"나 신경 쓸 거 많은 사람이다. 남의 가방 사이즈까지는 아니지."

"이상해, 아무래도."

진형은 더 이상 대꾸하지 않고 이불을 머리끝까지 끌어올렸다.

유진에게는 원래 이모가 없었는데 최근 이 년 동안 다섯 명이 생겼다. 삼 개월짜리 이모도 있었고 육 개월짜리 이모도 있었다. 한번은 열흘짜리 이모도 왔다 갔다. 지금 이모인 복례는 그럭저럭 오 개월째에 접어들었다. 다른 집 이모들은 몇 년을 간다는데 우리 집 이모들은 왜 이 모양일까. 이모가 그만둘 때마다 유진은 진형에게 투덜거렸다. 유진에게 엄마가 없어서 이모가 붙지 않는다는 논리는 자신의 것이 아니라 진형의 것이었다. 진형이 그렇게 말한 적은 없으니 그것은 유진의 짐작에 불과했고, 엄밀하게 따지자면 논리는 유진의 것이라고 해야 마땅했지만, 진형의 태도를 보면 논리보다 짐작이 정확할 수도 있었다. 다른 많은 경우처럼. 다시 구해야겠네. 진형의 반응은 그게 전부였다. 침착하다고 보기에는 너무 물기가 없는 목소리였다. 이모를 다시 구하는 일은 번번이 유진의 몫이었고 몇 번이나 전화를 해서 날짜를 맞추고 인터뷰를 하는 일은 쉽지도 않고 하고 싶지도 않았다.

아침 부엌에 순영과 복례가 함께 서 있었다. 둘은 싱크대에 나란히 기대서 있다가 유진이 다가가자 각자 밥과 국을 퍼서 식탁에 가져다 놓았다. 방문 틈으로 순영의 가방이 보였는데 빈 소주병 하나가 옆에 세워져 있었다. 유진은 한숨을 쉬었다.

"이모."

순영이 얼른 옆으로 다가왔다.

"뭐 줄까?"

순영이 손을 맞비비며 물었다. 유진이 순영의 말을 무시하고 복례를 보자 복례가 순영을 슬쩍 밀치며 다가왔다.

"민수하고 많이 놀아주세요. 이야기도 좀 많이 하시고요."

유진은 다른 말을 할 듯하다가 그렇게만 말했다. 복례가 응? 응, 하고 대답했다. 유진은 큰 소리로 또박또박 한 번 더 말했다. 복례가 입을 떼는 순간 순영이 대답을 가로챘다.

"걱정 마. 많이 놀아줄게."

복례의 표정이 굳었다. 복례는 갑자기 생각났다는 듯 방으로 들어가 민수를 안고 나왔다. 민수는 잠이 덜 깬 얼굴로 유진에게 와서 안겼다.

"우리 민수 잘 잤어요?"

유진이 민수를 어르자 민수가 고개를 두 번 끄덕였다. 복례가 엄마 밥 먹어야지, 하며 민수에게 팔을 내밀었다. 민수가 유진의 품을 파고들며 흰 셔츠에 얼굴을 비볐다. 유진은 반사적으로 민수를 떼어냈다.

복례에게서 문자가 온 것은 사무실에 막 도착해서 커피를 한잔 내리고 있을 때였다. 엘리베이터가 고장 났다고 했다. 씨발. 튀어나온 소리가 너무 커서 유진은 깜짝 놀랐다. 혼자라는 사실을 알고 있음에도 넓지 않은 탕비실을 빠르게 둘러보았다. 유진은 이런 일들이 참기 어려웠다. 월급이 얼만데 이런 것까지 일일이 신경 쓰게 하냐고 말하고 싶었지만 차마 그러지는 못했다. 직장 생활 구 년차인 유진은 밥값이나 월급을 들먹이는 타박이 얼마나 폭력적인지 잘 알았다. 그런 폭력이 얼마나 즉각적으로 사람을 분노하게 만드는지, 그리고 비참하게 만드는지도. 알아서 하세요, 라고 문자를 찍고 전송 버튼을 누르려다 지웠다. 그건 진형의 대사였다. 알아서 해. 알아서 하라는 대답이 무슨 뜻인지도 유진은 잘 알았다. 그 말을 들었을 때의 기분까지. 커피를 한 모금 삼키고 답을 했다. 경비실에 물어보라고, 수리하는 데 오래 걸리면 계단으로 가라고.

열시경에 어린이집에서 전화가 왔다. 유진은 전화기를 손에 쥐고 사무실을 둘러보았다. 칸막이 위에 팀원들의 이마가 걸려 있었고 간간이 마우스가 딸각거리는 소리만 들려왔다.

전화기를 허벅지 아래로 집어넣었다. 허벅지에서 시작된 스트레스가 몸 전체를 흔들었다. 민수가 오지 않았는데 어디 아픈 거냐고 문자가 바로 왔다. 유진은 빈 회의실을 찾아 들어가 전화를 걸었다.

"엘리베이터가 아직 안 돼……"

"민수 계단 내려갈 수 있어요."

복례가 한번에 못 알아들을까 봐 손으로 전화기를 감싸고 또박또박 말했다.

"그게…… 내가…… 무릎이."

유진의 집은 구층이었다.

표현성 언어 장애. 유진은 하루에 몇 번씩 이 용어를 떠올렸다. 인터넷을 뒤져서 알아낸 증상이었다. 설마 하면서도 불안했다. 검사라도 받아봐야 하지 않겠냐고 조심스레 물었을 때 진형은 유난 떨지 말라고 핀잔을 주었다. 민수는 유난히 말이 늦었다. 두 돌이 지날 때까지 '엄마'나 '물' 정도밖에 하지 못했다. 못 알아듣지는 않았지만 의사 표현을 할 때는 말을 하는 대신 칭얼거리거나 몸짓을 썼다. 유진이 찾아낸 정보에 의하면 대뇌의 발달 지연 때문일 수도, 불안이나 스트레스 때문일 수도 있었다.

불안이나 스트레스라는 말이 식도 어딘가에 걸린 느낌이어서 유진은 가슴을 자꾸 쓸어내렸다. 일 년 남짓 이어진 출산

휴가와 육아휴직 기간에는 아무 징후도 발견하지 못했다. 말을 할 단계가 아닌데다 별다른 스트레스가 없어서였을 것이다. 시간이 흐르면서 원인은 자연스럽게 유진의 복직으로 귀결되었다. 물론 유진 혼자의 분석일 뿐이었다. 인정하고 싶지 않았으나 어떤 면에서는 아이에게 원인을 돌리는 것보다 그 편이 나았다. 유진은 검색창에 표현성 언어 장애라고 입력한 채 출근 때마다 벌어지는 소동을 떠올렸다.

민수는 아침마다 온몸으로 울었다. 이모의 품에 안겨 엘리베이터까지 따라 나온 민수가 버둥거리는 걸 보면서도 유진은 닫힘 버튼을 단호하게 눌렀다. 껍데기, 라는 이모의 말이 나오기 전에 서둘러서. 문은 민수의 울음소리를 자르면서 닫혔다. 온종일 나가 있어도 제 껍데기라서 찾는다고 이모(몇번째 이모였더라)가 말했었다. 이보세요. 껍데기 아니고 껍질이거든요. 그런데 왜 내가 내 아이의 껍데기입니까? 내게는 이제 알맹이가 없다는 소립니까? 나는 나고 아이는 아이라고요. 그리고 왜 내게만 껍데기라고 합니까? 그만둔다고 할까 봐 그런 말은 속으로만 삭였다. 닫힌 문은 바로 전신 거울이 되었다. 유진은 급하게 그리느라 비뚤어진 눈썹을 약지 끝으로 문질러 바로잡고 줄에 매달린 인형처럼 발바닥에서 머리끝까지 꼿꼿하게 몸을 세웠다. 주차장을 가로지를 때 유진은 집 쪽을 올려다보지 않았다. 처음부터 그랬던 것은 아니다. 한동안은 애틋한 마음으로 몇 번이고 올려다보며 손을 흔들곤 했다. 이모의 품에 안겨 칭얼거리는 민수에게. 언제부턴가 돌아보지 않고 서둘러 단지를 벗어났다. 돌아보게 될까 봐 걸음 수를 세었고 숫자는 현관에서 아파트 정문까지 정확하게 367이었다.

유진은 엔터키를 누르지 않고 창을 닫았다.

엘리베이터 밖으로 발을 내딛던 유진은 넘어질 뻔했다. 엘리베이터 바닥이 턱보다 이 센티쯤 낮았다. 복례가 오전에 보내온 문자가 떠올랐다. 어린이집까지 걸어서 민수를 데려다주었다고 했다. 유진은 턱에 부딪힌 엄지발가락에 찌르르한 통증을 느끼며 긴 복도를 걸었다. 발을 옮겨 디딜 때마다 쇠못이 타일 바닥을 찍는 소리가 복도를 울렸다. 서쪽으로 난 복도의 창은 모조리 닫혀 있었다. 오후의 햇살을 최후까지 빨아들인 복도는 텁텁한 공기 때문에 황폐한 온실 같았다.

현관문을 열자 볼륨을 한껏 높인 티브이 소리와 민수가 동시에 달려 나왔다. 장난감들로 어수선한 거실을 내버려둔 채 순영과 복례는 소파에 앉아 화면 쪽으로 목을 빼고 있었다. 유진은 한 번도 본 적 없는 드라마였다. 두 사람은 유진에게 알은척을 하면서도 티브이 화면으로 자꾸 눈을 돌렸다. 순영이 가지 않은 건 뜻밖이었다.

"엘리베이터가 오전 내내 안 됐어. 내가 민수 데려다주고 걸어서 올라왔어."

유진의 눈빛을 읽은 순영이 손바닥으로 무릎을 쓰다듬으며 말했다. 목소리에 자신감이 배어 있었다. 순영의 말에 복례가 일어나 입을 꾹 다물고 장난감들을 상자 안에 모아 넣었다. 유진은 복례의 손길을 따라 실내를 둘러보았다. 넓지 않은 거실은 조각조각 이어진 충격흡수용 매트가 깔려 있어 좀체 깔끔해 보이지 않았다. 민수가 실내에서 타고 노는 플라스틱 자전거와 자동차, 산세비에리아 화분, 작은 책장 같은 것들 때문에 집 안은 빈구석이 없었다. 낮은 천장, 발코니의 낡은 새시, 손잡이가 하나 떨어져 나간 싱크대 문짝에까지 시선이 닿자 유진은 갑자기 숨이 막혀 거실 창을 활짝 열어젖혔다.

대출이 전세보증금의 절반이었다. 민수가 생기면서 장만한 전세 아파트는 학군이 좋은 대신 비쌌고 그나마 새 아파트보다는 쌌다. 두 사람은 지출을 최소한으로 줄이고 돈을 모았으나 이 년이 지난 후 저축액은 전세금 인상분을 충당하기에 턱없이 모자라 대출금이 더 늘었다. 이모의 월급은 생활비의 절반을 훌쩍 넘었다. 그래도 나쁘지 않다고 여겨왔다. 아이가 더 자라면 사정이 나아질 거라고, 이모를 내보내고, 대출금을 갚아나가고, 언젠가 집을 사고…… 유진은 그런 날이 과연 오기나 할까, 그게 언제쯤일까, 도무지 그려지지가 않았다.

비끗 열린 방문 틈으로 순영의 가방이 보였다. 아침에 봤던 술병은 없었다. 안방 문 앞에 유진과 진형의 옷이 개켜져 있었다. 유진은 그것들을 들고 방으로 들어와 서랍장 안에 챙겨 넣었다.

"안 갔어."

유진이 밤늦게 온 진형에게 말했다.

"누가?"

진형이 되물었다가 아, 하고 문밖을 내다보는 시늉을 했다.

"왜?"

"모르지. 엘리베이터가 고장이라 걸어서 어린이집에 데려다주고 왔대."

"잘됐네."

"그건 그렇지만."

그렇게 말하면서 유진은 퇴근길에 발이 걸렸던 엘리베이터를 떠올렸다. 유진이 뭔가 더 말하려는데 진형이 침대에 드러누웠다.

"가겠지. 피곤하다."

유진은 침대에 누워 순영을 어떻게 하나, 복례는 왜 순영을 덜컥 들여서 일을 복잡하게 만들었나, 엘리베이터가 불안해서 큰일이야, 그리고 민수는, 민수는 왜 말이 늦을까, 그냥 늦기만 하는 거면 다행이지만 이러다 영영 말을 제대로 못하는 아이가 되는 건 아닐까, 하는 걱정으로 뒤척였다. 이모들의 방에서 나는 티브이 소리와 사이사이 섞이는 말소리가 안방까지 건너왔다. 유진은 이런 복잡한 일들을 혼자 고민하고 있는 자신이 바보 같았다. 어느새 잠든 진형의 등을 노려보다가 이불을 확 잡아당겨 돌아누웠다.

회사 일은 오전 내내 화장실도 가기 어려울 정도로 바빴다. 유진은 샌드위치로 점심을 때우고 이를 닦았다. 거울 속의 얼굴이 낯설었다. 창백한 안색과 단단하게 굳은 표정 때문에 유진은 요즘 거울을 보기가 끔찍했다. 주말을 포함해 열흘 넘게 야근을 하고 지난 며칠간은 새벽녘에 퇴근해 칼잠을 자고 다시 출근한 이력이 얼굴에 고스란히 쌓였다. 오후에 프레젠테이션이 있을 예정이었다. 유진은 기름종이로 이마와 콧등을 찍어내고 푸석해 보이는 얼굴에 미스트를 뿌렸다. 평소에는 잘 쓰지 않는 진한 립스틱을 바르자 그나마 좀 생기가 돌아 보였다. 안면 근육을 움직여 긴장을 풀면서 흐트러진 머리칼을 매만지고 나서도 유진은 거울 앞에 한참 서 있었다.

토요일에 아들 집에 가서 월요일 아침 일찍 오곤 하던 복례는 지난 주말에 집에 머물렀다. 순영이 호들갑을 떨면서 자기가 있는데 무슨 걱정이냐며 등을 떠밀었으나 못 들은 척했다. 지난 며칠간 엘리베이터는 탈이 나서 고치기를 반복했다. 민수를 데리고 두 번 더 계단을 오르내린 후로 순영은 더 이상 유진의 눈치를 보지 않았다. 저러다 순영이 눌러앉는 거 아닐까, 유진이 걱정하자 진형은 한 사람 월급으로 두 사람 쓰는 건데 뭐가 문제냐고 했다. 진형은 주말에 워크숍이 있다며 지방에 다녀왔다. 남쪽 어디라고 들었으나 유진은 곧 잊었다.

어차피 중요하지 않았다. 주말에 집을 비운다는 사실은 그곳이 어디여도 바뀌지 않을 거였으니까. 그보다도 유진은 자신의 일만으로도 머리가 꽉 차 진형의 일정에까지 관심을 둘 수 없었다.

프레젠테이션은 그럭저럭 끝났다. 한두 가지 보완할 사항이 생겼고 쉽게 해결할 수 있는 문제는 아니었지만 그 정도면 나쁜 편도 아니었다. 유진은 오랜만에 민수가 잠들기 전 퇴근했다.

"오!"

민수가 오른손을 번쩍 들면서 활짝 웃었다.

"뭐라고? 민수야, 뭐라고 했어?"

유진이 민수와 눈을 맞추자 민수는 한 번 더 손을 들었다.

"오!"

"얘가 지금 뭐라고 한 거야? 오, 라고 한 거 맞아요?"

설거지를 하던 복례는 꼭 물소리가 아니어도 못 알아들었을 테고 분명히 들었을 순영은 대답 없이 방으로 슬그머니 들어갔다. 유진은 낱말 카드를 끌어당겨 하나씩 체크했다. 오렌지가 있었다.

"민수야, 오 뭐? 오렌지?"

유진이 카드를 들고 물었다. 글자는 몰라도 그림으로 알 거라는 기대가 부풀어 올랐다. 민수가 신이 나서 오, 라고 한 번 더 크게 말했다. 유진이 오리 카드를 찾아 들었다.

"이거? 오리?"

유진의 목소리에 간절함이 배어났다. 민수는 까르륵거리며 오, 오, 라고 소리칠 때마다 손을 번쩍 들었다. 유진이 카드를 바닥에 늘어놓으며 살폈다. 오. 오렌지도 오리도 아니면…… 오빠? 오소리? 오랑우탄? '오'로 시작하는 낱말 카드는 두 장밖에 없었다.

"우리 민수 여기서 찾을 수 있어요? 한번 찾아볼까요?"

유진이 민수 앞에 카드를 늘어놓고 기도하듯 두 손을 가슴으로 모았다. 민수가 대뜸 한 장을 집어 들고 바닥에 던졌다. 바나나 카드였다. 유진이 뭐라고 말할 새도 없이 민수는 또 한 장을 힘주어 던졌다. 사과였다. 민수가 까르륵 웃으면서 손을 들고 외쳤다.

"오!"

설거지를 하며 민수를 힐끔거리던 복례가 유진과 눈이 마주치자 못 본 척 고개를 돌려 싱크대를 닦기 시작했다. 방 안에 있던 순영은 방문을 조용히 닫았다.

"글쎄, 그러더라고."

자정 무렵 들어온 진형에게 유진이 저녁에 있었던 일을 말했다.

"그래서."

"그래서라니? 오렌지나 오리 아니면 뭘까? 카드에는 없던데……"

유진은 궁금하지도 않으냐며 일어나 앉았다.

"난 또."

진형이 이불을 끌어올리며 눈을 감았다.

"뭐? 난 또? 민수가 낱말 카드 보고 말문이 트일 수도 있잖아. 이게 아무 일도 아니라는 거야?"

유진은 진형이 끌어올린 이불을 다시 젖히며 바싹 다가앉았다. 진형이 이불을 낚아채면서 말했다.

"또 유난 떤다. 오렌지, 오리, 오줌, 오르막, 오늘, 나중에 다 할 테니까 좀. 아, 오스트리아로 여행이나 가고 싶다. 오만이 나을까?"

"그치? 다 하겠지? 곧 잘하게 되겠지?"

유진이 다시 이불을 젖히자 진형이 벌떡 일어나 앉으며 인상을 썼다.

"내일 출근 안 하냐?"

그럼 언제 말하느냐고, 하루도 일찍 들어오는 날이 없고, 나도 얼마 만에 일찍 들어온 건지 모르겠는데 언제 이런 이야기를 하냐고, 너한테는 이게 아무 일도 아니냐고, 민수는 나 혼자 낳았냐고 소리를 빽 지른 유진은 베개를 들고 방을 나와 버렸다. 순영인지 복례인지 코 고는 소리가 거실까지 들렸다. 유진은 소파에 우두커니 앉아 있다가 민수 방으로 갔다. 잠든 민수를 꼭 안고 누운 유진은 민수의 머리칼을 가만히 만지면서 남들도 이렇게 사는지 궁금해졌다.

민수가 아직 아빠, 라고 한 번도 부르지 않았는데 걱정되지 않느냐고 물었을 때 진형이 그랬다. 때가 안 된 것뿐이라고. 자신도 말이 늦된 아이였으니 유난 떨지 말라고. 그걸로 끝이었다. 진형은 유진과 달리 민수에 대해 불안해하지 않았다. 어떻게 그럴 수 있는지 유진은 화가 치밀다가도 어쩌면 진형이 맞을지 모른다는 생각이 들기도 했다.

유진은 어렸을 때 말이 빠른 아이였는지 늦된 아이였는지 들은 바가 없었다. 엄마의 얼굴이 어렴풋하게 기억나는 건 아마도 사진 때문일 테고 다른 기억들은 거의 없었다. 자신이 민수만 한 아이였을 때 엄마가 이렇게 품에 안고 머리칼을 쓸어주기도 했는지, 낱말 카드 같은 것을 갖고 놀아주기도 했는지, 그런 사소한 것이 궁금했지만 그런 것들을 아버지에게 물어보는 일은 쉽지 않았고, 아버지는 유진에게 엄마 이야기를 해주지 않았다. 눈치껏 엿들은 어른들의 대화에서 뽑아낸 정보를 조합해 엄마가 오랜 투병 끝에 스스로 삶을 포기했다는 결론을 내린 다음에는 더욱 아무것도 물을 수가 없었다.

새벽에 화장실을 가려고 일어났다가 유진은 흠칫 놀랐다. 거실 가운데 희끄무레한 덩어리가 놓여 있었다. 유진은 낮게 비명을 터뜨리다 가까스로 손바닥으로 입을 막았다. 순영이었다. 왜 여기에 쓰러져 있나, 하고 다시 보니 쓰러진 게 아니라 자고 있는 거였다. 순영은 유진보다 키가 뼘은 작았고 뚱뚱한 편도 아니었는데 거실이 꽉 찬 느낌이어서 유진은 숨이 턱 막혔다. 화장실을 다녀온 유진은 자려고 누웠다가 벌떡 일어나 앉았다. 순영이 덮고 있던 이불. 설마. 어스름한 새벽빛이었지만 잘못 봤을 리 없었다. 유진은 이불장을 활짝 열고 살폈다. 신혼여행지인 뉴질랜드에서 사 온 양모 이불이 보이지 않았다. 커버도 씌우지 않은 새것이었다. 기능성 베개에 밀려 장 안에 들어간 푹신한 솜 베개도 짝이 맞지 않았다. 유진은 다시 문을 열고 내다봤다. 확실했다. 언제부터, 왜, 순영은 거실에 나와서 자고 있었나. 왜 허락도 없이 우리 이불을. 어떻게 그런 일을. 유진은 침대 머리에 기대앉아 손바닥으로 얼굴을 쓸어내렸다. 왜 하필 그 이불이었을까.

"왜 재혼을 안 하셨을까?"

아버지를 처음 만난 날 진형이 물었다. 유진은 답을 알고 있음에도 글쎄, 라고 말을 흐렸다. 아버지가 다 잘해냈기 때문이었다. 아버지는 유진이 불편하지 않도록 최선을 다했다. 아버지가 깨워서 일어나 보면 식탁에 아침이 차려져 있었고 말끔하게 다려진 교복이 옷걸이에 걸려 있었다. 첫 생리를 시작하기도 전에 생리대를 사이즈별로 사다 욕실 장에 채워두기까지 했다. 유진은 엄마 외에는 자신의 인생에 부족함이 없다고 확신했다. 결혼 준비를 하기 전까지는. 하얀 코렐 식기

대신 단아한 자기 그릇을, 커다란 머그컵 대신 유럽산 티 세트를, 맑은 소리가 나는 와인 잔과 화려한 샐러드 볼을 사면서 유진은 생존과 생활의 차이를 실감했다. 통째로 세탁하는 차렵이불로 사계절을 나던 아버지와의 시간은 누리는 삶이 아니라 버티는 삶이었음도.

설핏 잠이 들었다 깼을 때는 아침이었다. 주방에서 달그락거리는 소리가 났다. 유진은 진형에게 간밤의 일을 말할지 말지 잠시 고민했다. 유진이 양모 이불을 사자고 했을 때 진형은 짜증을 냈다. 신혼여행 와서 이불 사는 신부는 너밖에 없을걸. 이걸 꼭 사야 해? 네가 들고 갈 거야? 이건 인터넷 쇼핑몰 같은 데서 파는 거와 달라. 좋은 거야. 가격은 반값이고. 압축해준다니 부피는 얼마 안 나갈 거야. 유진이 그렇게 말하자 진형은 무게도 압축해준대? 라며 팔짱을 꼈다. 들어달라고 안 해. 유진이 셈을 치르고 압축된 이불을 받아들자 진형은 거칠게 낚아채서 어깨에 걸쳤다. 유진은 성큼성큼 쇼핑몰 밖으로 나가는 진형의 뒤를 종종거리면서 쫓았다. 내가 든다고! 소리를 지르면서. 자신의 것과 똑같은 체크무늬 셔츠를 입은 진형을 쫓아가며 유진은 얼굴이 화끈거렸다. 쇼핑몰에는 커플룩을 입은 사람들이 간간이 지나쳐 갔는데 그들은 모두 웃고 있거나 손을 잡고 있었다. 호기심과 동정이 섞인 눈길이 집요하게 따라붙는 게 싫어서 유진은 신경질적으로 셔츠를 벗어 가방에 넣었다. 몇 걸음 걷기도 전 팔에 오스스 소름이 돋아 유진은 손바닥으로 양팔을 문질렀다.

양모 이불에 관해서라면 어떻게 말해도 진형에게 싫은 소리를 들을 것 같았다. 게다가 순영이 허락도 없이 그것을 꺼내 사용한 일이 마치 자신의 불찰처럼 느껴지기도 해서 아무 말 않기로 했다. 그러나 뭘 어떻게 조심해야 했는지. 안방 이불장에서 내 이불 꺼내 쓰지 마세요, 라고 미리 말해야 했나. 어느 날 불쑥 들이닥친 순영에게 새 이부자리를 한 채 마련해주어야 했나. 아끼던 양모 이불을 안방 침대에서 사용하지 않으리라는 사실만이 분명해졌다.

유진이 안방에서 나가자 복례가 밥을, 순영이 국을 식탁에 놓았다. 거실은 말끔하게 치워져 있었다. 방문이 조금 열려 있었으나 그 틈으로는 이불이 보이지 않았다. 순영과 복례의 표정이나 행동이 평소와 조금도 다르지 않아서 유진은 새벽에 있었던 일은 꿈이 아니었을까 의심스럽기까지 했다.

"이대로는 안 되겠어."

그날 밤 진형이 오자마자 유진은 계속 미루어왔던 말을 했다.

"또 뭐가?"

진형이 옷을 갈아입으며 성가셔하는 음성으로 물었다.

"순영 이모 말야. 언제까지 이대로 두냐고. 점점 불편하지 않아?"

진형은 대수롭지 않다는 듯 어깨를 으쓱했다.

"난 별로. 갈 때 되면 가겠지, 뭐."

남의 일인 것처럼 말하고 진형은 드러누워 스마트폰에 열중했다. 유진은 자신이 예민한 사람은 아니라고 여겨왔으나 진형의 무심한 태도를 대하자 혼란스러워졌다. 정말 진형의 말이 맞는 걸까. 한 사람 월급으로 두 사람 쓰는 셈이니까. 그러나 복례만으로도 이미 집은 비좁아졌고 민수를 돌보는 일은 복례 한 사람으로 충분한데. 무엇보다 복례만으로도 가족의 온전하고 내밀한 사생활을 포기한 셈인데 어디까지 감수해야 하는지 유진은 답답했다.

"그리고 말야."

진형이 느긋하게 말을 이었다.

"민수를 보면 그렇잖아. 할머니가 둘이면 아무래도 말을 좀 더 쉽게 배울 것 같지 않아? 종일 혼자 있는 사람을 다 믿기는 어려운 일이고. 이상한 일들이 많다는데. 어쨌든 어른 하나 더 있는 게 민수에게 나쁘지 않을 것 같고."

순영이 온 뒤로 진형이 한 말 중에 가장 쓸모 있는 말이어서 유진은 조금 놀라웠다. 그런 생각까지는 하지 못했으니까. 그렇다고 해도 이건 아니었다. 유진이 애써 유지하고자 하던 질서는 이런 게 아니었다.

이모들의 방에서 웅얼거리는 소리가 간헐적으로 들려왔다. 진형은 어느새 잠이 들었고 유진은 오래 뒤척였다. 방문을 여닫는 소리, 변기 물을 내리는 소리, 코 고는 소리, 그리고 거실에서 나는 인기척. 유진은 마치 자신이 안방에 갇힌 듯한 느낌에 혀가 말라 왔다.

유진은 구두를 찾기 위해 신발장을 열었다. 뒷굽을 아직도 갈지 못했다. 오래된 아파트의 신발장은 수납공간이 넉넉하지 않았고 유진은 진작 용량을 초과한 신발을 빼곡하게 이중으로 정리해두고 지냈다. 찾는 것은 베이지색 구두였다. 두번째 칸에 있어야 할 그것은 맨 아래 칸에 눕혀둔 검정 부츠 위에 거꾸로 포개져 있었다. 구두와 선반 사이에 억지로 쑤셔넣은 듯 찌그러진 진형의 운동화 아래에. 그러고 보니 신발장은 평소보다 무질서해 보였고 신발들의 위치도 조금씩 바뀌어 있었다. 베이지색 구두는 새것이어서 눈에 잘 띄는 위치에 따로 두었는데. 운동화와 함께 빼낸 구두는 코가 납작 눌린데다 시커멓고 긴 흠집이 나 있었다. 유진은 구두를 든 채로 뒤돌아봤다. 복례와 순영은 소파에 나란히 앉아 아침 드라마에 빠져 있었다. 발을 앞으로 쭉 뻗고 편안하게 등을 기댄 자세였다. 구두를 도로 집어넣으려고 신발장을 훑다가 유진은 의외의 것들을 발견했다. 맨 위 칸에 나란히 놓인 낯선 신발들. 뒷굽이 뭉툭한 구두와 반짝이가 잔뜩 달린 슬리퍼, 요란한 색상의 꽃무늬 운동화, 검정색 앵클부츠. 그것들은 이중으로 포개져 있지도 않았고 특별한 존재라도 된다는 듯 여유롭게 공간을 차지하고 있었다. 유진은 베이지색 구두를 바닥에 내려놓고 전날 신었던 구두를 신었다.

냉동실에 있는 거 아니냐며 티브이 리모컨을 찾던 진형이 빈정거렸다. 유진은 설마, 하면서도 냉동실과 냉장실을 열고 확인했다. 모처럼 함께 쉬는 휴일이었다. 복례와 순영은 어쩐 일인지 밤늦게나 다음 날 돌아올 거라 말하고 아침 일찍 나갔다. 순영이 온 이후로 처음 맞은 가족만의 휴일이었다. 순영이 있거나, 복례가 있거나, 혹은 진형이 없거나 하는 식으로 그동안 온전한 주말을 보낸 적이 없었다. 모처럼 맛보게 된 편안함에 유진은 어떤 해방감마저 들었다. 진형도 그랬는지 유진이 리모컨을 찾느라 여기저기 뒤지는 사이 민수를 데리고 숨바꼭질하듯 집 안을 들쑤셨다. 유진은 그간 엉켜 있던 마음의 타래가 스르르 풀리는 느낌이었다. 리모컨 같은 건 없어도 그만이었다. 세 식구가 꼭 티브이를 봐야 할 이유도 없었고. 유진은 나른한 표정으로 진형과 민수가 장난감 상자를 뒤엎어 엉망이 된 거실 한쪽에 앉았다. 관절마다 박혀 있던 긴장이 녹고 달콤한 피로가 그 자리를 부드럽게 감쌌다. 유진은 그대로 누우려다 몸을 일으켰다. 오므라이스라도 해 먹을까, 하며 부엌으로 갔다. 프라이팬을 찾을 수 없었다. 프라이팬은 항상 개수대 아래에 넣어두었는데 거기에는 라면이 잔뜩 들어 있었다. 유진은 싱크대 문을 죄다 열어보았다. 냄비와 그릇과 컵들이 정돈되지 않은 상태로 엉뚱한 자리에 들어 있었다. 프라이팬은 찾지 못했고 아끼던 샐러드 볼도 보이지 않았다. 수저통이 든 서랍에서 리모컨을 발견한 유진은 그 자리에 주저앉고 말았다.

"오!"

민수가 소리 지르며 팔을 번쩍 들었다.

"오? 오렌지?"

진형의 말에 민수가 다시 오! 라고 외치며 팔을 들었다.

"코? 코끼리? 자아, 우리 코끼리 만들자!"

진형이 한 손으로 코를 잡고 팔 사이로 손을 길게 내밀어 빙빙 돌다가 소파 위로 넘어졌다. 진형을 따라 하던 민수가 넘어지는 동작까지 흉내 내더니 진형의 다리 사이에 엎드려 소파 밑으로 손을 넣었다. 뭘 꺼내려는지 민수는 바닥에 얼굴을 바짝 대고 낑낑거렸다.

"아빠가 꺼내줄게."

진형이 소파 밑에서 끌어낸 물건은 민수의 겨울 담요였다. 담요는 길게 두 번 접혀 있었다. 이게 왜 여기 있느냐는 눈빛으로 진형이 유진을 쳐다봤다. 유진도 모르는 일이었다. 진형이 끌어낸 담요 앞에서 무릎과 허리를 한껏 접으며 한바탕 웃고 난 민수가 귀퉁이를 들어 올리자 갈피짬에서 작은 플라스틱 조각이 주르르 쏟아졌다. 민수의 얼굴이 환하게 빛났다. 조각 하나를 집어 들고 오! 라고 외친 민수가 그것을 이마에 붙이고 두 손을 번쩍 들어 올린 채 거실을 겅중겅중 뛰어다녔다. 살짝 땀이 밴 이마에 고불고불한 머리칼과 화투장이 찰싹 붙어 떨어지지 않았다.

"우리 집안에 드디어 갬블러 하나 나오겠구나!"

진형이 찡그린 미간을 풀더니 갑자기 껄껄 웃었다.

"민수 안녕?"

처음 보는 얼굴이었다. 민수에게 다정하게 인사를 하는 사람에게 뻣뻣하게 굴 수 없어 유진은 가볍게 고개를 숙였다. 진형도 예의 바르게 웃어 보였다.

"어른들은 어디 가셨나 봐요?"

여자가 웃으면서 묻고는 민수의 손을 쥐었다 놓았다. 유진은 대답하지 않고 진형을 봤다. 진형이 어깨를 으쓱했다. 엘리베이터가 일층에 멈추자 유진은 바닥을 살피며 민수의 손을 잡고 내렸다.

"잘해드려요. 요즘 누가 애 봐줘."

여자가 카랑카랑한 음성으로 나무라듯 말한 뒤 반대 방향으로 멀어졌다. 유진은 말없이 여자의 뒷모습을 지켜봤다. 진형은 거참, 이라고 작게 말하곤 씁쓸하게 웃었다.

식당에서 민수는 좀 흥분한 상태였다. 소리를 지르기도 하고 자꾸 의자에서 내려오려고도 했다. 유진은 엘리베이터 여자의 말이 계속 신경 쓰여 민수를 돌보는 데에 소홀했다. 옆

테이블의 젊은 커플이 조용히, 그러나 알아챌 수는 있을 정도로 불만스런 표정과 몸짓을 보였다. 노키즈존이라는 말을 언뜻 들은 것 같았다. 진형은 아무렇지 않은 얼굴로 밥을 먹고 민수에게 떠먹이기도 했다.

"어른들? 잘해드려? 대체 뭐라고 했길래…… 어이없어서, 정말."

유진은 결국 수저를 놓고 머릿속을 줄곧 헤집고 다니던 말을 쏟아놓았다.

"너무 그러지 마라. 쪽팔렸겠지."

"뭐가? 뭐가 쪽팔려? 내 월급의 반도 넘게 가져가는 사람이."

유진의 가시 돋친 말투에 민수가 갑자기 까르르 웃었다. 민수가 손가락으로 유진을 가리키며 음마 새이, 라고 했다. 진형과 유진의 시선이 마주쳤다. 민수가 손바닥으로 입을 가리고 한 번 더 까르르 웃더니 진형을 가리키며 말했다. 음빠 새이. 민수는 '이'를 발음할 때 성대를 잔뜩 긴장시켜 힘을 주었다. 옆 테이블의 남녀가 키득거렸다. 유진의 얼굴이 벌겋게 달아올랐다. 다른 때 같으면 다시 말해보라고 부추겼을 텐데 이번에는 그럴 필요가 없었다. 불분명한 발음으로도 유진과 진형은 충분히 알아들을 수 있었다.

집에 돌아왔을 때는 꽤 늦은 시각이었다. 토이저러스에서 장난감을 사고 마트에서 장을 보고 놀이터에서 민수와 놀아 준 다음이었다. 민수는 차 안에서 잠이 들었다. 현관문을 열자 오싹한 냉기가 흘러나왔다. 민수를 안은 채 신발을 벗고 들어서던 진형이 흠칫했다. 뒤따라 들어선 유진은 집이 왜 이렇게 추우냐고 말하다 입을 다물었다. 볼륨을 한껏 올린 티브이에서 흘러나온 빛이 거실에 펼쳐진 이불을 비췄다. 이불 양쪽이 번갈아 오르내렸고 그 리듬은 아주 규칙적이었다. 진형과 유진은 그 자리에 붙박인 듯 움직이지 못했지만 그것은 잠깐에 불과했다. 진형은 조용히 방문을 열고 민수를 침대에 뉘었고 유진은 신을 벗고 발끝으로 살금살금 걸어 들어갔다. 식탁 위에 유진이 혼수로 해온 서브마린 파리스 클래식 잔이 세 개 놓여 있었다. 집들이 이후로 꺼내 쓴 적이 없는 물건이었다. 유진은 그것들을 조심스럽게 들고 개수대로 가져다 놓았다. 잔 하나는 이가 빠져 있었다. 민수의 방문 앞에 선 진형과 싱크대 앞에 선 유진이 동시에 양모 이불 발치로 다가갔다. 잠깐 마주친 두 사람의 눈길은 동시에 이불 쪽으로 옮아갔다. 잠든 이모들은 어쩌면 저토록 평화로울 수 있을까 싶은 표정이었다. 진형이 에어컨을, 유진이 티브이를 껐다. 두 사람은 가만한 몸짓으로 안방으로 들어간 다음 소리 나지 않게 문을 닫았다.

페어웰, 스냅백

동건은 유진에게 준 것을 깔끔하게 돌려받기로 결심했다. 이대로 끝내기에는 분했다.

"내일 나가지?"

헤어지기 전날 유진이 물었다. 내일 뭐 하냐고 물을 때와 똑같은 목소리였다.

"어?"

동건이 되물었다.

"내가 나갈 순 없잖아."

"……"

동건은 무슨 말을 해야 하나 머리를 굴렸지만 결국 아무 말도 못했다. 집은 유진의 것이었으니까. 상황을 곱씹을수록 비참해졌다. 동건은 어금니를 꽉 물었다.

동건은 유진이 자신을 망쳐놓았다고 생각했다. 유진과 함께하기 전에는 삶에 별문제가 없었다. 서른다섯 해를 한결같이 겸손하게 살아온 덕분이라고 동건은 자부했다. 뭘 잘 모른다는 사실을 순순히 인정하는 태도가 겸손 아니겠냐고 동건이 말했을 때 유진은 천천히 고개를 끄덕였다. 동의라기보다는 그래, 네가 그렇지, 뭐, 이런 의미였다고나 할까. 말하자면 평화적 제스처인 셈이었다. 동건은 그것을 알면서도 단단히 오해하는 쪽을 택했다. 드디어 자신을 이해해주는 여자를 만났다며 퍽 감동했고 감동은 유진에 대한 순종으로 이어졌다. 동건은 이제 뭘 잘 모르는 사람에서 자신을 향한 유진의 애정을 아는 사람으로 거듭났다. 그것이 문제였다. 동건은 겸손함을 잃지 말았어야 했다. 적어도 유진의 마음을 다 안다고 자만해서는 안 되는 거였다.

동건은 계산기 앱을 열었다. 지난주까지 유진을 위해 쓴 돈을 계산하기 위해서였다. 삼 년간 쓴 금액치고는 약소하다고 할 수 있었지만 동건에게는 그렇지 않았다. 무엇보다도 커플링이 그랬다. 동건은 백지에 세로줄을 그었다. 왼쪽에는 동건, 오른쪽에는 유진이라고 쓴 다음 왼쪽부터 채우기 시작했다. (1) 커플링 328,000 (2) 지갑 299,000 (3) 향수 45,000, 여기까지 쓰고 동건은 머리를 긁적였다. 뭔가 더 있었던 것 같은데 기억이 날 듯 말 듯했다. 꼭 선물만 돌려받으란 법은 없다고 동건은 마음을 다잡았다. 향수 아래에 (4) 밥값, 술값, 모텔비, 라고 쓰고 의자 등받이에 느긋하게 기댔다. 의자가 둔탁하게 삐걱거렸다.

동건이 유진을 만난 첫날, 둘은 족발집에서 술을 마셨다. 누가 돈을 냈는지 기억날 리가 없었다. 오래전이기도 했고 취해서 필름이 끊겼기 때문이다. 주로 그랬다. 다음 날 아침 눈을 떠보면 반은 동건의 방, 반의반은 모텔 방이었고 나머지 반의반은 유진의 집이었다. 두번째, 세번째 만남을 더듬어봤지만 뚜렷하게 기억나는 건 장소 정도였다. 모텔비 옆에 괄호를 치고 안에 물음표를 넣었다. 동건은 종이를 뚫어져라 보면서 손가락으로 볼펜을 돌렸다. 볼펜 돌아가는 속도가 점점 빨라졌다. 동건의 머리도 덩달아 빠르게 돌아갔지만 헛도는 나사처럼 이렇다 할 소득이 없었다. 맥이 탁 풀리는 순간 볼펜을 놓쳤다. 동건은 바닥에 떨어진 볼펜을 발로 당겨 주운 후 4번 항목에 두 줄을 그었다. 탄탄한 중견기업 직원인 유진은 남자에게 계산을 미루는 타입이 아니었다. 정산을 하자고 들면 오히려 돈을 물어줘야 할 판이었다. 동건은 그 아래에 (5) 생활비, 라고 써넣고 볼펜 끝으로 종이를 톡톡 두들겼다.

유진의 집으로 들어가면서 동건은 월세의 공포에서 벗어났다. 동건은 월세보다 조금 적은 금액을 매월 생활비 조로 유진에게 건넸다. 동건이 부담한 돈은 고시원에서 혼자 쓰던 것보다 많았지만, 어디까지나 생활비 명목으로 분류하자면 그랬던 것이고, 월세는 굳은데다 용돈 지출은 오히려 줄어들었다. 외출의 필요성을 별로 느끼지 못해서였다. 방 두 개짜리 유진의 집은 고시원에 살던 동건에게 호화 주택이었다. 햇빛과 바람이 넉넉하게 들어왔고 심지어 욕조까지 있는데 귀찮게 무슨 외출. 동건은 고개를 절레절레 흔들며 5번 항목에도 두 줄을 그었다. 이만하면 양심적이라고 자위하면서.

지난주에 새로 입주한 고시원 방을 둘러보았다. 낮은 천장, 발이 바깥으로 쑥 나오는 침대, 그리고 창문이 있었다. 입주 첫날 동건은 창밖으로 상체를 내밀고 담배를 피우려다 어깨가 창틀에 끼는 바람에 애를 먹었다. 그것도 창문이라고 없는 방보다 십만 원 비쌌다. 유진의 집으로 들어가기 전에 동건은 창문이 없는 방에 살았다. 유진과 함께 산 이후로 동건은 변했다. 더 이상 창문이 없는 방에서는 살 수 없는 인간이 되었다. 그 점에 대해 보상받고 싶었다. 그러나 그것은 돈으로 환산할 수 없는 품목이었다. 동건은 어깨를 앞뒤로 번갈아 돌려봤다. 순전히 기분 탓이었겠지만 통증이 남은 듯했다. 동건은 잠깐 망설이다 생활비 위로 두 줄을 그었다. 유진은 그간의 생활비를 엑셀로 정리해서 오히려 더 내놓으라고 웃으며 통보할지도 몰랐다. 유진은 충분히 그럴 수 있는 사람이지.

아무리 마음을 달래봐도 하루 만에 집에서 나가라고 한 일은 너무 심했다. 그 전날까지도 낄낄거리면서 한 침대에서 뒹굴었는데 말이다.

"그러게, 치우라고 했을 때 치웠어야지. 아니잖아? 네 집."

유진이 처음 네트 이야기를 했을 때 생글거리는 얼굴이었기 때문에 동건은 그다지 심각하게 받아들이지 않았다. 돌이켜보니 그것이 문제였던 것 같지만 아직 이해되지 않는 부분이 있었다. 그까짓 벽 하나, 그것도 그리 넓은 면도 아니고 안방도 아닌 작은방의 벽에 철제 네트 하나 설치한 일이 쫓겨날 만한 잘못이었는지.

"정말 이것 때문이야?"

동건의 물음에 유진은 여전히 웃는 얼굴로 응, 하고 대답했다.

"경고했지? 일주일이나 지났어."

유진이 선심 쓰듯 덧붙였다.

작은방의 벽면에 네트를 설치한 것은 모자를 보관할 장소가 마땅치 않아서였다. 유진의 옷장은 동건의 옷까지 걸려 있어 가득 찬 상태였다. 상자 안에 욱여넣은 모자의 챙이 뒤틀린 걸 보면 동건의 심사도 뒤틀렸다. 네트에 모자를 가지런히 걸고 나니 뒤틀린 심사가 스냅백의 챙처럼 판판해졌다. 동건은 옷을 대충 입는 대신 스냅백에 공을 들였다. 유진은 옷을 잘 입었지만 스냅백과 볼캡을 구분하지 못했다.

동건은 침대 옆 벽면에 걸린 스냅백을 봤다. 그중 세 개는 유진이 준 선물이었다. 오른쪽 칸에 스냅백이라고 적고 괄호 안에 3이라고 썼다. 동건은 다시 볼펜 끝으로 종이 위를 톡

톡 찍었다. 정리하자면 동건이 사준 것은 커플링과 지갑과 향수, 유진이 사준 것은 스냅백 세 개. 자신은 유진에 비해 얼마나 다양한 선물을 했던가. 새삼 약이 올랐다. 향수는 얼마나 남았는지 모르겠고, 지갑은 유진이 들고 다닐 테고, 기껏해야 커플링 하나 건질 수 있겠다는 결론에 이르자 김이 빠졌다. 게다가 커플링 금액을 애초에 잘못 적었다. 바보냐. 동건은 혼잣말을 하며 숫자를 수정했다. 164,000. 유진이 순순히 돌려준다는 보장도 없었다. 어쩌면 커플링을 가져가고 스냅백 세 개를 돌려달라고 나올 수도 있었다. 그러기는 싫었다. 동건은 다시 벽에 걸린 스냅백을 봤다. 크롬하츠의 롤링스톤즈 콜라보 제품이 눈에 띄었다. 장바구니에 담았다 삭제하길 수 차례 반복했던 물건이었다. 그때마다 믹 재거의 빨간 혓바닥이 어림없다고 놀리는 것 같았다. 생일 선물로 그것을 받았던 날 동건은 유진을 안아 올려 빙빙 돌렸다. 깔깔거리던 유진의 웃음소리가 곧 비명으로 변했다. 병원에서는 유진의 발뒤꿈치 뼈에 금이 갔다고 했다. 유진은 육 주간 깁스를 하고 다녔다.

깁스 사건이 떠오르자 동건은 어깨를 으쓱했다. 그래서 뭐, 라는 기분이었다. 자신의 잘못은 아니었으니까. 동건은 기뻐서 사랑스런 유진을 안아줬을 뿐이었다. 유진이 기분을 내느라 다리를 쭉 뻗었고 하필, 열린 방문에 발이 걸렸을 뿐이었다.

"일부러 그런 게 아니잖아."

동건이 시무룩해진 음성으로 말했다. 진짜 미안해서 한 말이었다. 유진은 어이없다는 듯 코웃음을 쳤다.
"그 말은 내가 해야 아름다운 거지."
응급실에서 깁스를 하고 돌아온 새벽이었다. 유진의 말에 곰곰이 따져보니 자신이 실수한 것 같았다. 말로는 유진을 당할 수 없었다. 유진은 말뿐 아니라 모든 면에서 동건보다 우위에 있었다. 유진은 소득이 높았고 집주인이었고 부지런하고 예뻤다. 그런 유진이 어떻게 동건과 삼 년이나 함께했는지 동건은 의아하기도 했고 이해가 되기도 했다. 유진에게 동건은 펫이나 다름없었다. 아니, 펫보다는 조금 나으려나. 아무리 다정해도 강아지와는 섹스를 할 수 없고 깔끔한 고양이도 청소를 하지는 않으니까. 실제로 유진은 동건에게 귀엽다고 했고 쓸모 있다고 했다. 동건은 그때마다 우쭐해져서 새실거렸다. 유진은 펫의 털을 쓸어주듯 동건의 머리칼을 만져주었다.
펫보다 조금 나은 존재란 순전히 자신의 착각이었을 뿐, 유진에게는 펫만도 못한 존재였을 수도 있다고 생각하니 동건은 더욱 포기할 수 없었다. 볼펜을 쥐고 왼쪽 칸에 적힌 세 가지 항목을 노려보았다. 지갑은 아무래도 어려울 것 같아 가위표를 치고 커플링에 동그라미를 열 개쯤 쳤다. 정말 이것밖에 없을까, 동건은 관자놀이를 꾹꾹 눌러가며 집중했다. 한참을 끙끙대던 동건의 얼굴에 미소가 번졌다.
"그래! 소파가 있었지!"
동건이 소리치자 옆방에서 벽을 쾅쾅 두드렸다. 동건은 여유롭게 벽을 두 번 두드려 답해줬다.

소파는 천 소재로 된 이인용이었다. 인터넷으로 주문한 소파는 약간의 조립이 필요한 상태였다. 동건은 하는 수 없이 십자드라이버로 나사를 하나씩 조였다. 조립을 끝냈을 때 물집 몇 개가 훈장으로 남았다. 그전 소파에 담뱃불 구멍이 났다고 유진이 몇 번이나 잔소리를 했기에 지른 소파였다. 유진이 소파 값의 반을 주지 않았다면 더 억울할 뻔했다. 소파에 주로 늘어져 있는 사람은 동건이었지만 유진은 선선히 반을 부담했다. 적어도 쩨쩨한 여자는 아니었다고 동건은 잠시 추억에 잠겼다. 그러다 흠칫 깨어나 머리를 흔들었다. 이제 흔적도 없는 물집 자리가 다시 쓰라려 오는 느낌이 들어 동건은 손가락을 문질렀다.

동건은 왼쪽에 소파 199,000이라고 적은 다음 괄호 치고 50%라고 썼다. 이제 돌려받기만 하면 된다는 생각에 약간 흡족한 마음이 들었다. 바로 메시지창을 열고 자판을 쳤다. 내가 사준 것들 돌려받아야겠어. 너 바쁠 테니 택배로 보낼 필요는 없고, 가지러 갈게. 이렇게 쳤다가 바로 지웠다. 유진이 어떻게 나올지 예측할 수 없어서였다. 무엇보다도 한정판 스냅백을 돌려주기가 아까웠다. 솔직히 말하자면 스냅백 세 개의 가격이 유진에게 준 선물들보다 몇 배 비쌌다. 애써 무시하려 했지만 엄연한 사실이었다. 자칫하면 유진이 주거비까지 계산해서 엄청난 금액을 던질 가능성도 있었다. 게다가 유진이 메시지를 받고 도어록 비밀번호라도 바꿔버린다면 큰일이었다. 동건은 의자에서 일어나 고시원의 좁은 공간을 빙빙 돌다가 침대에 드러누웠다. 아무리 궁리해봐도 방법은 하나였다. 몰래 들어가 뒤진다. 그러면 최소한 커플링과 쓰다 남은 향수와 소파는 가져올 수 있을 거였다. 향수와 커플링은 표시 나지 않게 가져올 수 있겠지만 소파를 가져오는 것은 다른 문제였다. 그러거나 말거나 동건은 이제 상관없었다. 결심만으로도 유진만큼 똑똑해진 것 같아 힘이 솟았다. 커플링은 잘 두었다가 재활용할 수도 있을 거였다. 가령 미래에게 준다든가.

미래는 중학교 동창이었다. 그때 미래와 잘되었더라면 유진에게 이런 굴욕을 당하지는 않았을 텐데. 미래와는 삼 년 내내 같은 반이었지만 그저 그런 사이였다. 십 년도 훌쩍 지나 다른 동네의 편의점에서 만나리라고는 상상하지 못했다. 공무원 시험 준비를 하면서 노량진에 살기 시작한 동건은 시험을 포기하고 나서도 그곳을 떠나지 않았다. 밥값이 싼 식당과 만만한 고시원이 많아서였다.

"말보로 실버랑 자동 하나요."

편의점을 둘러보며 주문을 하자 계산원이 말했다.

"똑같네."

동건이 계산원을 멀뚱멀뚱 쳐다보았다.

"너, 여기 살아?"

어어, 계산원은 미래였다.

"아니, 여기 안 살아."

동건이 천 원짜리 여섯 장을 꺼내놓았다. 동건은 그 동네에 살고 있었지만 고시원에 산다고 말하게 될까 봐 거짓말을 했다. 그리고 얼마 지나고 난 뒤 그런 순발력이 나쁘지 않았다고 자평하게 되었다.

"난 또. 여기 산다고."

미래는 꼭 며칠 전 만난 사람처럼 굴었다. 동건은 왠지 반가운 척해야 할 것 같은 의무감에 사로잡혀 말했다.

"야, 너 쌍수 했구나. 예뻐졌네."

동건이 미래의 얼굴을 가리키며 활짝 웃었다.

"눈치 없는 건 여전하다, 너."

미래가 담배 진열대에 등을 기댔다.

"어, 미안……"

동건은 담배와 복권을 집어 주머니에 넣었다. 미래가 팔짱을 낀 자세로 새침한 표정을 했다. 동건은 티셔츠에 손바닥을 문질렀다.

"거스름돈……"

동건이 쭈뼛거리며 말했다. 그 뒤로 동건은 담배를 살 때 일부러 미래가 일하는 시간에 맞춰서 갔다. 구겨진 지폐 대신 카드를 내밀었고 복권은 사지 않았다.

"이 동네 자주 오나 봐? 여기 안 산다며."
미래가 능숙하게 바코드를 찍었다.
"어, 그렇게 됐어."
"여친?"
"아니."
"없어?"
"없어."
"없구나."
"너는?"
"나도."
동건과 미래는 처음으로 풉, 하고 같이 웃었다. 마침 미래의 교대 시간이 되어 둘은 미래의 원룸으로 갔다. 미래가 그러자고 했다. 돈 쓰지 말고 집에 가서 커피라도 마시자고. 원룸은 동건의 고시원과 반대 방향에 있었다.
"잘래?"
미래가 커피를 마시다 물었다. 동건은 막 머금은 커피를 컵에 도로 뱉었다.
"어? 어."
"먼저 씻을래?"
"어? 어."
욕실에 들어간 동건은 거울을 보며 중얼거렸다.
"이건 아닌데. 미래는 십 년도 넘게 아는 앤데. 아직 사귀

기로 한 것도 아닌데."

동건은 씻지 않고 도로 나왔다. 미래는 이미 침대 위에 있었다. 동건의 몸은 욕실에서 먹은 마음을 내던지고 벌써 침대로 슬그머니 기어들어가고 있었다.

"우리 1일 할까?"

옆에 누운 미래가 킥킥거리며 말했다. 싱글침대에서 미래와 밀착해 있었음에도 동건은 아직 얼떨떨했다.

"어? 어."

동건은 미래가 어떤 아이였나에 골몰하느라 대충 대답했다. 과거를 떠올려봤지만 별다른 게 없었다. 특별한 사건도 없었고 눈에 띌 만한 아이도 아니었다.

그때는 괜찮았다. 동건의 집은 잘사는 편이 아니었지만 성실한 아버지와 다정한 엄마가 있었고, 자신은 적어도 대학을 못 나온 아버지보다는 나은 인생을 살 수 있으리라고 믿었다. 막연한 믿음이었다. 그러니까 아버지가 대기업의 사원이 되지 못하고 대기업이 있는 빌딩의 경비원에 그쳤더라도, 동건은 위층으로 올라가 대기업에 다닐 수도 있지 않겠느냐는 믿음. 그것이 발전하는 역사라는, 의심 없는 믿음. 아버지의 제복에는 금단추가 달려 있었고 모자에는 금테가 둘러져 있었다. 아버지는 출근해서 제복으로 갈아입고 근무했지만 모자만큼은 갖고 다녔다. 아버지가 모자를 품고 퇴근하면 엄마가 그것을 받아 티브이 위에 올려놓았다. 화면 속의 세계는 아버지의 모자 아래에서 굴러갔고 번쩍거리는 금테는 사뭇 위엄이 있었다. 동건에게 아버지의 모자는 그 자체로 아버지였고, 엄마에게는 모자의 금테가 가족을 지켜주는 생명줄이었을 것이다. 아버지에게 그것은 무엇이었을까. 아버지가 그렇게 된 건 모자 때문이었다. 환승객이 가장 많다는 신도림역에서 인파에 떠밀린 아버지는 아차 하는 사이 선로에 모자를 떨어뜨렸다. 아버지는 그것을 주우러 뛰어내리는 데 일 초도 망설이지 않았다. 아버지와 아버지의 모자는 형체를 알아볼 수 없는 상태가 되어 선로 위로 올려졌다. 신도림역에 가서 CCTV를 보고 온 엄마가 오열하며 말했다.

"그게 뭐라고."

동건이 아버지가 근무하던 빌딩의 위층 대기업에 입사할 수 있을 만큼 자라기도 전에 동건의 집은 아래로 내려갔다. 한번 내려간 집은 동건이 서른이 되어도 올라오지 못했다. 엄마 혼자 사는 반지하 집의 티브이 위에는 아무것도 놓여 있지 않았다.

어쨌든 나쁘지 않을 것 같았다. 근데 너 뭐 하냐고, 그런 질문을 하지 않아서 더 그랬다. 계약직에 보수는 낮고 비전은 없다는 말을 하지 않아도 되어 다행이었다.

미래의 숨소리가 골라지자 동건은 조용히 일어났다. 미래가 생각보다 담대하고 적극적이어서 동건은 좀 정신이 없었다. 주머니에서 담배를 꺼낸 동건은 재떨이로 쓸 만한 것을 찾느라 방을 둘러보았다. 작은 책장에 조그만 단지 같은 게 있었다. 뚜껑을 열어보니 흙이 조금 들어 있었다. 거뭇한 가루가 섞여 있는 게 재떨이가 분명해 보였다. 창문을 열고 턱에 기대 담배를 피웠다.

창밖으로 아이들이 재잘거리며 지나갔다. 엄마 둘에 아이 둘. 여자애 한 명과 남자애 한 명이었다. 아이들은 노란 체육복에 노란 모자를 쓰고 자그마한 가방을 메고 있었다. 엄마들은 아이들을 앞세우고 자기들끼리 수다를 떨었다. 동건은 몸속 어딘가 간질간질해졌다. 미래는 중학교 동창이지만 둘의 과거가 꼭 저런 모습이었던 것처럼 여겨졌다. 그래, 애들아, 잘 지내렴. 인생은 알 수 없는 거란다. 너희도 나중에 편의점에서 우연히 다시 만나 우리처럼 될지 어떻게 알겠니. 동건은 아이들을 붙잡고 이렇게 말해주고 싶었다.

재떨이는 꽁초를 쑥 꽂기만 해도 불이 꺼졌다. 커피숍 흡연구역에 비치된 것처럼. 다음에 올 때는 커피 찌꺼기를 좀 가져다주어야겠다고 마음먹었다. 1일이라니! 실실 웃음이 났다. 어쩐지 잘될 것 같았다. 조만간 고시원의 짐을 빼서 이곳으로 옮겨올 수도 있을까 싶어 동건은 옷장이나 신발장의 크기를 눈여겨보았다. 냉장고가 좀 작은 듯했지만 어차피 음식을 많이 해 먹지는 않을 테니까 그럭저럭 지낼 수 있을 것 같았다. 여러 가지로 괜찮겠다는 생각이 들어 동건은 오랜만에 휘파람까지 불었다.

담배를 두 개비째 피우고 껐을 때 미래가 일어났다. 동건은 어색함을 참고 미래에게로 다가가 안아주었다.

"창문 닫자. 추워."

미래가 동건의 등 위로 이불을 끌어올려 덮었다.

"어? 어. 연기 다 빠지면"

"왜 방에서 담배를 피우고 그래. 야만인처럼."

"야, 너도 피우면서 그래."

"나 담배 안 피워. 피부에 안 좋아."

"재떨이도 있던데."

"없어, 그런 거."

"에이, 있던데."

잠꼬대를 하듯 웅얼거리던 미래가 동건을 밀어내고 벌떡 일어났다. 동건은 균형을 잃고 벽에 머리를 찧었다. 미래가 창틀에 놓인 재떨이를 보고 비명을 질렀다. 동건은 찧은 데를 손바닥으로 문지르다 깜짝 놀랐다.

"야! 너 미쳤어?"

미래가 두 손으로 재떨이를 들고 부들부들 떨었다. 당황한 동건이 엉거주춤 일어났다.

"야, 미안. 이제 방에서 안 피울게. 화내지 마."

"너, 너, 지금 내가 담배 때문에 그러냐고! 아니 담배 때문이지! 그렇지!"

미래의 숨소리가 점점 거칠어졌다.

"그니까. 이제 밖에서 피운다고."

미래가 재떨이를 든 채 방 안을 왔다 갔다 했다.

"야, 좀 앉아. 정신없어."

미래가 갑자기 주저앉아 엉엉 울었다. 한참 울다가 꽁초와 담뱃재를 가려내기 시작했다. 동건은 어이가 없었다. 방에서 담배 좀 피운 게 울 일인가, 1일부터 파란만장하구나, 생각했지만 1일이니까, 1일부터 퉁명스럽게 굴기는 좀 뭣했다. 동건은 다정하게 백허그에 도전했다.

"내가 버릴게. 손에 냄새 배."

미래가 동건을 뿌리쳤다. 동건은 팔꿈치에 턱을 맞아 뒤로 나동그라졌다. 작정하고 때린 건 아니었으므로 화를 낼 수는 없었다. 무엇보다도 1일이었으니까. 동건은 화를 내는 대신 주춤거리며 미래에게 다가갔다. 미래가 재떨이를 동건의 눈앞에 들이밀었다. 동건이 보지 못한 쪽에 고양이 사진이 붙어 있었다.

"얘가 나랑 십 년이나 살던 애라고. 너 정말……"

미래가 울음을 뚝 그치더니 싸늘하게 말했다.

"나가."

동건은 황당했지만 일단 바지를 꿰어 입었다. 미래는 옷도 입지 않은 상태였다.

"나가라고!"

미래가 동건의 티셔츠를 현관 쪽으로 던지며 소리를 질렀다. 베개도 던지고 티슈 상자도 던졌다. 동건은 자신이 잘못한 건지 아닌지 판단이 되지 않았다. 미안하다고 말할까, 했지만 별로 미안하지 않아 그러지 않았다. 고양이 재나 담뱃재나. 주인이 나가라니 나가는 수밖에 없었다. 동건은 신을 신었다. 신발장 위에 얹힌 모자 두 개가 눈에 들어왔다. 나중에 알았지만 그건 스냅백이라고 불리는 모자였다. 동건은 하도 어이가 없고 억울해서 미래가 재떨이, 아니 고양이를 끌어안고 우는 사이 그것들을 슬쩍 쓰고 밖으로 나왔다. 벽에 부딪힌 머리가 아직도 욱신거렸다. 욱신거리는 중에도 머릿속에선 물건을 집어 던질 때 흔들리던 미래의 가슴이 여전히 흔들리고 있었다. 동건은 자신의 머리를 쥐어박았다. 하필 부딪힌 곳이어서 악, 소리가 튀어나왔다.

일주일 만에 찾은 유진의 집은 익숙하면서도 낯설었다. 동건은 기도하는 심정으로 도어록 버튼을 눌렀다. 대범한 유진답게 비밀번호는 그대로였다. 동건은 유유히 방으로 들어가 화장대 서랍을 뒤졌다. 커플링은 상자에 얌전하게 들어 있었다. 꺼내서 주머니에 넣었다. 향수병은 보이지 않았다. 반지를 건진 동건은 퍽 너그러운 심정이 되었다. 방에서 나와 다리를 길게 뻗고 소파에 기대앉았다. 눈을 감고 소파의 표면을 손바닥으로 천천히 쓸어보았다. 천은 골이 져 있어 까슬까슬하면서도 포근했다. 동건은 그 질감을 좋아했다. 소파에서 유진과 엉겼던 감각이 되살아났다.

"벗지 말아봐."

소파에 누운 유진이 말했다.

"뭐라고?"

동건이 반쯤 내린 바지를 잡고 그대로 멈췄다. 유진이 깔깔대면서 동건의 바지를 발끝으로 밀어 내렸다.

"그거 말고 이거 말야. 이 바보."

동건이 쓰고 있던 스냅백을 유진이 턱으로 가리켰다. 동건은 알몸에 스냅백만 쓴 상태가 되었다.

"너도 하나 쓸래?"

우쭐해진 동건이 역시 알몸인 유진에게 물었다.

"내가 왜? 난 그런 거 필요 없어."

유진이 진짜 웃기는 얘기를 들었을 때처럼 웃었다. 동건은 갑자기 머쓱해졌다.

"그럼 난?"

"넌 필요하지. 그거라도."

그거라도, 에서 동건은 빈정이 상했다. 상했지만 내색할 수 없었다. 그러기에는 자세가 매우 본격적인 상태에 돌입해 있었다. 동건은 못 들은 척 유진을 밀어붙였다. 유진이 비명을 질렀다.

"너 진짜! 눈 찔렀잖아."

동건은 멈출 수가 없어서 얼른 스냅백의 챙을 뒤로 돌렸다.

유진이 한 손으로 눈을 누르고 다른 한 손을 동건의 등에 두르면서 말했다.

"그렇게 하니까 진짜 귀엽다."

그 일이 생각나자 찔끔 눈물이 났다. 남의 집에서 너무 욕심을 부렸다는 후회가 밀려왔다. 유진이 하지 말라고 했을 때 말을 들을걸. 소파를 슬슬 쓰다듬다 보니 굳었던 마음이 어느새 녹진해졌다. 동건은 승합차를 몰고 오기로 한 친구에게 오지 말라는 메시지를 보냈다. 친구가 바로, 장난하냐, 라고 답했다. 동건은 니은 두 개를 찍어 보냈다. 손바닥으로 얼굴을 몇 번 문지른 다음 일어나 작은방으로 갔다.

작은방의 벽은 비어 있었다. 위쪽에 못 자국 두 개가 선명했다. 못 자국에 손을 대보았다. 이것만 아니었다면 유진이 자신을 내치지 않았을 거였다. 동건은 마치 심장에 구멍이라도 난 듯 손바닥으로 가슴을 문질렀다. 유진의 마음에는 아무 자국도 남지 않았을까 문득 궁금해졌다. 설마. 함께한 시간이 얼만데. 동건은 어쩌면 유진이 지금쯤 후회하고 있을지 모른다는 생각이 들었다. 그리고 이 집이, 너무 아까웠다. 고시원 방보다 조금 큰 작은방을 둘러보다가 동건은 유진에게 다시 시작하자는 말을 해보기로 결심했다. 유진도 그 말을 기다리고 있을지 모르는 일이니까. 한번 그런 생각이 들기 시작하자 모든 정황이 그 생각을 뒷받침해주었다. 비밀번호를 바꾸지 않은 점과 커플링을 화장대 서랍에 그대로 둔 점이 특히 그랬다. 버리거나 처분할 수도 있었을 텐데. 그렇다면 유진이 홧김에 한 말을 진심으로 받아들인 자신이 문제였다. 동건은 아찔했다. 자존심 강한 유진은 뱉은 말을 번복하는 성격이 아니었다. 동건은 손끝으로 못 자국을 지그시 눌렀다. 눈물이 맺혔다. 세수를 하기 위해 욕실로 들어갔다.

초인종 소리가 났다. 동건은 욕실 문을 열고 누구냐고 소리를 질렀다. 택배였다. 받아두고 싶었지만 안 될 말이었다. 택배기사가 현관문을 쾅쾅 두들겼다.

"아무도 없……"

동건은 소리를 지르다 말고 손바닥으로 입을 막았다. 택배기사가 다시 문을 두들겼다. 이러지도 저러지도 못하는 사이 택배기사가 계단을 뛰어 내려가는 소리가 났다.

직장에서 잘린 후 요 몇 달 동안 동건은 유진이 주문한 물건들을 받아 챙기는 사람이었다. 아침 아홉시에 초인종을 누르는 사람은 택배기사밖에 없었다. 동건은 그때마다 운동복 바지를 다리에 끼우고 허리를 추어올리면서 물건을 받아두었다. 택배기사는 아무 말 없이 물건만 전해주고 돌아섰지만 동건은 그의 등에 대고 이래 봬도 실업급여 받는 사람, 이라고 말할 뻔했다. 딱 한 번 동건의 것이 배달된 적이 있었다. 유진의 선물이었다. 생일인가. 동건은 날짜를 꼽았다. 날짜도 요일도 금방 떠오르지 않았지만 생일이 아닌 건 확실했다. 동건의 생일은 여름이고 여름은 몇 달을 기다려야 했다. 포장 비닐을 벗기면서 동건은 '예이!' 하고 환호했다. 일리네어 스냅백 하와이안 한정판이었다. 그것도 동건이 갖고 싶었던 흰색. 동건은 그날 아침에 빵을 준 게 미치도록 미안해졌다.

"아, 아침부터 빵을."

식탁에 앉은 유진이 눈을 치켜떴다.

"그럼 저녁으로 주리?"

라고 동건이 응수했다. 유진이 무슨 말을 하려 하자 얼른 빵을 집어 오렌지 마멀레이드를 발랐다. 동건은 오렌지 마멀레이드를 좋아했다.

"됐어. 달아."

유진이 동건의 손에서 빵을 뺏어 한 입 베어 물었다. 동건이 우유 컵을 내밀었다.

"아침에 우유 먹으면 배 아파."

유진은 먹던 빵을 내려놓고 일어났다.

"밥 먹자, 응? 밥, 국, 응?"

유진이 배를 살살 문지르면서 구두를 신었다. 그전 주에 택배로 온 구두였다. 물론 동건이 받아두었다. 현관문을 닫기 전에 유진이 확인하듯 말했다.

"어렵지 않지?"

"어? 뭐?"

동건이 어리둥절해져서 되물었다.

"밥! 국! 참, 나…… 금붕어니?"

동건은 유진이 남기고 간 빵을 먹고 우유를 마셨다. 손에 묻은 오렌지 마멀레이드를 쪽쪽 빨며 다시 침대로 기어들어갔다. 침대는 아늑했다.

유진은 똑똑한 만큼 맺고 끊는 것도 분명했고 효율이 뭔지도 잘 알았다. 일리네어 스냅백 하와이안 한정판을 떠올리자 심장께가 뻐근해졌다.

동건은 찬물로 얼굴을 씻어내고 거울을 보았다. 거울 속의 얼굴은 어쩐지 수척해 보였다. 동건은 지난 일주일간 술을 좀 마셨을 뿐 잠도 잘 잤지만 갑자기 이별의 고통과 그리움으로 일주일을 앓은 사람이 되었다. 동건은 예상치 못했던 멜랑콜리한 기분에 사로잡혔다. 드라마에 나오는 애절한 사랑과 이별의 주인공이 된 듯해서 다시 눈가가 붉어졌다. 눈물을 참으려고 고개를 젖혔다 바로 했을 때 동건은 칫솔꽂이에 나란히 꽂힌 두 개의 칫솔을 발견하고 말았다. 눈을 비비고 다시 봤지만 분명히 칫솔은 두 개였다. 자신이 쓰던 것은 아니었다. 짐을 쌀 때 아무것도 남기지 말자고 동건은 독하게 마음먹었다. 칫솔은 물론 빨래통에 담긴 팬티까지 잊지 않고 챙겨 나왔었다. 칫솔을 빼들고 살피다가 욕실 장을 열었다. 포장이 뜯긴 일회용 면도기가 있었다.

"하!"

동건은 이제 다 알겠다는 듯 웃음을 터뜨렸다. 웃음소리가 욕실을 울렸다. 동건은 점점 더 크게 웃어대다가 나중에는 배를 잡고 바닥에 쭈그려 앉았다. 문틈으로 소파가 보였다.

"그러니까 저 소파에서 이놈과도 뒹굴었겠군. 내가 떠난 지 일주일이 안 돼서!"

동건은 칫솔이 '이놈'이라도 되는 듯 그것을 두 손으로 부러뜨렸다. 칫솔의 절단면은 불규칙하게 날카로웠다. 부러진 칫솔을 들고 나가 소파를 쿡쿡 찔렀다. 그것만으로는 분이 풀리지 않아 소파를 걷어찼다. 호흡이 가빠지고 이마에 땀이 맺혔다. 동건은 갑자기 바닥에 털썩 주저앉았다. 그러니까 자신이 떠난 지 일주일도 안 돼서가 아니라 그전이었을 수도 있음을 알아차렸기 때문이다. 동건은 부엌으로 달려가 칼과 가위를 가져왔다.

"시팔, 내 소파라고!"

칼로 소파의 천을 찢고 가위로 오렸다.

"그 꼴을 볼 순 없다고!"

동건은 소파의 충전재를 헤집어 뜯었다. 충전재가 곽 티슈처럼 술술 뽑혀 나왔다. 동건이 땀을 흘리며 소파에 매달려 있는 사이 주머니에서 반지가 빠져나왔다. 반지는 빙그르르 바닥을 굴러 소파 아래로 들어갔다.

동건은 미친 사람처럼 소파를 차고 찢고 뜯다가 뚝 멈췄다. 충전재에서 피어오른 먼지 때문에 목이 따끔거리고 갈증이 났다. 냉장고에서 물통을 꺼냈다. 냉장고 문을 열어둔 채 물통에 입을 대고 벌컥벌컥 마셨다. 유진이 알면 기절할 일이었지만 그러거나 말거나. 목을 타고 물이 흘러내렸다. 동건은 바닥에 뚝뚝 떨어지는 물을 내려다봤다. 통쾌한 기분도 잠깐이었다. 냉장고 안쪽에 오렌지 마멀레이드 병이 보였다. 얼마 전 새로 산 것이었는데 푹 줄어 있었다.

"그놈이 내 오렌지 마멀레이드까지 먹었단 말야?"

병을 꺼내 바지 주머니에 쑤셔 넣었다. 가라앉던 분노가 다시 치솟았다. 동건은 이미 엉망이 된 소파를 뒤집어엎느라 끙끙거렸다. 땀이 쏟아졌다.

느닷없이 도어록 버튼 소리가 났다. 슈트 차림의 남자가 양손에 비닐봉지를 들고 들어왔다. 남자와 동건의 눈이 마주쳤다. 남자는 놀라지 않았다. 망가진 소파와 바닥에 흩어진 충전재를 보고 눈살을 찌푸릴 뿐이었다. 놀란 쪽은 동건이었다. 남자는 느긋하게 식탁 쪽으로 가서 비닐봉지를 그 위에 올려놓았다.

"볼일 다 보셨어요? 이제 그만 나가시죠."

슈트가 턱으로 소파를 가리켰다. 동건은 네가 그놈이냐고 말하고 싶었지만 못했다. 대신 꾸벅 인사를 했다. 마침 슈트가 재킷을 벗어 식탁 의자에 걸쳐놓았기 때문이다. 슈트는 흰 와이셔츠 차림이었다. 와이셔츠는 몸에 꼭 맞아서 단단한 근육을 돋보이게 하는 스타일이었다. 동건은 무슨 말을 해야 할지 알 수 없었다. 이거, 실례했다고, 유진을 잘 부탁한다고,

이렇게 된 게 다 너 때문이라고 말하지 못하고, 슬금슬금 현관 쪽으로 갔다.

"그냥 가면 어떡해요."

"네?"

동건이 놀라서 되물었다.

"저건 가져가셔야죠."

슈트가 다시 턱으로 소파를 가리켰다.

"아, 네."

동건이 후다닥 달려가 소파를 끌기 시작했다. 슈트가 양손을 허리에 얹은 자세로 동건을 지켜봤다. 동건은 자기의 옷차림이 슈트와 비교되어 연탄불 위의 오징어처럼 초조해졌다. 동건은 목이 늘어질 대로 늘어진 티셔츠에 무릎이 툭 튀어나온 운동복 차림이었다. 불룩한 주머니에서 주둥이를 내민 오렌지 마멀레이드 병 때문에 한쪽 가랑이가 축 처져 있었다. 동건이 처진 쪽을 추슬러 올리며 바지에 붙은 소파 충전재를 툭툭 털어냈다.

"이봐요. 나가서 터세요."

슈트가 미간을 꿈틀거리며 손을 내저었다.

"아, 네……"

동건은 허둥대면서 소파를 현관 밖으로 끌고 나왔다. 소파는 생각보다 무거웠다. 동건은 삼층에서부터 끌고 내려온 소파를 주차장 구석에 부려놓았다. 다리가 후들거려 제대로 서 있기조차 어려웠지만 숨을 고르며 옷을 털어냈다. 충전재에서 나온 먼지가 풀썩거렸다. 몸에 붙은 것들은 땀에 절어 잘 떨어지지 않았다.

익숙한 구두 소리가 가까워졌다. 동건은 그 소리를 잘 알았다. 재빨리 주변을 살폈으나 숨을 곳이 마땅치 않았다. 다급해진 동건은 등받이를 폴짝 뛰어넘어 몸을 바짝 쪼그렸다. 꼭 너무 구워진 오징어 같았다. 발소리가 갑자기 멈췄다. 심장이 웅크린 몸을 뚫고 튀어나올 듯 쿵쾅거렸다. 심장이 튀어 나가지 못하게 양팔로 꽉 감싸 안고 숨을 죽였다. 마침내 유진이 계단을 올라가는 소리가 들렸다. 동건은 길게 숨을 내쉬었다. 소파를 버려두고 온 힘을 다해 뛰기 시작했다. 주머니에서 오렌지 마멀레이드 병이 떨어져 박살나는 소리가 들렸지만 뒤돌아보지 않았다.

동건은 미래가 일하던 편의점으로 갔다. 고시원으로 돌아온 후 처음이었다. 한번 가볼까 했지만 내키지 않았다. 미래가 없을 거여서 그랬는지도 모른다. 동건은 지난 일주일간 문득문득 미래가 떠올랐다. 유진에게는 슈트가, 자신에게는 미래가 어울렸다. 고양이 재떨이만 아니었다면 벌써 둘 사이에 아이도 생겼을지 모른다고 생각하자 복권 열 장이 모두 빗맞았을 때보다 아깝고 허망했다. 동건은 코를 훌쩍이며 맥주와 천하장사 더블링 콰트로치즈를 계산대에 올렸다.

"말보로 실버랑 자동 하나요."

"웬 낮술?"

동건은 손등으로 눈을 비볐다. 계산원은 어어, 미래였다.

"무슨 일 있어?"

미래가 능숙하게 바코드를 찍으며 물었다. 동건은 그제야 땀에 젖은 티셔츠가 형편없이 더러워진 것을 알았다.

"어? 어. 나 우, 운동 시작했거든……"

동건이 말을 더듬었다.

"아직도 여기 살아?"

"어? 어."

"그거 내놔. 하나로 퉁쳐줄게."

미래가 동건의 스냅백을 가리키며 웃었다. 동건이 재빨리 스냅백을 벗어서 미래에게 건넸다. 갖고 있는 스냅백 중 가장 비싼 크롬하츠 롤링스톤즈 콜라보였다. 미래가 로고를 가리키며 혀를 길게 내밀곤 웃었다. 깊은 쌍꺼풀 옆으로 주름이 살짝 잡혔다. 동건은 미래를 따라 웃으며 손가락으로 가라앉은 머리칼을 세웠다. 머리칼은 착 달라붙어 잘 서지 않았다. 그래, 보너스 숫자도 있으니까. 동건은 주머니에 손을 넣으며 용기를 내서 입을 열었다.

"우리 2일 할……"

커플링이 잡히지 않았다. 양손을 모두 주머니에 넣고 안을 휘젓는 사이 방울 소리가 나고 아이가 들어왔다. 노란 체육복에 노란 모자를 쓴 남자아이였다. 미래가 계산대에서 나와 아이를 품에 안았다.

"아빠! 저 이제 들어가요!"

미래가 창고 쪽을 향해 소리쳤다. 창고에서 남자가 나왔다. 아이가 할아버지, 하며 달려갔다. 남자가 계산대 안으로 들어가고 미래가 아이의 손을 잡았다.

"나가자."

"어? 어."

동건이 대답하자 미래가 말했다.

"너 말고. 그럼 계산하고 가. 먼저 갈게."

"어? 어……"

아이가 미래의 머리에 손을 뻗었다. 미래가 크롬하츠 롤링스톤즈 콜라보를 벗어 아이에게 씌웠다.

아이는 신이 나서 헐렁한 모자를 두 손으로 꼭 잡았다. 아이의 뒤통수가 꼭 복권 숫자가 쓰인 공 같았다. 보너스 숫자가 유효하려면 여섯 개의 숫자 중 다섯 개가 맞아야 한다는 사실이 퍼뜩 떠올랐다. 동건은 손에 쥔 복권을 만지작거리며 아무래도 자동은 안 되겠다고, 노력을 좀 해보자고 다짐했다. 겸손하게.

내게 하는 말

정은경(문학평론가 · 중앙대 교수)

지그문트 바우만은『리퀴드 러브』(권태우 · 조형준 옮김, 새물결, 2013)에서 "'개체화'가 만연한 우리 세계에서 관계들은 혼란스런 축복이다"라고 언명한 바 있다. 즉 현대인들은 함께함의 안전함을 위해 필사적으로 관계를 맺으려 애쓰지만 한편 자유가 제한될 수 있다는 것을 두려워하기 때문에 지속적 관계와 헌신을 기피하기도 한다는 것이다. 그래서 현대인들은 '관계 맺기'보다는 '연결(네트워킹)'이라는 가상적인 세계를 선택하여 안전하고, 보다 용이한 '맺고 끊기'를 반복한다는 것이다.

코로나로 인한 거리두기 장기화로 인해 많은 사람들이 사회적 고립감, 우울증, 무력감 등의 코로나 블루에 시달린다고 한다. 그러나 한편 생각해보면, '거리두기'와 '혼자 있음'

은 지난 시절 우리가 열망했던 것이 아닌가. 근본적인 친밀성 관계—가족이나 친구, 연인—외의 타자와의 관계—가령 직장, 학교, 이웃, 비즈니스 파트너 등—는 사회생활을 위해서는 어쩔 수 없이 불필요하게 감수하고 인내해야 하는 것들이라고 생각하는 편이 아니었던가. 그런데 어찌하여 코로나 이후의 공식적인 관계 해방은 정서적으로 '혼란스러운 축복'이 되었을까.

'거리두기'에 따른 재택근무, 격리, 단절 등이 억압적인 관계로부터의 해방, 그리고 자유와 개성의 강화를 가져다주기보다는 '자아의 약화'를 야기하고 있다는 것은 역설적이다. 이러한 현상을 두고 바우만은 로베르트 무질의 『특성 없는 남자』를 거론한다. 그는 이 책의 주인공을 '유대 없는 인간'이라 칭하며 유대의 부재, 혹은 공백이 '특성 없음'과 이어진다고 본다. 이 대목에서 우리는 '타자'란 '나'의 개성을 억압하고 지우는 폭력이 아니라 '자아'를 형성하고 강화하는 반사체이기도 하다는 것을 확인할 수 있다. 사실, '내가 나임'을 알 수 있는 것은 '나'가 아니라 언제나 '타인'이라는 거울을 통해서이다. 타자를 통해 다름을, 혹은 같음을 알 수 있고 타자의 호명을 통해 '내가 누구인지'를 알 수 있는 것이다. 개인의 '특성'은 유대라는 곤혹스러운 끈을 통해서 비로소 형성되고 표출된다. 코로나 시대에 처한 '개인의 곤경'은 공동체와 단절된 개인이 왜 그토록 취약한지를 보여준다.

이경란의 첫 창작집은 '혼란스런 축복'과도 같은 관계 맺기의 어떤 국면들을 탐색하고 있다. '관계' 속에서 '나'는 '우리'라는 이중 주체로 결박되고, 때론 그 결박으로부터 벗어나는 데 성공하고, 그리고 나서 다시 고립 속에서 유대를 열망하고, 그리하여 이전과는 전혀 다른 방식의 결속에 안착하거나 실패하기도 한다. 작가는 「요일 팬티 7종 세트」에서 '이중주어구문'을 통해 이에 대해 위트 있는 질문을 던지기도 한다. '이중주어구문'은 국문학 박사학위를 준비하고 있는 주인공의 논문 주제인데, 가령 이런 것이다. '나는 돈벌이가 없다', '나는 팬티가 없다'의 문장에서 주어는 '나와 돈벌이', 혹은 '나와 팬티'라는 것. 서술절이라는 학술적 탐색은 차치하고, 이 '이중주어구문에서 진짜 주어는 무엇인가'라는 물음은 존재에 대한 탐색으로 이어진다. 이 작품의 주인공은 오 년 기한으로 아내의 부양에 기대어 학업을 하고 있는데 열정과 비전 없는 학문을 '포기할 것인가 지속할 것인가'를 두고 번민한다. 그러나 포기든 지속이든 그것을 결정할 수 있는 것은 '나'라는 주체가 아니다. 그것은 이중주어구문 속에 숨어 있는 다른 주체처럼, '나'의 삶에 스며 있는 또 다른 주체 혹은 구문 자체 속에 숨어 있는 어떤 구조이다. "이중주어구문? 세상은 힘 있는 한 놈이 주체가 되는 거야. 둘이 나란히 주체가 되는 거 봤냐?" 이야기는 취중에 잃어버린 팬티를 구하기 위해 동분서주하는 주인공의 해프닝을 다루고 있지만, 겨우 '팬티' 하나 해결하지 못하는 '주체'의 빈약함을 블랙코미디로 보여준다.

둘이 주체가 될 수 없으며, 심지어 자신의 삶조차 주체로서 주도해갈 수 없다는 절망은 반동적으로 '메르센 소수'라는 단독자에 대한 열망을 낳는다. 단편 「메르센」에서 주인공 엄씨는 삼십 년 동안 수학 교사로 근무하다 명퇴한 뒤에 아파트 경비 일을 하고 있다. 아파트 주민들과 커뮤니티 등을 접하면서 엄씨는 유별난 한 '아지매'를 알게 된다. 그녀는 탁구회원이 아닌데도 탁구장 주변을 맴돌면서 회원들의 눈총을 산다. 열다섯 안팎의 핵심 멤버들을 중심으로 돈독한 관계를 유지하는 탁구회원들은 탁구보다 '친교'에 더 열중하는 주민들로 은근히 나이, 아파트 평수, 전직 같은 것들로 신경전을 벌이며 수컷 본능과 외모 경쟁에 몰입한다. 이들은 탁구도 안 치면서 탁구장에 나타나는 이 새로운 초로의 여성 '메르센'을 무시하고 배척한다. 그러나 '메르센'은 이들의 노골적인 무시에도 불구하고 지치지 않고 이들 주변을 맴돈다. 그러다가 '메르센'은 커피, 떡과 과일을 나누는 이들 틈에 슬그머니 끼어 한 자리를 차지하기도 한다. 그러나 회원들은 여전히 '메르센'을 배척하는데, 급기야는 눈치없이 2박 3일 단풍놀이에 동행하려는 '메르센'에게 모임 시간을 잘못 알려줌으로써 폐렴을 앓게 한다.

'메르센'이라는 별칭은 화자인 엄씨, 혹은 작가가 붙인 것으로 '1과 자신을 제외하고는 다른 약수가 없는 소수' 중에서도 '2의 거듭제곱 마이너스 1의 형태를 갖는 수'를 의미한다. 가령, 3(2^2-1), 7(2^3-1), 31(2^5-1) 등을 뜻하는 것으로, 이 작품에서는 '단독자' 중에서도 더 드물고 귀한 존재를 뜻한다고 할 수 있다. '모자란다, 물색없다'라며 주민들에게 따돌림을 당하는 여성을 '메르센'으로 부르며 각별히 주목하는 이유는 엄씨 스스로 메르센 소수와 같은 존재라고 느끼기 때문이다. 엄씨는 팔 년 전 메르센 소수 발견에 몰입하기도 했는데, 이는 수학 교사로서 느끼는 어떤 절망감과 소외 의식 때문이다. 사교육이 학생들의 수학 성적을 결정하는 공교육 현장에서, '피타고라스, 아르키메데스' 등의 수학자와 수학 세계에 대한 강의는 '시험에 나오지 않는' 무용한 지식일 뿐이다. 엄씨는 메르센 소수에 몰두함으로써 현실이 허용하지 않는, 불가능에 대한 도전과 비밀스러운 기쁨, 좌절 등의 실존적 모험을 체험한다. 그 끝이 '완벽한 절망'을 의미하더라도 엄씨에게 그것은 자신의 존재를 확인하는 치열한 투쟁이자 숭고한 시간을 뜻하기에 더없이 소중한 것이다. "세 개의 직선이 교차하는 세계, 다른 선을 틈입을 허용하지 않는 자족의 세계"와 같은 일차함수 그래프 속에서 엄씨는 '경비원'이라는 현실과 결별하고 위풍당당하고 용감한 영웅이 될 수 있다. 엄씨가 이러한 기하학과 수의 세계에서 발견한 것은, 누구나 '자신 말고는 다른 약수를 가지지 않는 소수'를 품고 있다는 것이다. 현실에서 우리는 모두 자신 이외에 타인과 세계라는 이질적인 타자들을 품고, 때로 그 타자들에 의해 이끌려가지만 근본적으로는 아무와도 공유하지 않는 단독자로서의 '소수'를 가지고 있다.

> 메르센은 아직 발견되지 않은 쉰두번째 같은 존재가 아닐까, 엄씨는 그런 생각이 들곤 했다. 1과 그 자신 말고는 다른 약수를 가지지 않는 수. 순정하고 귀한 수. 아직 누구에게도 발견되지 않은 수. 그런 의미는 엄씨의 세계에서만 가능했을 뿐 소수는 합성수가 되지 못한 수일 뿐이었다. 마치 타인과의 소통을 두려워하는 자신처럼. 엄씨는 소수를 찾는 동안 자신을 합성수로 만들어줄 다른 수는 영영 없으리라는 생각이 언뜻언뜻 들었다. 이미 합성수인 사람은 엄씨가 필요하지 않았고, 소수인 사람은 세계를 확장하는 데에 무관심하거나 무능했다. 엄씨는 어느덧 그런 생각조차 잊게 되어, 동년배들이 욕망하는 소소한 재미도 모르는 사람이 되고 말았다.(48~49쪽)

엄씨에게 '메르센'이라는 여성은 타인과의 소통을 두려워해서 여전히 소수로 남아 있는 존재, 그래서 세계를 확장하는 데 무관심하거나 무능한 자신과 같은 존재를 의미한다. 그녀에 대한 감정이입은 곧 메르센 소수와 같이 소외된 모든 이들에 대한 연민의 표출을 뜻한다. 그러나 이 '소수자 됨'에는 위의 혼란스러운 축복이 작용한다. '단독자' '개별자' 되기는 축복인가 저주인가. '단독성'과 '홀로 있음'은 자유인가 소외인가.

단독자의 자유는 그것이 독립적 인격으로서 사회에 정착했을 때 가능하다. 아직 보편적 인권에 기입되지 못한 '소수자', '약자'들의 타인과의 관계 맺기는 대부분 '폭력성'을 지닐 수밖에 없다. 이경란의 「빨간 치마를 입은 아이」는 이러한 폭력성을 치밀한 문체와 섬뜩한 이미지로 폭로하고 있는 작품이다. 화자인 '나'는 '어르신'과 주얼리 특구를 지나 오래된 시장을 방문한다. 그곳에서 어르신과 친분이 있는 '노인'의 점포를 찾아 담소를 나누는 것이 전부인 이 소설의 평면적 서사 아래는 끔찍한 그림이 들어 있다. 어르신이 '노인'을 방문하는 동안, '나'는 과거 이 시장터에서 당한 어린 여아의 성폭행 사건을 떠올린다. 장사를 하던 엄마의 심부름으로 열 살 난 어린 소녀는 불쾌한 물건(아마도 죽은 쥐로 추정되는)을 공동 변소에 버리러 가고, 돈을 받고 변소를 관리하던 늙은 남자에게 성폭행을 당한다. 그 사실을 입 밖에 내지 못하는 소녀는 빨간 치마 아래로 피를 흘리며 집으로 향한다. 이 소설은 현재의 번쩍이는 '주얼리 특구' 너머에 무엇이 감추어져 있는지를 조각을 새기듯 부조한다. 그 과거는 곧 어르신을 방문한 '나'의 것이다. 아무도 돌보지 않았던 어린 소녀의 끔찍한 불행을 작가는 화자의 더딘 걸음과 함께 끌어내서 벼려놓는다. '빨간 치마를 입은 아이'가 흘린 피와 그로 인한 불행한

생은, 누구에게 책임을 물어야 하는가. 이 작품은 그 폭력에 대한 고발이자 희생자에 대한 뒤늦은 애도이다. 그럼에도 불구하고 '나'가 용기 내어 꺼내는 그 과거의 상처에 의해 또 다른 잠재적 폭력은 정지될 수 있다. '나'가 버려진 아이를 건지는 이 기억의 서사를 통해, '빨간 치마를 입은 아이'로 상징되는 숱한 희생자들은 위로받을 수 있다.

작가의 등단작인 「오늘의 루프탑」은 '소수'의 존재론에 대한 또 다른 탐색을 보여준다. 주인공 '수이'는 룸메이트인 희연과 결별하고 홀로 옥탑방을 얻어 살게 된다. 수이가 희연의 옷을 숨겨놓자 화가 난 희연이 '도둑년'이라 욕하며 수이 모르게 보증금을 빼서 나가버린 것이다. 수이는 코디네이터 어시스턴트 일을 하지만 무급이기 때문에 다른 방도로 생계를 해결한다. 그것은 촬영 때 아이돌이 입었던 옷과 유사한 모조품을 인터넷에서 파는 것. 월급도 못 받고, 고된 일과 실수, 실장의 비난 등을 감당하는 것은 쉽지 않다. 열정페이로 착취당하는 직장 일, 아이돌 옷과 유사한 모조품으로 접속하는 욕망과 자본의 회로, 그리고 그와 다르지 않은 짝퉁 같은 남자와의 만남. 수이는 네트워크 같은 가상과 모조의 세계를 부유하며 홀로 견딘다.

모조품과 모조 연인, 모조 같은 일과 관계 속에서 좀처럼 생의 닻을 찾지 못하는 수이는 자신을 배신하고 달아난 '희연'에게 원망과 푸념 어린 문자를 보낸다. 그러나 "여긴 너무 무서워. 하지만 난 니가 더 무섭다"와 같은 호소는 답문자를 받지 못하고 핸드폰에 차곡차곡 쌓여 메아리처럼 돌아온다. 그러다가 수이는 우연히 옆 건물의 옥탑방에 갇힌 또 다른 '소수'를 발견한다. 하루 종일 방에 누워 아래층 며느리가 가져다주는 음식으로 그저 '연명'하듯 살아가는 노인은 수이처럼 '혼자'이다. 수이는 TV를 핑계로 그의 옥탑방에 드나들게 되고 함께 TV를 보는 것으로 '함께함'을 경험한다. 이들 사이에 소통은 부재하지만, 그저 시공간을 공유하는 것으로 서로를 위로한다. 수이는 이 완전한 타인에 의해 비로소 자신의 존재를 확인하고, 더 나아가 돌봄을 통해 능동성을 회복해 간다.

점점 쇠약해지는 노인에게 손수 음식을 떠주기도 하고, 또 어떤 날은 대변으로 더럽혀진 몸을 직접 닦아주기도 한다. 수이가 며느리를 부르러 가려다 멈추고 손수 목욕 일을 도왔던 것은 불현듯 떠오른 '아버지 생각' 때문이다. 수이와 노인은 이러한 혈연 관계를 넘어 소외된 '소수'에서 '가족' 같은 합성수가 되어 유대 관계를 맺는다. "너도 그러니? 쫓기고 있니? 다 그만둘까? 하지만 돌아갈 곳이 없는걸. 너는 있니?"라는 문자는 희연이라는 수신자를 향한 것이지만, 사실은 수이 스스로에게 건네는 말이다. 자신의 존재를 명명하고 비참을 위로하는 말. '내게 건네는' 이 반향 없는 혼잣말은 단절된 공간에서 가까스로 존재를 추스르는 포옹의 말이기도 하다. 타나

토스의 충동과 닿아 있는 이 위태로운 말이 품은 간절한 기도는 희연에게 닿지 못하고 공중에 흩어지지만, 옆 옥탑방의 할아버지라는 수신자를 찾아낸다. 수이의 혼잣말은 곧 할아버지라는 소수자와의 연대 속에서 닻을 내리고 생의 무게를 얻는다.

소수에서 합성수로의 변전이 보여주는 '혼란스런 축복'은 「이모들의 집」에서 더 화해롭게 그려진다. 맞벌이 부부인 유진과 진형은 어린 아들 민수를 위해 입주 이모의 도움을 받는다. 월급의 반이 넘는 비용이 들지만, 직장맘에게 선택의 여지는 없다. 그러나 이러한 지출에도 불구하고 '이모' 고용은 쉽지 않다. 최근 이 년 동안 다섯 명의 이모가 거쳐갔고 현재는 '복례' 이모가 아이를 맡고 있으나 그녀는 청력과 무릎 관절에 문제가 있다. 그러던 어느 날, 유진이 퇴근해보니 이전에 거쳐갔던 이모 '순영'이 큼지막한 가방을 가지고 집에 와 있다. "자고 가도 되지?"라는 말에 "어차피 함께 살던 사람인데 하루쯤이야"라고 시작했던 이들의 동거는 생각지 못했던 방식으로 지속된다.

구층에 사는 이들 아파트의 엘리베이터가 고장이 나자 다리 아픈 복례 대신 '순영 이모'가 민수를 유치원에 데려다주는 일이 발생한다. 이 사건 뒤로 순영은 더 이상 눈치를 보지 않고 이들 집에 거주하게 되고, 복례 이모와 순영 이모는 서로의 문제를 보완하며 협업으로 집안일과 육아 일을 해나간

다. 유진은 단란한 가정에 틈입한 두 명의 이모를 불편해하지만, 남편 진형은 표현성 언어장애를 앓는 민수가 말을 더 많이 배울 수 있다는 것, 그리고 한 사람의 월급으로 두 사람을 쓰는 장점 등을 들어 유진을 회유한다. 순영과 복례 이모는 유진이 아끼는 뉴질랜드산 양모 이불을 거리낌없이 사용하고 민수의 담요로 화투를 치는 등 이들의 집을 장악해가면서 '가족'이 되어간다. 유진은 "어른들은 어디 가셨나, 잘해드려요. 요즘 누가 애를 봐줘"라는 이웃의 말에 놀라지만, 민수가 말문을 트게 되는 것을 보고 이 이상한 공동체를 받아들인다. 비록 민수의 말들이 고돌이에서 왔을 '오'라든가 비속어인 '음마 새이, 음빠 새이' 같은 것일지라도. 소수와 소수가 합쳐진 합성수의 조합은 비록 단독자의 빛나는 형상은 아니지만 존재를 덧대면서 서로를 빛나게 하는 느슨한 연대의 가능성을 보여준다.

「라면과 홍차와 미자」는 이 느슨한 유대를 또 한 번 실험해 보이는 작품이다. 주인공인 '그녀'는 미자라는 노인과 함께 살고 있다. 이들은 '시어머니와 며느리'라는 관계를 맺고 있으나 중요한 매개인 '남자'는 빠져 있다. '그녀'는 지난 시절 편의점 알바를 했었고, 남편은 새벽에 편의점에 들러 도시락과 컵라면을 먹던 고객이다. 그가 모는 검정색 외제차에 반해 결혼한 '그녀'는 곧장 현실을 깨닫게 된다. 남편의 외제차는 대포차이고, 드레스룸까지 갖추고 있는 집은 '깔세'라는 것. 결국 '보석인 줄 알고 거머쥔 것이 알고 보니 돌멩이라는 흔한 이야기'의 주인공이라는 것 말이다. 결혼 생활을 하면서 '그녀'는 낭만적 허구를 걷어내고 그녀가 딛고 서 있는 물적 토대를 절실히 깨닫는다. 남편이 식사를 하는 동안 싱크대에 서 있는 자신은 '종신직 가정부'이고 남편은 자신의 '피부양자'일 뿐이다. 그러나 이들의 예속 관계마저도 지속되지 못한다. 남편은 거품 같은 그의 자산들과 함께 사라지고, 그녀는 홀로 남는다. '거기 가 있던가'라는 남편의 말 때문에 시댁에 들어가긴 했으나, 딱히 갈 곳도 없는 처지이다. 분식집을 하던 엄마는 사라지고, 창문 없는 고시원과 최저시급으로 돌아가기는 끔찍한 일이므로. 하여 '그녀'는 시어머니와 단둘이 함께 지내며 이상한 아르바이트로 생계를 이어간다. 그 일은 누군가와 점심 식사를 하고 칠만 원을 버는 '노동'이다. 두 번의 점심식사를 위해 '그녀'는 전날부터 공복의 육체를 만들고, 한번은 부잣집 노인과 또 한번은 낯선 남자와 만난다. 그녀는 부잣집 노인과의 점심식사를 견뎌내지만 성적 착취를 요구하는 남자와의 식사 자리는 견디지 못하고 뛰쳐나오고 만다.

부잣집 며느리가 쥐여준 잉글리시 티를 가지고 집에 돌아온 그녀는 '미자'라는 동거인을 새롭게 발견한다. 철저히 계약 관계로 맺어진 일회용 연결이 아닌, 지속적인 유대 관계로 묶인 타인을. 청각 장애를 앓고 먹고 자기만 하던 미자가 발을 다쳐 누워 있는 광경을 목격하자, '그녀'는 미자를 위해 라면을 끓인다. 미자는 라면에 끌려 TV 앞에 앉고, 그렇게 그들은 라면과 TV를 매개로 합성수가 된다. '그녀'는 이러한 행동이 '미자'가 아닌 '집'을 돌보는 일이라고 생각하지만, 작가는 그녀의 알량한 자존심과 무관하게 그들은 이미 오래전부터 가족이었음을 보여준다. '미자는 언제부터 이런 미자였을까', '미자의 젊은 날은 어땠을까'라는 질문과 관심은 옆 존재에 대한 보살핌과 헌신의 다른 이름이다. "누캉 붙어묵고 와서는 이 지랄이고! 나가라!" "빼돌리다니! 누가! 내가 왜 여기 와서 이러고 있는데!"라는 이들의 대화는 라면 냄비를 장식하는 '홍차' 같은 데코레이션일 뿐이다.

> 긴 숨을 내쉬고 소파에서 일어난다. 약이 있을 만한 곳을 뒤지기 시작한다. (……) 기역 자로 꺾인 수납장 안쪽 구석에 티 세트가 있다. 꽃무늬에 금장이 둘러진 티 세트는 얼핏 보기에도 고급스럽다. 찻잔 두 세트와 티 포트를 조심스럽게 내린다. 바닥 뒷면에 메이드 인 잉글랜드라고 찍혀 있는 찻잔에 미세한 실금이 가 있다. 저 미자가 이 찻잔을 썼던 것일까. 나는 미자를 돌아본다. 미자는 태연하게 면을 건져 먹고 있다.
>
> 라면 냄비를 씻어 다시 물을 올린다. 바닥에서부터 작은 기포가 올라와 수면에서 툭툭 터지는 모양을 지켜본다. 물은 금방 부글부글 끓어오른다. 부글거리는 소리를 뚫고 미자의 입김 소리가

들린다. 미자는 뜨거운 라면 가락을 문 채로 입김을 불어내는 버릇이 있다. 쇼핑백에서 차를 꺼내 티 포트에 넣고 물을 붓는다. 찻잎에서 붉은색이 서서히 번져 나온다.

"그거, 알아? 좋은 차는 말이지…… 떫은맛이 난대."(34~35쪽)

비록 실금이 간 찻잔에 담겼지만 홍차는 삶에 지친 '그녀'의 몸과 마음을 데워주고 달래준다. 좋은 차일수록 떫은맛이 난다는 것. 이러한 인식은 금 간 찻잔과 같은 이들의 관계를 다시 돌아보게 한다. 비록 남편이 없어도, 아들이 없어도 '내게 하는 말'을 들어주는 '너'를 통해 삶이 따뜻해지고 내일을 다시 희망하게 된다면, 가족이고 연인이고 친구이다. '너'를 통해 비로소 '나'가 가능하다면, '너는 나다'. 이경란 소설의 '소수'들은 '타인은 지옥이다'라는 사르트르의 언명, 그리고 '관계는 혼란스러운 축복이다'라는 바우만의 통찰 사이에서 조심스럽게 항해 중이다. 작가의 항해와 탐색이 관계 맺기의 곤궁에 빠진 현대인의 일상에 의미 있는 나침반이 될 것이라 믿는다. 장식보다는 정직과 리얼리티를 지향하는 작가의 문장은 분명 이 탐색 끝에 '메르센 소수'와 같은 힐링과 희망을 찾아낼 것이다.

작가의 말

부모님은 처음 마련한 작은 집의 방 하나를 세주었다. 다섯 딸을 건사하기에도 턱없이 좁은 집의 방을 세준 이유는 경제적 사정 때문이었지만, 내 유년은 그 방을 거쳐 간 세입자들 덕분에 조금 더 다채로운 무늬를 띠게 되었다. 열 살 무렵 그 방의 세입자는 손주 둘을 보살피는 할머니였다. 자식은 떨어져 돈벌이를 하고 손주들은 도시에서 학교를 다니느라 할머니가 아이들을 맡았던 것이다. 그들은 오래 머물지 않았으나 내게 특별한 무늬를 선물하고 떠났다. 따뜻하고 아름다운 우정 같은 것이 아니라 그 방이나 방 앞의 툇마루에서 옷핀을 만지던 기억이다. 플라스틱 소쿠리에 한가득 담긴 핀과 핀 대가리를 결합하여 온전한 옷핀을 만들어내는 일은 그 할머니의 성실한 부업이었다. 물론 어린 내게는 그 노동이 놀이였고. 그때 하루 동안 만들어낸 옷핀은 몇 개였을까? 아마 수천 개쯤? 혹시 만 개가 넘었을까? 그중 내가 만든 건 또 몇 개나 되었을까?

둔각으로 벌어진 핀의 양쪽을 엄지와 검지로 눌러 각도를 좁히며 개미만 한 핀 대가리에 꽂아 넣는 일은 적절한 힘과 타이밍, 그리고 쉬 싫증 내지 않는 무던함을 요구했다. 그거면 충분했다. 그렇게 단순한 작업에서 나는 얼마간의 기쁨을 느꼈던 것 같다. 별것 아니지만 무언가를 만들어낸다는 자부심이 있었고 손놀림의 쉼 없는 반복에서 시간의 속성을 어렴풋이 간파했던 것도 같다.

첫 소설집을 묶게 되었다. 어떤 이들에게 찾아온다던 '그분'은 한 번도 내게 오지 않았다. 고백하자면 '그분'의 존재를 나는 믿지 않는다. 그저 옷핀을 조립하듯 한 자 한 자 적어나갈 뿐이다. 호흡을 조절하며 손가락에 힘을 주고 뾰족한 핀 앞에서 살짝 긴장했던 그때처럼. 아차, 하는 사이 따끔한 맛을 보기도 했던 그때처럼, 방심하면 엉망이 되어버리는 문장과 인물들을 다독거리고 보살펴서 세상에 풀어놓는다.

이리저리 시달리고 나부끼다가 읽고 쓰는 사람이 되어 있는 내가 모처럼 마음에 든다.

2021년 가을로 들어가며

이경란

수록 작품 발표 지면

라면과 홍차와 미자 _『문학사상』 2019년 7월호

메르센 _『동리목월』 2021년 봄호

빨간 치마를 입은 아이 _『문학사상』 2020년 6월호

연두 _『실천문학』 2018년 봄호

열여섯의 일 _『영화가 있는 문학의 오늘』 2019년 겨울호

오늘의 루프탑 _『문화일보』 2018년 신춘문예 당선작

요일 팬티 7종 세트 _『문학의 오늘』 2018년 여름호

이모들의 집 _『문장웹진』 2019년 2월호

페어웰, 스냅백 _『Axt』 2018년 3·4월호

빨간 치마를 입은 아이

1판 1쇄 발행 | 2021년 9월 13일
1판 2쇄 발행 | 2021년 11월 8일

지은이 | 이경란
펴낸이 | 정홍수
편집 | 김현숙 이명주
펴낸곳 | (주)도서출판 강
출판등록 | 2000년 8월 9일(제2000-185호)

주소 | 서울시 마포구 동교로17안길 21 (우 04002)
전화 | 02-325-9566
팩시밀리 | 02-325-8486
전자우편 | gangpub@hanmail.net

값 14,000원
ISBN 978-89-8218-283-9 03810